사악한 목소리

휴머니스트 세계문학 004

사악한 목소리
A WICKED VOICE

버넌 리 | 김선형 옮김

차례

일러두기

1. 번역 대본으로는 Vernon Lee, *A Phantom Lover: and Other Dark Tales by Vernon Lee*(British Library Publishing, 2020)를 사용했다.
2. 주석은 모두 옮긴이 주다.

유령 연인

타간차 소재

러시아 키예프 정부

표트르 부투를린 백작 귀하

친애하는 부투를린 백작님, 피렌체의 벽난로 앞 의자에 앉아
있던 오후에 제가 들려드린 오크허스트의 오크 부인 이야기
를 기억하십니까?

환상적인 것들을 사랑하는 백작께서는 그 이야기가 꾸며낸
것이라고 믿고 당장 글로 옮기라며 저를 재촉하셨었지요. 하
지만 그때 저는 글쓰기란 퇴마 행위와 같아서 매혹을 흩어
버린다며 거절했습니다. 인쇄업자의 잉크는 우리를 기분
좋게 사로잡는 유령들을 대용량의 성수처럼 효과적으로 쫓
아버린다고 말이지요.

그렇지만 제 짐작대로 백작께서 이제 그 이야기가 품었던 매혹의 불씨를 모두 꺼뜨리고, 모닥불을 밝혔던 그날 저녁, 온갖 환상적인 이야기에 우리가 흥분했던 기억까지도 접어두셨다면(제 걱정대로 오크허스트의 오크 부인 이야기마저 밋밋하고 무익한 것이었다 여기게 되셨다면) 이 작은 책을 펼쳐 보시는 게 조금은 보탬이 될 겁니다. 러시아의 한여름을 보내시는 와중에 세상에는 겨울이라는 계절도 있고, 피렌체라는 장소도 있으며, 이런 이름을 가진 친구도 있다는 사실을 새삼 떠올리시게 될 테니까요.

1886년 7월

켄싱턴에서

버넌 리 드림

1

저기 저 위 소년의 모자를 쓰고 있는 스케치 말씀입니까? 그래요, 같은 여자입니다. 누군지 짐작이 가실지 모르겠군요. 남다른 인물이죠. 안 그렇습니까? 내가 만나본 중에서 가장 경이로운 사람이었어요. 훌륭한 기품에, 이국적이고 아득하고 또 아련했지요. 머리와 목, 손과 손가락의 윤곽선과 움직임과 배치 하나하나가 작위적이고, 도착적으로 우아했고, 찬찬히 연구한 태가 났어요. 여기 내가 그 여자의 초상화 작업을 준비하면서 그린 연필 스케치들이 많이 있습니다. 그래요, 그 스케치북에는 온통 그 여자밖에 없어요. 그저 끍적거린 초안들이지만 경이롭고 환상적인 기품을 얼추 가늠하실 수 있을 겁니다. 여기에서는 계단 난간에 몸을 기대고 있고, 여기서는 그네에 앉아 있군요. 여기서는 황급히 방을 나가고 있네요. 저기 저것이 그 여자의 머리예요. 사실 진정한 미인은 아니었습니다. 이마는 너무 넓고 코는 너무 짧았거든요. 이것만 봐서는 어떤 여자였는지 전혀 가늠할 수가 없어요. 움직임이 관건이었거든요. 저 이상한 볼을 보세요. 푹 꺼지고 좀 판판하지요. 그런데 미소를 지을 때면 여기에 기가 막힌 보조개가 패었어요. 유별나게 아름답고 오묘한 데가 있었지요. 그래요, 초상화 작업을 시작했었죠. 하지만 끝내지는 못했습니다. 남편을 먼저 그렸거든요. 그러고 보니 그 초상화는 지금 어느 분 수중에 있는지 모르겠군요. 이 그림들을 벽에서 치우는 일을 좀 도와주시겠어요? 감사합니다. 이게 그녀의 초상화예요. 거대한 난파선이죠. 이걸로는 이해가 잘 안 될 거예요. 윤곽선만 대충 스케치해놔서 완전히 미친 그림 같으니까요. 보시다시피 벽에 기댄 모습으로 그릴 생각이었어요. 거의 갈색으로 보이는 노란색이 드리운 벽이 한쪽에 있었거든요. 실루엣이 두드러지게 그릴 의도였습니다.

참 별나게도 내가 하필이면 저 벽을 골랐다니까요. 이렇게 보면 좀 제정신이 아닌 그림 같지만, 사실 난 이 그림을 좋아합니다. 어딘지 그 여자다워서요. 표구해서 벽에 걸어두고 싶은데, 사람들이 이것저것 캐물을까봐 못 하고 있어요. 그래요, 정확히 짐작하신 대로입니다. 바로 오크허스트의 오크 부인이에요. 그 지방에 친척이 있으시다는 걸 제가 깜박 잊었군요. 하긴 당시에 신문들이 온통 그 사건으로 도배됐으니까요. 그 모든 사건이 벌어질 때 내가 이 두 눈으로 똑똑히 보았다는 걸 모르셨나요? 하긴 저도 그게 지금은 잘 믿기지 않습니다. 너무나 까마득하고, 생생하면서도 동시에 비현실적이에요. 흡사 내 머릿속에서 꾸며낸 이야기 같단 말입니다. 실제로는 그 누구도 짐작 못 할 만큼, 아니 심지어 그보다도 훨씬 더 이상했습니다. 그때도 그녀를 이해하는 사람이 아무도 없었는데, 지금 사람들은 그 사건을 아예 이해 못 할 겁니다. 앨리스 오크를 이해하는 사람이 나 말고 또 있었을지 의문이에요. 그렇다고 내가 정 없는 사람이라고 생각하시면 안 됩니다. 그 여자는 경이롭고 괴상하고 아름다운 존재였지만, 동정심을 품을 대상은 아니었어요. 차라리 불행에 찌든 남편이 불쌍하면 불쌍했지요. 그 여자한테는 정말 잘 어울리는 결말이라는 생각이 들더군요. 본인도 알았다면 마음에 드는 끝이라고 했을 겁니다. 아! 그토록 그리고 싶던 초상화인데, 앞으로 이런 그림을 그릴 기회는 영영 다시 찾아오지 않을 겁니다.

그 여자는 천국이나 뭐 그런 데서 내게 보내준 선물 같은 존재였거든요. 그 이야기를 자세히 들은 적이 없다고요? 사실 난 그 얘기를 잘 꺼내지 않아요. 사람들이 잔인할 정도로 멍청하거나 감상적이라서요. 하지만 오늘은 특별히 들려드리지요. 어디 보자. 너무 컴컴해서 더는 그림을 그릴 수 없으니까 지금 그 얘기를 해드리겠습니다. 잠깐만요. 그 여자의 얼굴을 벽 쪽으로 돌려놓아야겠어요. 아, 정말 환상적인 여자였답니다!

2

기억나시지요. 내가 3년 전에 켄트의 소지주 부부를 그리는 일을 맡았다고 하지 않았습니까? 그때는 왜 뭔가에 홀린 듯 그 남자에게 선뜻 좋다고 대답했었는지 정말 이해가 되지 않았어요. 어느 날 친구 하나가 내 작업실로 그 남자를 데리고 왔었거든요. 오크허스트의 오크 씨라고, 명함에 적힌 이름이 그랬습니다. 키가 몹시 훤칠하고, 몸집도 훌륭하고, 매우 잘생긴 청년이었어요. 희고 아름다운 피부에 아름다운 금빛 콧수염, 아름다운 옷을 몸매에 잘 맞게 차려입고 있었지요. 아무 날이나 하이드파크에 가면 그런 청년을 100명은 너끈히 볼 수 있잖아요. 정수리에서 장화 끝까지 흥미로운 구석이라곤 하나도 없는 청년이었지요. 오크 씨는 결혼 전 왕립 기마 근위 연대에서 대위로 복무했던 사람이라 화가의 작업실에 있는 게 몹시 불편해 보였어요. 시내에서도 벨벳 코트를 입고 다닐 수 있는 나 같은 남자에게 석연찮은 불안감을 느끼면서도 나를 장사꾼 취급하지 않으려고 안절부절 세심하게 마음을 쓰더군요. 작업실을 돌아보며 주의 깊게 작품을 살펴보고는 더듬더듬 간신히 몇 마디 칭찬을 내뱉었어요. 그러더니 도움을 구하듯 친구를 간절하게 바라보다가 결국 자신이 직접 용건을 말하려고 애썼지만 실패했어요. 친구가 친절히 그 대신 설명해주었는데, 알고 보니 오크 씨는 내 일정이 어떤지, 자신과 아내의 초상화를 그려줄 시간을 낼 수 있는지, 또 조건은 어떤지 묻고 싶었던 거였지요. 불쌍하게도 옆에서 친구의 설명을 듣는 청년의 얼굴이 진홍빛으로 완전히 물들었지 뭡니까. 자기가 굉장히 부적절한 제안을 내놓기라도 한 듯 말이에요. 그때 미간에 굉장히 이상한 모양의 주름이 지는 게 눈에 띄었습니다(그 남자한테서 유일하게 흥미로운 부분이었어요). 칼로 벤 듯 깊은 주름이 완벽하게 두 줄로 그어져 있었어요. 보통은 어딘가 비정상적인 구석이 있다는 징표지요. 내가 아는 괴짜 의사는 그걸 광인의 눈살이라고 불렀어요. 내 답을 듣더니 청년은 갑자기 좀 혼란스럽고 앞뒤가 안 맞는 설명을 마구 쏟아내더군요. 우리 아내가, 오크 부인이…… 선생님의…… 그림, 회화…… 어, 초상화 몇 점을……

그 뭐냐, 거기가 어디죠? ……아, 왕립 예술원에서 봤다더군요. 그러니까…… 짧게 말하자면, 아주 깊은 인상을 받았답니다. 오크 부인은 예술적 안목이 뛰어나고, 짧게 말해 자기와 저의 초상화를 선생님께서 그려주기를 진심으로 바라고 있습니다…… 어쩌고저쩌고. 그런 소리를 늘어놓더군요.

"아내는 남다른 여인입니다." 청년은 뜬금없이 말을 덧붙였습니다. "선생님께서 미인이라고 생각하실지는 모르겠지만, 실제로 미인은 아니기도 하고요. 하지만 굉장히 특이하지요." 오크허스트의 오크 씨는 작게 한숨을 쉬더니 특유의 희한한 눈살을 찌푸리더군요. 마치 그렇게 긴 말을 하고 단정적인 의견을 내놓았더니 몹시 피곤하다는 듯이요.

당시는 내가 화가로서 불행한 시련을 겪던 때였지요. 유수의 세력가였던 고객이(진홍색 커튼을 배경으로 선 뚱뚱한 부인 기억나세요?) 자기 의견인지 아니면 다른 사람한테 설득을 당했는지 초상화가 뚱뚱하고 천박해 보이게 그려졌다고 결론을 내린 겁니다. 솔직히 실제로도 천박했는데 어쩝니까. 그래서 그 부인과 어울리던 사람들이 전부 내게 등을 돌리고, 신문에도 기사가 나서 나의 붓에 자기 평판을 걸고 초상화를 맡길 여자는 아무도 없다고 할 지경이었어요. 상황이 아주 안 좋게 돌아가고 있었습니다. 그래서 오크 씨의 제안에 그토록 쉽게 굴복하고, 이 주 후에 오크허스트로 가기로 약속한 거죠. 그러나 장래의 내 모델이 나가고 문이 닫히자마자 섣부르게 결정했다는 후회가 밀려왔습니다. 어디 하나 흥미로운 구석이 없는 켄트 소지주의 초상화를 그리면서 여름 한 철을 허비해야 한다고 생각하니 정말 싫더군요. 보나 마나 그 아내도 재미없는 인간이 틀림없을 테니까요. 때가 다가오자 염증은 더해만 갔습니다. 켄트행 열차에 오를 때 내가 얼마나 끔찍하게 성질을 부렸는지, 또 오크허스트 근처의 아담한 역에서 내릴 때는 얼마나 더 끔찍하게 짜증을 냈는지 지금도 기억이 생생하군요. 폭우가 쏟아지고 있었지요. 오크 씨의 마부가 내 캔버스들을 작은 마차의 지붕 위로 올리기도 전에 그것들이 흠뻑 젖을 거라는 생각에 익숙한 분노가 치밀더군요. 이 정신머리 없는 사람들을 그리러 이 정신머리 없는 장소에 온 내가 당해 마땅한 일이었습니다. 우리는 꾸준히 내리는 빗줄기 속으로 마차를 타고 출발했습니다. 길이 아예 노란 진흙 덩어리로 변했더군요. 줄지어 늘어선 참나무 밑으로 끝도 없이 펼쳐진 목초지가 오랜 가뭄으로 타서 재가 되다시피 했다가 이제는 끔찍스러운 갈색 진흙탕이 돼버렸어요. 전원 풍경은 차마 견딜 수 없이 단조로웠습니다.

내 기분은 점점 더 가라앉았습니다. 그래서 머릿속으로 현대적인 고딕풍 전원 저택을 곰곰 그려보기 시작했지요. 흔하디흔한 모리스 가구와 리버티 깔개와 뮤디의 소설들이 널린 그런 집으로 실려 가고 있는 게 틀림없었으니까요. 내 상상 속에서 대여섯 명의 꼬마 오크들 모습이 생생하게 떠올랐습니다. 그 남자는 분명히 자식을 적어도 다섯은 두었겠지요. 숙모들, 처제들, 사촌들이 복작복작하고, 애프터눈 티라든가 잔디밭에서의 테니스 같은 정례 행사가 끝도 없이 이어질 겁니다. 무엇보다 내 상상력은 오크 부인을 눈앞에 그려내고 있었어요. 쾌활하고 아는 것도 많은 모범적인 주부일 테고, 선거운동을 하고 자선단체도 조직하는 젊은 귀부인일 테지요. 오크 씨 같은 남자가 남다른 여자라는 관점에서 바라볼 만한 사람 말이에요. 그런 생각이 들자 기운이 쭉 빠지더군요. 청탁을 덥석 수락한 내 탐욕이 저주스러웠어요. 기운이 없어서 기회가 있을 때 얼른 내치지 못했던 게 한스러웠어요. 그새 우리는 넓은 공원으로 들어왔습니다. 아니, 참나무 거목들이 점점이 길게 이어진 목초지라고 해야겠군요. 양들이 비를 피해 참나무 밑에 옹기종기 모여 있었습니다. 저 멀리 장막 같은 빗줄기에 가려 흐릿하게, 한 줄로 늘어선 야트막한 야산들과 삐죽삐죽 푸른빛 도는 전나무 숲, 풍차 한 채가 외로이 서 있더군요. 마지막 인가를 지나치고 2킬로미터도 더 온 것 같은데, 저 멀리 시야 끝까지 집 한 채 보이지 않았어요. 굴곡도 없는 평지에 말라빠진 풀밭, 시커먼 참나무 고목들 아래 갈색 진흙탕뿐 아무것도 없고, 사방에서 양들의 울음소리만 아련하고 쓸쓸하게 들려왔습니다. 그때 길이 갑자기 모퉁이로 휘어 돌더니 틀림없이 내 초상화의 모델이 살고 있을 집이 나타났습니다. 예상과는 딴판이었지요. 푹 파인 분지에 제임스

1세풍의 둥글린 박공과 높은 굴뚝이 있는 거대한 붉은 벽돌 저택이 우뚝 서 있었다니까요. 초지 한가운데 자리한 황량하고 광막한 저택 앞에 정원은 흔적도 없었고, 그나마 커다란 나무 몇 그루가 뒤편에 있을지도 모를 뜨락을 암시했죠. 잔디밭도 없고, 해자를 메운 듯 모래가 깔린 푹 꺼진 땅 너머로 거대한 참나무가 한 그루 서 있었습니다. 짧고 속이 텅 빈 참나무에 시커멓고 말라빠진 가지들이 꿈틀꿈틀 뒤틀려 뻗어 있고 몇 장 안 되는 잎사귀가 빗속에서 떨며 매달려 있었습니다. 오크허스트의 오크 씨가 사는 집은 내가 상상했던 모습과는 딴판이었어요.

　홀에서 집주인이 반겨주었습니다. 패널을 대고 나무 세공품으로 장식한 거대한 홀 내부를 빙 둘러 천장까지 빽빽하게 초상화들이 걸려 있더군요. 선체의 내부처럼 골이 지고 돔처럼 높은 희한한 천장이었습니다. 오크 씨는 전에 봤을 때보다 더욱 금발에 분홍빛이 도는 허연 얼굴이었고, 트위드 정장을 입으니 속속들이 평범해 보였어요. 심지어 그때보다도 더 속없고 멍청한 호인처럼 보이더군요. 오크 씨는 내 짐을 위층으로 보내고 나를 자기 서재로 데려갔어요. 책 대신 채찍과 낚시 도구가 널려 있는 방이었지요. 몹시 습했고, 벽난로에서는 모닥불이 꺼질 듯 말 듯 연기를 뿜고 있었습니다. 오크 씨는 타다 남은 불씨들을 발로 불안하게 차더니 내게 시가 한 대를 권하더군요.

"오크 부인을 소개해드리지 못하는 사정을 양해 바랍니다. 아내는, 짧게 말해 지금 잠이 든 모양입니다."

"오크 부인의 건강이 좋지 않습니까?" 별안간 다 없던 일이 될지 모른다는 희망이 섬광처럼 번득였고, 나는 반색하며 물었죠.

"아니, 아닙니다! 앨리스는 아주 건강해요. 적어도, 보통 때와 크게 다르지는 않지요. 아내는……." 오크 씨는 잠시 말을 끊었다가 아주 단정적인 어투로 말했습니다. "아주 건강하지는 못하거든요. 기질적으로 신경이 약해서요. 아, 아니요! 어디가 아픈 건 아니고, 심각한 지병이 있는 것도 아닙니다. 그냥 신경이 약하다고, 의사들 말로는, 걱정하거나 흥분해서도 안 된다고 하네요. 의사들 말로는, 휴식을 아주 많이 취해야 한다고…… 뭐 그런 거예요."

잠시 죽음 같은 정적이 흘렀어요. 나는 이 남자를 보면 우울해졌는데, 이유는 알 수 없었습니다. 기운 없고 넋 나간 표정을 하고 있었는데, 겉으로는 건강도 좋고 힘도 세 보였기 때문에 굉장히 어울리지 않았지요.

"훌륭한 스포츠맨이실 것 같은데요?" 나는 완전히 절망에 빠져 채찍과 총, 낚시 도구 쪽을 고갯짓으로 가리키며 물었습니다.

"아, 아닙니다! 지금은 아니에요. 한때는 그랬죠. 그런 건 다 포기했습니다." 모닥불을 등지고 서서 발밑의 북극곰을 물끄러미 내려다보며 대답하더군요. "전…… 지금은 그런 걸 다 할 시간이 없습니다." 그러더니 해명해야겠다는 생각이 들었는지 곧 덧붙여 말했지요. "유부남이니까요. 선생님께서 묵을 방 쪽으로 올라가보시겠어요?" 그러더니 돌연 화제를 돌려 딴소리를 했어요. "그림을 그리실 방 하나를 마련해두었습니다. 아내가 선생님은 북향 방의 빛을 좋아하실 거라고 그러더군요. 그 방이 마음에 들지 않으면 다른 방을 고르셔도 좋습니다."

그를 따라 서재에서 나와 드넓은 문간 복도를 지났습니다. 일 분도 채 지나지 않아 나는 오크 씨 부부라든가 지겨운 초상화 작업 같은 생각을 까맣게 잊고 말았습니다. 현대적이고 속물적이라고 상상했던 것과는 다른 이 집의 아름다움에 압도당해버렸거든요. 그 집은 한 치의 예외도 없이, 내가 태어나서 그때까지 본 옛 영국 장원 중에서도 가히 완벽하다 할 만한 모범이었습니다. 원래도 화려하기 짝이 없는데, 보존 상태마저 비길 데 없이 훌륭했지요. 정교한 조각으로 세공해 회색과 검은색 보석을 촘촘히 박아 장식한 거대한 벽난로가 있고, 웨인스코팅에서부터 참나무 천장까지 가족의 초상화가 즐비하게 걸려 있고, 돔형 천장이 선체의 내부처럼 골이 진 거대한 홀에서 빠져나오자 폭넓고 판판한 계단이 나타났습니다. 중간중간 괴물 조각상을 올려 장식한 난간에, 참나무를 깎아 세공한 문장과 잎사귀 문양, 신화 속의 장면 들이 벽을 뒤덮고 있었습니다. 빛바랜 빨강과 파랑으로 칠하고 녹슨 듯한 금박을 두드러지게 바른 벽은, 마찬가지로 섬세하게 색칠하고 금박을 입힌 참나무 돌림띠 장식까지 끊김 없이 이어진 인장 찍힌 가죽의 바랜 파랑이나 금색과 훌륭한 조화를 이루었습니다. 다마스크 문양을 아름답게 상감한 갑옷은 현대의 손길이 조금도 닿지 않은 듯 녹슨 기색 하나 없어 보였고요. 갑옷 밑에 깔린 깔개마저 16세기 페르시아의 작품이었어요. 오늘날의 물건이라고는 층계참의 마졸리카 화병에 꽂아둔 풍성한 생화와 고사리뿐이었습니다. 만물이 완벽하게 적막했습니다. 오로지 저 아래에서 이탈리아 궁전 분수처럼 은빛이 나는 구식 괘종시계의 종소리가 들릴 뿐이었지요.

흡사 잠자는 공주의 궁전을 안내받아 걷고 있는 느낌이었습니다.

"굉장한 저택이로군요!" 나는 집주인을 따라 긴 복도를 걷다가 탄성을 질렀습니다. 이번에도 역시 벽에 가죽이 걸려 있고, 조각 세공 한 웨인스코팅이 있었으며, 거대한 혼수용 함들과 반다이크의 초상화에서 튀어나온 듯한 의자들이 놓여 있었습니다. 모든 게 자연스럽고 즉흥적이라는 인상을 강렬하게 받았습니다. 요즘의 잘나가는 고급 화실들이 부유하고 탐미적인 저택들에 애써 가르쳐 터득하게 한 회화적 아름다움은 찾아볼 수 없었어요. 하지만 오크 씨는 내 반응을 오해했던 것 같습니다.

"오래되고 좋은 집이지요. 하지만 우리에게는 너무 커요. 아시다시피 아내의 건강 때문에 손님을 많이 초대하기 어렵거든요. 아이도 없고요." 오크 씨가 말했습니다.

그 목소리에서 희미하게 불만이 묻어났어요. 하지만 혹시 그 불만을 내가 눈치챘을까 걱정스러웠는지, 또 황급히 덧붙여 말하더군요.

"솔직히 저는, 아이는 전혀 원치 않아요. 어떻게 애를 낳아 키우는지 이해가 잘 안 됩니다."

무리하게 거짓말하는 남자가 세상에 있다면, 그게 바로 그 순간 오크허스트의 오크 씨였어요.

오크 씨가 숙소로 배정한 두 개의 엄청나게 넓은 방에 나를 남겨두고 나가자, 나는 팔걸이의자에 털썩 누워 이 저택의 유별나게 창의적인 인상에 정신을 집중하려 애썼습니다.

나는 그런 인상에 굉장히 약한 사람이에요. 희귀하고 괴짜 같은 인물들이 간혹 내게 던져주는, 발작처럼 격렬하게 분출하는 창의적 영감을 제외한다면, 그 자체로 완전하고 결코 흔히 볼 수 없는 그런 집에서 누릴 수 있는 더 조용하고 덜 분석적인 매혹만큼 압도적인 영감은 없단 말입니다. 바로 그때 그 방이 그랬습니다. 태피스트리의 문양들은 황혼의 석양빛을 받아 회색과 라일락색과 보랏빛으로 은은히 빛나고, 기둥이 있고 커튼이 쳐진 커다란 침대가 한가운데서 위용을 자랑하고, 이탈리아산 석조 벽난로가 돌출되어 있고, 이미 오래전 세상을 떠난 귀부인들이 도자기에 넣어둔 장미잎과 향료 향이 희미하게 풍기고, 아래층의 괘종시계가 이따금 잊힌 날들의 희미한 은빛 노래를 불러 공간을 가득 채우는 이런 방에 앉아 있는 것, 그건 특별한 종류의 관능성을 즐기는 일이지요. 아편이나 해시시에 반쯤 취한 상태처럼 괴팍하고 복잡하고 형용 불가한 관능성 말이에요. 그때 내가 느낀 감각을 그대로 누군가에게 전달해야 한다면, 오묘하고 어지러운, 가히 보들레르 같은 천재성이 필요할 겁니다.

만찬을 위해 옷을 차려입고 나서 다시 팔걸이의자에 앉아 백일몽을 꾸기 시작했습니다. 이 모든 과거의 인상이 아라스 직물의 문양처럼 빛바랜, 그러나 벽난로의 검불처럼 여전히 따뜻한, 도자기에 담긴 죽은 장미 잎과 부서진 향료의 향기처럼 여전히 달고 오묘한 그 인상들이 나를 흠뻑 적셔 취하게 했습니다. 오크 씨와 오크 부인은 생각조차 하지 않았습니다. 이 이국적인 향유에 취해, 세계로부터 격리되어 철저히 혼자가 된 느낌이었습니다.

검불이 서서히 하얗게 식었습니다. 태피스트리의 문양은 더욱 어둡게 그늘졌습니다. 기둥이 있고 커튼이 쳐진 침대는 더 시커멓게 우뚝 서 있었습니다. 방 안을 회색이 가득 메운 듯 보였습니다. 배회하던 내 눈길은 중간문설주로 분할된 창문에 멎었습니다. 무거운 석조 세공 사이의 유리창 너머로 물에 흠뻑 젖은 말라빠진 공원 잔디밭이 넓게 펼쳐지고, 참나무 고목들이 점점이 서 있었습니다. 저 멀리 톱니처럼 삐죽삐죽한 검은 스코틀랜드 전나무 숲 뒤로 물기 어린 하늘에 피처럼 붉은 석양이 번져 있었습니다. 바깥의 담쟁이넝쿨에서 떨어지는 빗방울 사이로 어미와 헤어진 어린 양들의 울음소리가 희미하고도 날카롭게 반복적으로 들려왔습니다. 쓸쓸하고 떨리는, 섬뜩하고 어린 울음소리였지요.

갑자기 문을 두드리는 소리에 나는 소스라치며 벌떡 일어났습니다.

"저녁 식사를 알리는 종소리를 못 들으셨습니까?" 오크 씨가 말했습니다.

나는 그의 존재 자체를 완전히 잊고 있었습니다.

3

오크 부인의 첫인상은 도저히 충실하게 재구성할 수 없을 것 같군요. 그 기억은 훗날 내가 그녀에 대해 알게 된 사실로 철저하게 채색된 것일 테니까요. 그 비범한 여인이 바로 얼마 후 내게 불러일으킨 그 이상한 흥미와 숭모의 마음을, 처음에는 내가 제대로 느끼지 못했던 것 같습니다. 하지만 그 흥미와 숭모는 대단히 흔치 않은 부류였고, 그녀 역시 아주 흔치 않은 부류의 여인이었습니다. 그리고 나 역시, 상당히 흔치 않은 부류의 남자이지요. 그 점은 앞으로 더 잘 설명해드리겠습니다.

다만 확실한 게 있다면, 그 집의 여주인이자 미래의 모델이 내가 기대했던 바와는 완전히 달라서 내가 얼마나 놀랐는지 차마 말로 표현이 되지 않았다는 거예요. 아니, 아닙니다. 지금 다시 생각해보면 그리 놀라지도 않았던 것 같네요. 놀랐다 해도 그 충격이 찰나의 찰나만큼도 오래가지 않았던 게 틀림없어요. 사실 앨리스 오크를 실제로 한번 보고 나면, 어떤 다른 모습으로 상상할 수 있었다는 것을 기억하는 일조차 어렵게 되어버리거든요. 그 여자는 존재 자체로 너무나 완전하고, 다른 모든 사람과 너무나도 완벽하게 구분되는 성격적 자질이 있어서 처음부터 내 의식 속에 항상 존재하고 있었던 것만 같아요. 물론 수수께끼의 형태를 띠었겠습니다만.

어떤 여자였는지 대략 가늠할 수 있도록 설명해볼게요. 잘 생각도 나지 않는 첫인상이 아니라 내가 서서히 알게 된, 절대적인 현실 속 그녀 말입니다. 먼저, 앞으로도 되풀이해 말하고 또 말하겠지만, 그 여자는, 모든 비교를 넘어서서, 내가 평생 본 중에서 가장 우아하고 어여쁜 여인이었어요. 그러나 그 우아함과 미모는 세간에 그런 이름들로 통하는 기존 관념이나 과거의 경험과는 아무 상관이 없었습니다. 한눈에 완벽하다고 느껴지는 우아함과 미모였지만, 생전 처음 보는 종류였고, 아무래도 그녀에게서 마지막으로 본 것 같아요. 1000년에

한 번 정도는, 새롭고 전례 없지만 아름다움과 희귀한 자질을 갈구하는 우리의 욕망을 정확히 명중하는 어떤 특정한 선들의 조합, 동작들의 체계, 윤곽선, 제스처가 등장할 수도 있잖아요. 그렇지 않습니까? 그 여자는 키가 아주 컸어요. 아마 사람들이 봤다면 말랐다고 했을 겁니다. 난 모르겠어요. 나는 그 여자를 몸으로 떠올려본 적이 없거든요. 뼈, 살, 내겐 그런 게 보이지 않았어요. 그저 연속되는 환상적인 선들만 보였어요. 낯설고 이상한 성격도 환상적이라고 생각했고요. 물론 훤칠하고 늘씬했지만, 우리가 생각하는 몸매 좋은 여자의 기준에는 맞지 않았습니다. 대나무처럼(사람들이 말하는 몸매로선 별로 볼품이 없었지요) 꼿꼿했고요. 어깨는 약간 높고 눈에 띄게 구부정했어요. 팔과 어깨가 드러나는 옷은 입지 않았습니다. 그러나 이 대나무 같은 몸매는 어딘지 유연하고 고고했어요. 내딛는 발걸음마다 선의 유희 같았고, 그래서 다른 무엇에 비유할 수 없네요. 공작 같은 면도 있고 수사슴 같은 면도 있었어요. 하지만 무엇보다 오로지 그녀 자신이었지요. 저도 그 여자를 묘사할 수 있으면 좋겠어요. 진심으로 그리고 싶어요. 안타깝군요! 진정 바라고, 바라고, 수십만 번은 또 바랐던 일입니다. 눈을 감으면 지금 눈앞에서 보고 있는 것처럼 그 여자의 그림을 그릴 수 있거든요. 실루엣에 불과할 뿐이라도 말이지요. 저렇게요! 천천히 방 안을 왔다 갔다 서성이는 그 모습이 눈앞에 또렷하게 보여요. 꼿꼿하고 유연한 허리, 길

고 어여쁜 목, 머리, 짧게 자른 연한 고수머리가 이루는 기막
힌 선의 배치를 살짝 높은 그 어깨가 완성했어요. 갑자기 몸
을 뒤로 젖히고 웃을 때를 제외하면 그 어깨는 언제나 조금
처져 있었지요. 웃을 때면 나를 보고 웃는 게 아니라, 아니 누
구에게든, 무슨 말이든 듣고 웃는 게 아니라 혼자서만 갑자기
뭔가 보고 들은 것처럼 웃었어요. 그리고 야위고 창백한 뺨
에 이상한 보조개가 폭 파이고 크게 뜬 눈에 이상한 흰자위
가 번득거렸어요. 그럴 때의 움직임에는 어쩐지 수사슴 같은
데가 있었지요. 그런데 그 여자에 대해 아무리 말한들 무슨
소용일까요? 저는 말입니다. 아무리 위대한 화가라도 평범
한 의미에서 뛰어나게 아름다운 여인의 진정한 미를 보여줄
수 없다고 믿습니다. 티치아노와 틴토레토의 여자들은 실제
로는 그림과 비교도 안 되게 아름다웠을 겁니다. 무언가가(그
본질 자체가) 언제나 잡히지 않는 거죠. 아마도 진정한 아름다
움은 공간뿐 아니라 음악, 연작, 시리즈처럼 시간 속에 존재
하는 대상이기 때문일 겁니다. 잘 들으세요. 지금 제가 드리
는 말씀은 관습적인 의미에서 아름다운 여인들에 대한 얘기
입니다. 그렇다면 한번 상상해보세요. 앨리스 오크 같은 여자
의 경우는 어떻겠습니까? 선과 색채를 낱낱이 모방하는 연필
과 붓이 성공할 수 없는 일이라면, 보잘것없고 딱한 말로 희
미한 개념이나마 전한다는 게 과연 가능할까요? 언어는 한심
하고 추상적인 의미, 무력한 관습적 연상밖에 가진 게 없는데

말이죠? 장황한 얘기지만 짧게 말하자면, 내 생각에 오크허스트의 오크 부인은 최고 수준의 미모와 낯선 자질을 지니고 있었다 이 말입니다. 이국적인 존재였어요. 그런 매혹을 말로 표현할 수는 없는 법이지요. 서양 장미나 백합과 비교해봤자 새로이 발견된 열대의 꽃 향기를 불러올 수 없는 것과 마찬가지예요.

　그때의 첫 만찬은 우울하기 이를 데 없었습니다. 오크 씨는 (그 지방 사람들이 부르듯 오크허스트의 오크 씨는) 끔찍하게 낯을 가렸고, 나와 아내 앞에서 바보 노릇을 할까봐 굉장히 두려워하는 것처럼 느껴졌었어요. 그러나 그런 수줍음은 나아질 기미가 보이지 않았어요. 머지않아 곧 깨달았지요. 물론 낯선 타인의 존재 때문에 더 심해지긴 했겠으나, 오크 씨의 소심함을 유발하는 원인은 내가 아니라 아내였습니다. 오크 씨는 이따금 뭔가 말하려다가 꾹 참으며 침묵을 지키곤 했습니다. 어떤 여자와도 성공적으로 사귈 수 있었을 이 덩치 크고 잘생기고 남자다운 젊은이가 자기 아내 앞에서 갑자기 새빨개진 얼굴로 말을 더듬는 모습이 정말 신기하더군요. 정신이 우매한 탓도 아니었습니다. 단둘이 있을 때 오크 씨는 느리고 소심하긴 해도 꽤 여러 가지 생각을 했고, 아주 구체적인 정치적·사회적 견해를 표했으며, 확실성과 진실을 어린애처럼 열렬하게 추구하고 갈구하는 마음이 어쩐지 감동적이기까지 했거든요. 그런가 하면, 적어도 내가 보기에는 그 유별난 수

줌음이 아내가 윽박지르거나 구박하는 탓도 아니었습니다. 관찰력이 조금만 있다면, 부부 사이에서 항상 면박을 당하거나 상대에게 말을 교정당하는 일이 익숙한 남편이나 아내를 알아볼 수 있습니다. 양쪽 모두 자의식을 갖고 있고, 감시하며 흠을 잡거나 감시당하며 흠 잡히는 습관도 있기 마련이지요. 확실히 오크허스트에서는 이런 경우를 볼 수 없었습니다. 오크 부인은 남편에 대해 쓸데없이 마음을 쓰는 법이 없었습니다. 아무리 바보 같은 말을 많이 해도 비난은커녕 눈치조차 채지 못하고 지나가기 일쑤였거든요. 오크 씨가 마음만 먹었다면 결혼식 당일부터 아무 말이나 했을 겁니다. 보기만 하면 금방 느껴졌어요. 오크 부인은 남편의 존재를 그저 지나쳐버렸어요. 하긴 다른 사람의 존재에도, 심지어 나의 존재에도 신경을 썼다고 말할 수는 없겠군요. 처음에는 작위적으로 그런 척한다고 생각했어요. 외모 전체에 어쩐지 믿기지 않는 구석이 있고, 연구하고 연습한 태가 나서 작위적이라고 비난하기 쉬웠거든요. 옷도 이상하게 입었어요. 어떤 기존의 미적 기벽에 따른 것도 아니고, 17세기의 조상이 입던 옷을 그대로 입은 듯이 개인적이고 이상한 옷매무새였죠. 아무튼 나도 처음에는 그녀가 작위적으로 설정하고 행동한다고 의심했지요. 내게 보여준, 그 극도의 친절과 철저한 무관심이 뒤섞인 태도 말입니다. 그녀는 항상 딴 데 정신이 팔린 것처럼 보였어요. 충분히 말도 많이 하고 모든 면에서 뛰어난 지성의 표식을 보여주었는데도 지나고 보면 남편만큼이나 과묵했다는 인상만 남겼고요.

처음에는, 그러니까 오크허스트에 묵기 시작한 처음 며칠 동안은 오크 부인이 추파와 희롱에 굉장히 뛰어난 재주가 있는 여자라고 생각했습니다. 그리고 말할 때의 넋 나간 듯한 태도, 보이지 않는 먼 곳을 바라보는 듯한 표정, 희한하고 뜬금없는 미소가 다 흠모를 유도하고 사람을 혼란스럽게 하는 수단이라고 생각했어요. 비슷하게 행동하는 일부 외국 여자들과 같은 의도라고 곡해했던 거지요. 영국 여자들은 이해할 수 없겠지만, 여자들의 그런 태도는 그것을 알아듣는 사람들에게는 '내게 구애하세요'라는 의미를 전달하곤 한답니다. 하지만 곧 내가 잘못 생각했다는 걸 깨달았지요. 오크 부인은 내게 구애를 받고 싶은 마음이 추호도 없었습니다. 그럴 만큼 내 생각을 깊이 하지도 않았고요. 한편 나는 나 나름대로 다른 관점에서 그녀에게 너무 깊은 흥미를 갖게 되어 그런 꿈은 꾸지도 않았습니다. 내 앞에 있는 사람이 가히 경이로울 정도로 희귀하고 아름답고 당혹스러운 초상화 모델일 뿐 아니라 한 인물로서도 너무나 독특하고 수수께끼 같은 존재라는 사실을 의식하게 되었기 때문이지요. 돌이켜 생각할 때는, 그 여자의 심리적 기벽을 자신에 대한 터무니없이 과대한 관심으로 요약해버리고 싶은 유혹이 자꾸 듭니다. 나르키소스 같은 자기애가 교묘하게 환상적인 상상력, 침울한 백일몽과 복잡하게 얽혀들어 내면으로 향했고, 외적으로는 그저 약간의 불안, 놀라움과 충격을 주려는 도착적 욕망만 드러났던 거지요. 특히 남편을 놀래고 충격을 주려는 욕망이 강했는데, 남편의 몰이해가 초래한 지독한 권태감에 대해 복수하고자 했던 겁니다.

이 정도는 나도 아주 서서히 이해하게 되었지만, 오크 부인의 신비스러운 분위기를 속속들이 파악하지는 못했다는 느낌은 여전했습니다. 완강한 고집이라고 해야 할까, 이상한 면이라고 해야 할까, 나로서도 설명할 수 없는 무언가가 있었습니다. 그 자질은 특이한 외모만큼이나 정의하기 어려웠는데, 아마 서로 매우 밀접한 연관이 있었을 겁니다. 나는 마치 사랑에 빠진 사람처럼 오크 부인에게 깊은 관심을 가졌습니다. 하지만 진짜 사랑에 빠진 건 아니었어요. 이별이 두려웠던 적도 없고, 함께 있을 때 기쁨을 느낀 적도 없었거든요. 그녀를 기쁘게 하거나 그녀의 관심을 끌고 싶다는 욕망도 전혀 없었고요. 그러나 내 뇌리에는 그녀가 있었고, 나는 그녀를 좇았습니다. 그녀 몸의 이미지를 추적하고 심리의 해명을 찾기 위해 헤맸습니다. 나날을 가득 채워 차마 따분하다는 생각조차 할 수 없는, 그런 열렬한 마음으로 그 여자를 좇았지요. 오크 씨 부부의 삶은 지극히 고독했습니다. 이웃은 몇 명 되지 않았고, 그나마 자주 만나지도 않았습니다. 집에 손님을 초대하는 일도 드물었습니다. 오크 씨는 이따금 나에 대한 책임감에 사로잡히는 눈치였습니다. 함께 산책하거나 저녁 식사 후 한담을 나눌 때면, 오크허스트에서의 삶이 견디기 힘들 정도로 지루하지는 않냐고 물었었거든요. 자신은 아내의 건강 때문에 고독한 삶에 익숙해졌고, 아내 역시 이웃들을 따분하게 여긴다는 겁니다. 이런 문제에서 아내의 판단을 의심해본 적은 없다고 했습니다. 체념은 몹시 간단하고 어쩔 수 없는 일이라는 듯 그저 담담하게 말하더군요. 그러나 내가 보기에는 자신을 탁자나 의자만큼도 생각해주지 않는 여자 곁에서 보내는 이 단조롭고 고독한 삶이, 누가 봐도 기질적으로 활발하고 평범한 삶에 꼭 맞게 생긴 이 젊은이에게 막연한 우울과 짜증을 불러일으키는 것 같았지요. 어떻게 다 참고 사는 걸까 의아했던 적이 한두 번이 아닙니다. 그렇다고 나처럼 기묘한 심리적 수수께끼를 풀거나 위대한 초상화를 그리는 데 관심이 있는 것도 아닌데 말이에요. 보면 볼수록 오크 씨는 지극히 선한 사람이었습니다. 완벽하게 예의 바른 영국 청년의 전형이었죠. 기독교의 병사가 되었어야 할 그런 유형의 남자 말입니다. 독실하고 마음이 순수하고 용감하고 천박한 짓은 도저히 못 하고 지적인 면은 약간 모자라고 온갖 양심의 가책에 시달리는 그런 청년 말입니다. 영지의 소작인들과 소속된 정당의 현 상태가(그는 정통 켄트 지방 토리였어요) 그의 마음을 무겁게 짓누르고 있었지요. 그는 날마다 서재에 몇 시간씩 틀어박혀 지주로서, 또 정치 문필가로서 해야 할 일을 했습니다. 산더미처럼 쌓인 보고서와 신문과 농업 논문 들을 읽었어요. 손에 편지 다발을 든 채 점심을 먹으러 나타나곤 했습니다. 그 선량하고 건강한 얼굴에는 묘하게 혼란스러운 표정이 떠올라 있었고, 미간에는 칼자국처럼 깊은 주름이 져 있었습니다. 내 친구인 괴짜 의사가 '광인의 눈살'이라고 부른 주름이었지요. 나는 그의 초상화에 바로 이런 표정을 담고 싶었습니다. 그러나 본인이 좋아하지 않을 거라는 느낌이 들었죠. 그냥 건강한 분홍빛과 허연 색과 금발이란 틀에 박힌 모습으로만 그려주는 게 본인에게는 더 공평한 일일 테니까요. 오크 씨의 초상화에 관해서는 내가 좀 비양심적으로 굴었는지도 모르겠어요. 어떻게든 그리면 된다는 마음이었거든요. 내 말은, 인물의 성격이라는 관점에서 말이죠. 나는 오크 부인을 어떻게 그려야 하나 온통 그 문제에 정신이 쏠려 있었어요. 그 독특하고 수수께끼 같은 인격을 어떻게 캔버스에 옮길 수 있을까, 그 생각이 온 정신을 집어삼키고 있었어요. 나는 남편부터 그리기 시작했고, 부인을 연구하는 데는 훨씬 더 긴 시간이 필요하겠다고 솔직히 말했습니다. 오크 씨는 아내를 어떤 자세로 그릴지 결정하기도 전에 왜 101장의 연필 스케치가 필요한 건지 전혀 이해를 못 하는 눈치였습니다. 그러면서도 나를 오크허스트에 잡아둘 기회가 생겨서 내심 기뻐했던 것 같아요. 확실히 내 존재가 그 삶의 단조로움을 깨뜨리고 있었거든요. 오크 부인은 내 존재에 완벽하게 무심했듯 내 체류 여부에도 완벽하게 무심했습니다. 무례한 의도는 아니었겠지만, 손님한테 그렇게 아무 관심이 없는 여자는 처음 봤다니까요. 가끔은 시간을 내어 나와 대화하곤 했는데, 아니 내가 말하게 두었다고 해야겠군요, 그러면서도 내 말을 귀 기울여 듣는 법이 없었다니까요. 내가 피아노를 연주하는 동안 17세기의 큼직한 팔걸이의자에 앉아 있곤 했는데, 간혹 그 야윈 뺨에 그 이상한 미소가 떠오르면 눈에서도 기이한 흰색이 번득이곤 했죠. 그러나 내 음악이 멈추건 계속되건 아무 관심도 없어 보였어요. 내가 그리는 남편의 초상화에도 그녀는 미미한 관심조차 없거나 없는 척했습니다. 나는 그런 건 아무렇지 않았어요. 오크 부인한테 흥미로운 인물로 보이고 싶다는 마음은 없었거든요. 그저 그녀를 계속 연구하고 싶었을 뿐이었지요.

오크 부인이 의자나 탁자, 포치에 누워 있는 개들, 가끔 저녁 식사에 초대하는 동네 목사나 변호사나 길 잃은 이웃 등등과 구분해서 처음으로 내 존재를 인식한 듯 보였던 순간은 (내가 거기 묵은 지 아마 일주일쯤 되었을 때일 겁니다) 천장이 선체 내부처럼 생긴 홀에 걸린 어느 귀부인의 초상과 오크 부인이 희한하게도 많이 닮았다는 이야기를 내가 우연히 꺼낸 날이었습니다. 문제의 그림은 실물 크기의 전신 초상화로, 매우 훌륭하지도 않고 딱히 형편없지도 않은 작품이었어요. 십중팔구 17세기 초반 어쩌다 흘러 들어온 이탈리아인이 그린 것 같았지요. 좀 어두운 구석에 걸렸는데, 반려 작품으로 그려진 게 분명한 다른 초상화와 마주 보고 있었습니다. 과단성과 행동력이 서린 표정이 어쩐지 불쾌한 검은 머리 남자로, 반다이크풍의 검은 옷을 입고 있었습니다. 누가 봐도 부부가 틀림없었지요. 그리고 여자의 초상화 한쪽 귀퉁이에 "앨리스 오크, 영주 버질 폼프릿의 영애이자 오크허스트의 니컬러스 오크의 부인"이라는 문구와 1626년이라는 날짜가 쓰여 있었죠. "니컬러스 오크"는 작은 초상화 한쪽 귀퉁이에 쓰여 있는 이름이었습니다. 초상화는 찰스 1세 시대 초기의 어중간한 작품이었지만, 귀부인은 정말 놀라우리만큼 현재의 오크 부인과 닮은 모습이었습니다. 어설픈 그림 솜씨와 당시의 관습적 표현 방식에도 몸매와 얼굴의 그 이상한 선이며, 여윈 뺨에 팬 보조개, 커다랗게 뜬 눈이며, 모호하게 괴짜 같은 표정이 똑같이 보존되어 있었습니다. 이 여인은 후손과 걸음걸이도 같고, 고개 숙인 뒷모습의 아름다운 목선도 같을 거라고 상상하게 되더군요. 내가 알게 된 바로는 오크 씨와 오크 부인은 사촌이었고, 둘 다 니컬러스 오크와 버질 폼프릿의 영애 앨리스의 후손이었습니다. 그러나 그 유사성이 그토록 두드러진 이유는, 현재의 오크 부인이 17세기풍의 옷을 입고 조상을 꼭 닮은 모습으로 화장하고 꾸몄기 때문이었습니다. 아니, 가끔은 이 초상화를 똑같이 베낀 듯한 모습으로 다녔어요.

"선생님도 제가 저 그림과 닮았다고 생각하시는군요." 오크 부인은 내 말에 꿈꾸는 듯 몽롱하게 대답했습니다. 시선은 투명한 무언가에 이끌리듯 정처 없이 배회했고 희미한 미소를 띠어 야윈 뺨에 보조개가 패었습니다.

"초상화를 닮으셨고, 부인도 그 사실을 잘 알고 계시지요. 심지어 초상화와 닮기를 원하시는 것 같습니다, 오크 부인." 나는 웃으며 대답했습니다.

"그럴지도 모르죠."

오크 부인이 답했습니다. 그러고는 남편 쪽을 바라보았습니다. 오크 씨는 그 특유의 눈살을 찌푸린 데다 유별나게 짜증스러운 표정을 짓고 있더군요.

"오크 부인이 그 초상화와 닮으려 노력하시는 게 사실입니까?" 나는 비뚤어진 호기심이 발동해서 물었습니다.

"아, 허튼소리!" 오크 씨는 의자에서 일어나 불안하게 창가로 걸어가며 외치더군요. "다 헛짓거리, 무의미한 짓에 불과합니다. 난 당신이 그러지 않았으면 좋겠어요, 앨리스."

"뭘 그러지 말라는 거죠?" 오크 부인이 경멸 섞인 무관심 비슷한 감정을 내비치며 말했습니다. "내가 저 앨리스 오크와 닮았다고 하면, 그럼 뭐 그런 거죠. 한 사람이라도 그렇게 생각해줘서 기뻐요. 그녀와 남편은 우리 가문에서, 지독하게 밋밋하고 고루하고 득될 것 없는 우리 가문에서 그나마 손톱만큼이라도 흥미로운 구석이 있는 유일한 인물들이었으니까요."

오크 씨는 얼굴이 새빨갛게 달아올랐다가 어디가 아픈 사람처럼 눈살을 찌푸렸습니다.

"왜 우리 가문을 그렇게 부당하게 비하하는지 모르겠군요, 앨리스." 그가 말했습니다. "누가 뭐래도 우리 집안 사람들은 예로부터 언제나 명예롭고 반듯한 남자와 여자 들이었어요!"

"니컬러스 오크와 그의 아내이자 버질 폼프릿 영주의 딸인 앨리스는 늘 예외로 두어야겠지만요." 오크 부인이 웃으며 대답하자 남편은 그만 휘적휘적 바깥의 영지로 나가버렸습니다.

"왜 저렇게 유치하게 굴까요!" 단둘이 남자 오크 부인이 내뱉듯 말하더군요. "그이는 무려 250년 전에 우리 조상이 저지른 일에 정말로 마음을 쓴다니까요. 심지어 굴욕감을 느껴요. 내 눈치를 보거나 이웃들한테 창피를 당하는 게 걱정되지 않았다면, 윌리엄은 벌써 저 초상화들을 내려서 불태워버렸을 거예요. 사실이 그렇거든요. 우리 가문에서 그나마 손톱만큼이라도 흥미로운 구석이 있었던 사람들은 저 둘뿐이에요. 언젠가 그 얘기를 들려드리지요."

그러나 나는 그 얘기를 오크 씨의 입으로 듣게 되었습니다. 다음 날 함께 아침 산책을 하던 중에 오크 씨가 갑자기 긴 침묵을 깨뜨리더군요. 이야기하는 내내 양심적인 켄트의 소지주답게 손에 들고 있던 갈고리 달린 막대로 자신과 다른 사람들 땅의 엉겅퀴를 베며 시든 풀밭을 여기저기 치고 다녔습니다.

"어제 제가 아내에게 매우 무례했다고 생각하시겠지요."
그는 수줍게 말했습니다. "저도 잘 압니다."

오크 씨는 모든 여인, 모든 아내, 특히 그 누구보다 자신의
아내를 신성한 존재로 바라보는 기사도적인 인물이었습니다.
"그러나, 그러나 아내와는 무관하게 저한테는 편견이 있어요.
가문의 추악한 면모를 긁어 파내는 짓에 대해서 말입니다. 앨
리스는 너무 오래전 일이니 우리와는 아무 상관이 없다고 생
각하지요. 그저 그림 같은 이야기라고 생각한단 말입니다. 물
론 그렇게 생각하는 사람들이 많을 거예요. 아니, 많습니다. 안
그렇다면 불명예스러운 가문의 전통이 이토록 떠돌아다닐 리
없으니까요. 그러나 저는 오래전 일이건 아니건 다 마찬가지
라고 생각합니다. 자기 가문의 일이라면 잊히는 쪽이 낫습니
다. 사람들이 어떻게 자기 가문에서 벌어진 살인이며 유령 같
은 얘기를 하고 다닐 수 있는지 모르겠어요."

"그러면 오크허스트에 유령이 있나요?" 나는 물었습니다.
왠지 그 집은 유령이 있어야 비로소 완전해질 것 같았거든요.

"없기를 바랍니다." 오크 씨가 심각하게 말했습니다.

어찌나 심각한지 웃음이 나오더군요.

"왜요, 유령이 있다면 싫어하실 건가요?" 내가 물었죠.

"유령 같은 게 세상에 있다면, 가볍게 여겨서는 안 된다고
생각해요. 경고나 형벌이 아닌 이상 하느님은 그런 존재를 용

납하지 않으실 테니까요."

우리는 침묵 속에서 한참을 걸었습니다. 나는 이 평범한 청년처럼 이상한 유형에 대해 고심했지요. 상상력은 없고 진지한 열의는 넘치는 이 희한한 자질을 표상하는 무언가를 내 초상화에 넣을 수 있으면 좋겠다는 바람이 좀 생기더군요. 그때 오크 씨가 두 초상화 속 인물의 이야기를 내게 들려주었습니다. 살아 있는 어떤 인간도 그보다 더 형편없이, 더듬더듬 이야기할 수는 없을 테지만요.

앞에서도 말했듯이 오크 씨와 오크 부인은 사촌 간이었고, 똑같은 켄트 가문의 후손이었습니다. 오크허스트의 오크 가문은 노르만까지, 거의 색슨 시대까지 거슬러 올라가니 이웃의 귀족이나 더 이름이 알려진 가문보다 훨씬 더 유서가 깊다고 합니다. 윌리엄 오크가 마음 깊은 곳에서 이웃 모두를 내려다보고 있다는 걸 나는 알 수 있었습니다. "우리는 특별히 대단한 위업을 이룩한 적도 없고, 특별히 대단한 인물도 없어요. 공직에 나간 적도 없고요. 그러나 항상 여기 있었습니다. 그리고 항상 우리 의무를 다했지요. 스코틀랜드 전쟁에서 전사한 조상도 있고, 아쟁쿠르 전투에서 돌아가신 분도 있습니다. 그저 정직한 대위들이었지만요." 그러다가 17세기 초반이 되자 가문은 쇠락해 단 한 사람만 남게 되었답니다. 니컬러스 오크였지요. 그가 바로 오크허스트를 현재의 모습으로 재건한 인물입니다. 이 니컬러스는 오크 가문의 다른 사람들과는 좀 달랐던 모양이에요. 젊었을 때는 아메리카 대륙에서 모험을 좇았고, 전반적으로 존재감 없는 이 가문의 조상들과 달리 눈에 띄었습니다. 아주 젊지 않은 나이에 이웃한 주(州)의 아름답고 젊은 상속자 버질 폼프릿의 영애 앨리스와 결혼했지요. "오크 가문 사람이 폼프릿과 결혼한 건 그때가 처음입니다." 오크 씨가 말해주더군요. "그리고 그게 마지막이었어요. 폼프릿가는 아주 다른 부류의 사람들입니다. 불안하고 이기적이었지요. 한 사람은 헨리 8세의 총애를 받았어요." 윌리엄 오크는 제 몸에 폼프릿의 피가 흐른다는 사실을 아주 못마땅해하는 눈치였습니다. 폼프릿가에 대해 말할 때면 혐오가 배어 나왔거든요. 조용하게 의무를 다한 유서 깊고 명예롭고 겸손한 오크 가문이 부나방처럼 행운을 좇으며 궁정의 총신 노릇을 한 가문에 보이는 혐오였습니다. 그런데 그 무렵 크리스토퍼 러브록이라는 사람이 삼촌에게서 작은 집을 물려받아 오크허스트 근처에 살게 되었습니다. 젊고 멋진 귀족 시인이었는데 궁정에서 무슨 연애 사건에 휘말려 잠시 눈밖에 난 모양이었지요. 이 청년 러브록은 오크허스트의 이웃들과 깊은 우정을 나누게 됩니다. 사실 부인과 우정이 좀 지나치게 깊어져서 그녀의 남편이나 그녀 모두 불편한 마음을 갖게 되었지요. 아무튼 어느 밤 혼자 말을 타고 집으로 가던 길에 러브록은 습격을 받고 살해당했습니다. 표면적으로는 노상강도의 소행이라고 했지만, 나중에 뜬소문이 돌았지요.

니컬러스 오크가 시종으로 변장한 그의 아내와 함께 저지른 일이라고요. 법적인 증거는 없었지만 전통은 살아남았습니다. "우리가 어렸을 때 사람들은 그 얘기를 들려주곤 했어요." 내가 손님으로 묵고 있던 집 주인이 목쉰 소리로 말했습니다. "러브록에 대한 이야기들로 제 사촌과…… 제 아내와 저를 겁주려 했지요. 그저 전통에 불과하니 서서히 사라지기를 바랍니다. 저는 그 이야기가 사실이 아니기를 진심으로 하느님께 기도하거든요. 앨리스, 오크 부인은 아시다시피……." 잠시 말이 없던 그가 이어 말했습니다. "저와는 생각이 다르지요. 아마 제 성격이 침울해서 그럴 겁니다. 하지만 굳이 옛이야기를 긁어 파내는 건 싫습니다."

그래서 우리는 그 주제에 대해서 더는 이야기하지 않았습니다.

4

그 순간부터 나는 오크 부인의 눈에 약간 흥미로운 존재로 부상하기 시작했습니다. 아니, 그보다는 내가 좀 더 확실하게 부인의 관심을 끌 수 있는 수단을 깨달았다고 할까요. 내가 잘못했을지도 모르겠어요. 그 후로 오랫동안 심하게 자책하기도 했습니다. 그래도 초상화를 좀 잘 그려보겠다고, 전혀 해로울 것 없는 심리적 기벽에 약간 맞장구를 쳐준 게 그토록 큰 잘못이었다는 걸 그때 내가 어찌 알았겠습니까? 단순히 주의가 산만하고 괴짜인 젊은 여인의 일시적인 취미랄까, 약간의 낭만적 허세나 기벽으로만 생각했을 뿐이지요. 그토록 위험한 폭발 물질을 다루는 일이라고 상상이나 할 수 있었겠어요? 어쩔 수 없이 응대해야 하는 사람들을 그저 다른 모든 사람과 똑같이 대했는데, 알고 보니 상대가 다른 인간과 닮은 점이 전혀 없었다면, 설마 그 책임을 져야 한다는 말은 아니겠지요.

그러니 실제로 악행에 이바지했다 해도 나는 죄가 없어요. 나는 오크 부인에게서 딱 나 같은 부류의 초상화가에게 꼭 맞는 거의 유일무이한 모습을 보았고, 또 너무나 독특하고 '기이한' 인격을 만났습니다. 멀찌감치 거리를 두고 진짜 성격을 연구하지 못한다면, 도저히 그 대상의 진가에 어울리는 그림을 그릴 수 없겠지요. 나는 그녀를 활용해야 했습니다. 그렇다면 제가 좀 묻겠습니다. 찰스 1세 시대의 조상 한두 명이 살해한 시인에 집착하는 여자의 황당무계한 공상에 조금 맞장구를 쳐주고, 그 속내를 털어놓도록 부추기는 것보다 덜 해로운 방법이 있을까요? 게다가 집주인의 편견을 진지하게 존중해 윌리엄 오크 본인 앞에서는 그 이야기를 아예 꺼내지 않았고 오크 부인도 삼가도록 노력했다고요.

내 짐작은 확실히 옳았습니다. 1626년의 앨리스 오크를 닮은 건 1880년의 앨리스 오크의 변덕, 열광, 작위적 태도, 뭐라고 부르든 그런 게 맞았어요. 이 유사성을 알아봐주는 척하면 호감을 확실히 살 수 있었지요. 자식이 없고 한가로운 여인들의 온갖 광적인 집착을 많이 봐왔지만, 이처럼 유별난 집착은 나도 처음 봤답니다. 그러나 단순한 집착에 그치는 건 아니고, 존중해야 할 성격적 특징이기도 했습니다. 그 집착 덕분에 내가 상상 속에서 그린 오크 부인의 모습이 완벽하게 완성되었습니다. 이 수수께끼처럼 신비롭고 이국적인 아름다움을 지닌 기이한 존재는 현재에 전혀 관심이 없고 오로지 과거의 괴팍한 열정에만 몰두하고 있었던 거지요. 눈동자에 서리는 멍한 표정, 맥락도 없이 떠오르는 아련한 미소가 이해되는 느낌이었습니다. 그건 흡사 괴상한 집시 음악에 붙여진 가사 같았어요. 동시대의 여인들과 딴판으로 다르고, 아득하게 거리가 먼 이 여자는 자신을 과거의 어떤 여인과 동일시하고 있다는 사실, 그래서 뭐랄까, 간질간질한 연애에 빠져 있다는 사실이 모든 걸 설명했어요. 하지만 이 얘기는 잠시 후에 들려드리죠.

나는 오크 부인에게 그 비극, 아니 미스터리, 아니 그 무엇이든 버질 폼프릿의 영애 앨리스 오크와 시인 크리스토퍼 러브록의 사연을 남편한테 대충 들어서 알게 되었다고 말했습니다. 내가 전에도 본 적 있는 희미한 경멸, 충격을 주고자 하는 욕망이 그 아름답고 창백하고 반투명한 얼굴에 떠올랐습니다.

"우리 남편은 사건의 진상이 몹시 충격적이라고 생각하는 모양이에요. 그 이야기를 하면서도 자세한 내용은 최대한 생략한 채 이게 다 끔찍한 중상모략에 불과하기를 바란다고 몹시 심각한 표정으로 말했겠지요? 불쌍한 윌리! 우리가 어렸을 때의 기억이 되살아나네요. 저는 오크허스트에서 성탄절을 보내러 오곤 했는데, 사촌인 남편도 휴가를 맞아 와 있곤 했지요. 그때마다 저는 고집을 세우고 숄과 방수포를 둘러쓴 채 사악한 오크 부인의 이야기를 연기해서 그이를 겁주는 게 너무 재미있었어요. 그러면 그이는 늘 진지한 척 니컬러스 역을 죽어도 할 수 없다고 우겼거든요. 코츠코먼에서의 장면을 재현하고 싶었는데 말이에요. 제가 원래의 앨리스 오크와 닮았다는 걸 그때는 몰랐었어요. 우리가 결혼하고 나서야 알게 되었죠. 정말로 제가 그녀와 닮았다고 생각하세요?"

정말 닮았었어요. 특히 그 순간에는요. 하얀 반다이크풍 드레스를 입고 선 그녀 등 뒤로 푸르른 영지가 펼쳐지고, 낮게 뜬 해의 빛살이 짧은 머리카락에 맺혀 반짝이며 그녀의 머리에, 그 기가 막히게 어여삐 숙인 머리에 연노란 후광을 둘렀던 그 순간에는 정말로 닮아 보였습니다. 그러나 솔직히 말씀드리자면, 원래의 앨리스 오크가 제아무리 유혹적인 세이렌이고 마성의 살인자라 해도 내 눈앞에 있는 이 제멋대로의 어여쁜 여인에 대면 따분하고 재미없는 동반자일 것만 같은 거예요. 그래서 이 제멋대로 구는 여자의 어여쁜 아름다움을 있는 그대로 전부 포착해서 후세에 오래도록 전하겠다고 나 자신에게 성급하게 다짐했지요.

어느 날 아침, 오크 씨가 여느 토요일과 마찬가지로 산더미처럼 쌓인 보수당의 선언문들과 농촌의 여러 결정문을 처리하는 동안(오크 씨는 정말 평화의 사도라는 말 그대로의 의미에 꼭 맞는 치안판사였지요. 그 많은 오두막과 판잣집의 사정을 속속들이 파악하고 있으면서 약자를 보호하고 비행을 저지르는 자들을 훈계했어요) 나는 내가 앞으로 그리게 될 초상화를 위한 무수한 연필 스케치(아, 안타깝게도 이제 내게는 그것들밖에 남지 않았어요!) 중 한 장을 만들고 있는데, 오크 부인이 앨리스 오크와 크리스토퍼 러브록의 이야기를 자기만의 관점으로 해석해 들려주었습니다.

"부인은 두 사람 사이에 뭔가 있었다고 생각하세요?" 내가 물었습니다. "앨리스 오크가 그를 사랑했을까요? 전통적인 이야기에 따르면 이른바 그 살인 사건에서 그녀가 맡은 역할이 있잖아요. 그걸 어떻게 설명할 수 있을까요? 애인이 생긴 여자가 애인과 함께 남편을 죽였다는 이야기는 많이 들어봤지 않습니까? 그렇지만 남편과 손을 잡고 애인을, 아니 적어도 자기를 사랑하는 남자를 죽이는 여자라니 그건 확실히 특이한 일이에요." 나는 그림에 몰두하고 있었고, 내 입에서 무슨 말이 나오는지 별로 신경 쓰지 않았어요.

"저도 몰라요." 그녀는 깊은 생각에 잠겨 대답했고, 그 눈에 또 아득한 표정이 떠올랐지요. "앨리스 오크는 분명히 아주 자긍심이 높았을 거예요. 그 시인을 아주 많이 사랑했지만, 또 화가 나기도 했겠지요. 그를 사랑해야만 한다는 사실이 싫었을 거예요. 그래서 그 사람을 없애버릴 자격이 있다고 느꼈을 테고, 남편에게 도움을 요청했을 수도 있겠죠."

"맙소사! 너무 무서운 생각 아닌가요!" 나는 반쯤 웃으며 외쳤어요. "아무튼 그럼 전부 꾸며낸 이야기로 생각하는 게 더 쉽고 마음도 편하다는 오크 씨가 옳을 수도 있겠군요?"

"저는 꾸며낸 이야기라고 생각할 수 없어요." 오크 부인의 말에는 경멸이 담겨 있었지요. "우연히도 다 사실이라는 걸 알게 됐거든요."

"그렇군요!" 나는 열심히 스케치하며 내 앞의 이 이상한 존재를 시험해보는 일을 즐기고 있었습니다. "어떻게 아시죠?"

"이 세상에서 진실을 알아보는 방법이 따로 있나요?" 그녀는 애매하게 답하더군요. "아니까 아는 거고, 진실이라고 느끼니까 아는 거겠죠."

또 그 연한 눈에 그 아득한 표정을 떠올리며 그녀는 다시 침묵에 빠져들었습니다.

"러브록의 시를 한 편이라도 읽어보셨나요?" 다음 날 그녀가 내게 불쑥 물었습니다.

"러브록이요?" 나는 그 이름을 까맣게 잊고 물었습니다. "그러니까 어떤 러브록……." 나는 식탁 옆자리에 앉은 집주인의 명백하게 불편해하는 심기를 읽고 말을 삼켰습니다.

"오크 씨와 내 조상들이 죽인 러브록이요."

그러면서 그 말이 초래한 명백한 짜증을 도착적으로 만끽하려는 듯 남편의 얼굴을 정면으로 바라보더군요.

"앨리스." 얼굴이 온통 새빨갛게 변한 오크 씨는 나직하게 아내에게 애원했습니다. "제발 부탁인데, 하인들 앞에서는 그런 얘기를 하지 말아줘요."

오크 부인은 높고, 가볍고, 좀 히스테리 같은 웃음을 터뜨렸어요. 못된 아이의 웃음 같았죠.

"하인들이라고요! 세상에, 맙소사! 그 얘기를 하인들이 못 들었을 것 같아요? 아니, 이 동네에서는 오크허스트만큼이나 유명한 얘기인걸요. 하인들은 러브록이 이 집 안을 돌아다니는 모습이 보인다고 믿지 않나요? 커다란 복도에서 그 발소리를 다들 들어보지 않았던가요? 여보, 윌리, 하인들은 당신이 그 노란 응접실에서 단 한 순간도 혼자 있지 않는다는 사실을 이미 수천 번도 넘게 봐서 눈치챘어요. 일 분이라도 내가 당신을 거기 혼자 두고 나오기라도 하면, 당신은 어린애처럼 뛰쳐나오잖아요?"

정말 그랬습니다! 어떻게 내가 그걸 눈치채지 못했을까요? 아니, 이제야 새삼스레 그 기억이 떠올랐어요. 노란 응접실은 이 저택에서 가장 매혹적인 방 중 하나였습니다. 크고 밝은 방에는 노란 다마스크 천이 드리워져 있고, 세공한 조각 패널로 장식되어 있었죠. 그 방은 곧장 잔디밭으로 나갈 수 있어서 우리가 평소 앉아 시간을 보내는 방보다 훨씬 좋았어요. 그 방은 좀 음침한 편이었거든요. 이번에는 오크 씨가 정말로 너무 어린애 같다는 생각이 들더군요. 그를 궁지로 몰아붙이고 싶다는 강렬한 욕구가 솟구쳤어요.

"그 노란 응접실 말이군요!" 나는 탄성을 질렀습니다. "이 흥미로운 문학가가 노란 응접실에 출몰한다는 말입니까? 그 얘기를 더 들려주세요. 거기서 무슨 일이 있었나요?"

오크 씨는 괴로워하며 웃으려고 애썼습니다.

"내가 아는 한 아무 일도 없었습니다." 그러더니 그는 자리에서 일어섰습니다.

"정말로요?" 나는 못 믿겠다는 듯 물었지요.

"거기서는 아무 일도 일어나지 않았어요." 오크 부인은 기계적으로 만지작거리던 포크로 식탁보의 문양을 꾹꾹 찌르며 천천히 말했습니다. "그거야말로 정말 놀라운 일이지요. 모두가 아는 한 그 방에서는 아무 일도 일어나지 않았거든요. 그런데도 그 방은 악명을 떨치고 있다는 거잖아요. 우리 가문 사람이라면 그 누구도 일 분 이상 그 방에서 견뎌내질 못해요. 보시다시피 윌리엄은 절대 못 하죠."

"거기서 뭔가 이상한 소리를 듣거나 형상을 보신 적이 있나요?" 나는 집주인에게 물었습니다.

그는 고개를 젓더군요. "아니요, 전혀." 그는 짧게 대답하고는 시가에 불을 붙였습니다.

"부인도 못 보셨겠지요." 나는 반쯤 웃으며 오크 부인에게 물었습니다. "부인께서는 얼마든지 혼자 그 방에서 시간을 보낼 수 있으시잖아요? 그곳에서 아무 일도 일어나지 않았는데, 왜 이렇게 이상하게 악명이 높은지 혹시 설명해주실 수 있나요?"

"아마 미래에 그곳에서 어떤 일이 일어날 운명이기 때문이겠지요." 특유의 넋 나간 목소리로 오크 부인이 말했어요. 그러고는 불쑥 이런 말을 덧붙이더군요. "그 방에서 제 초상화를 그려주시면 어떨까요?"

오크 씨가 갑자기 홱 고개를 돌렸습니다. 새하얗게 질린 얼굴로 무슨 말을 하려다 참더군요.

"왜 그렇게 오크 씨를 걱정하게 만드세요?" 오크 씨가 보통 때처럼 서류 다발을 들고 끽연실로 들어가고 난 후 나는 오크 부인에게 물었습니다. "부인, 너무 잔인하세요. 부인께서 아무리 그런 심리를 이해 못 한다고 하더라도 그런 것을 믿는 사람들을 좀 더 배려해주셔야죠."

"제가 선생님 말씀대로 '그런 것'을 믿지 않는다고 누가 그러던가요?" 그녀가 대답했습니다.

"오세요." 그러고는 일 분쯤 후에 말하더군요. "제가 왜 크리스토퍼 러브록을 믿는지 보여드리고 싶네요. 저와 함께 노란 응접실로 가시지요."

5

오크 부인이 노란 응접실에서 내게 보여준 건 두툼한 서류 다발이었습니다. 인쇄물도 있고 자필 원고도 있었지만, 오래되어 모두 갈색으로 변해 있었지요. 그녀가 낡은 이탈리아산 흑단 상감 캐비닛에서 서류를 꺼내더군요. 이중 자물쇠와 가짜 서랍으로 된 복잡한 구조여서 시간이 꽤 오래 걸렸습니다. 그사이 나는 서너 번밖에 들어와본 적 없는 방 안을 둘러보았지요. 확실히 이 아름다운 저택에서도 가장 아름다운 방이었지만, 이제 내 눈에는 가장 이상한 방으로 보이더군요. 길고 낮아서 선실을 연상시키는 데가 있었고, 중간문설주로 분할된 커다란 창문은 점점이 자란 참나무가 완만한 비탈로 솟아올라 저 멀리 지평선과 맞닿은 푸른 전나무의 선으로 이어지는, 녹갈색 영지의 조망을 실내로 들이고 있었습니다. 벽에는 갈색으로 바랜 꽃무늬 다마스크 천이 붉은빛 도는 웨인스코팅 조각과 참나무 세공의 들보와 하나로 어우러져 걸려 있었습니다. 나머지는 영국의 거실이라기보다 오히려 이탈리아의 거실을 연상시키더군요. 상감과 조각으로 장식된 가구는 17세기 초반 토스카나의 제품이었고, 볼로냐의 장인이 그린

색 바랜 우화적 회화가 한두 점 벽에 걸려 있었습니다. 그리고 한쪽 구석에 놓인 키 작은 오렌지 나무들 사이에 늘씬하고 곡선이 아름다운 이탈리아제 하프시코드가 놓여 있었습니다. 하프시코드 커버에는 꽃과 풍경이 그려져 있더군요. 벽감에는 오래된 책들이 꽂힌 책장이 있었는데, 주로 엘리자베스 시대의 영국과 이탈리아 시인들의 작품이었습니다. 바로 옆에 있는 세공된 함 위에는 커다랗고 아름다운 멜론 모양의 류트가 놓였더군요. 중간문설주로 분할된 창문이 열려 있었지만, 공기는 텁텁했고, 뭐라 표현하기 어려운 어지러운 향기가 났습니다. 키우는 꽃의 향기는 아니었고, 향료들 사이에 오랜 세월 놓여 있던, 뭔가 낡은 물건의 향 같았습니다.

"아름다운 방이로군요!" 탄성이 절로 나오더군요. "이 방에서 부인의 초상화를 그리면 얼마나 좋을까요!" 그러나 말을 내뱉자마자 잘못했다는 깨달음이 덮쳤습니다. 이 여인의 남편은 그 방을 견딜 수 없이 싫어하는데, 그 혐오에 일리가 있을지도 모른다는 생각이 희미하게 떠올랐기 때문이지요.

오크 부인은 나의 감탄은 듣는 둥 마는 둥 하고, 선 채로 서류를 정리하고 있던 책상 앞으로 나를 불렀습니다.

"보세요!" 오크 부인이 말했지요. "이게 다 크리스토퍼 러브록의 시들이랍니다." 그러더니 부드럽고도 경건한 손끝으로 노란 서류를 어루만지며 들릴락 말락 한 작은 소리로 느릿하게 시구를 읽기 시작했습니다. 헤릭, 월러, 드레이턴 스타일의 시로서 대체로 드라이오프라는 귀부인의 잔인함을 불평하는 내용이었지요. 그 이름이 오크허스트의 여주인을 숨기고 있다는 사실은 명백해 보였습니다. 노래들은 우아했고 모종의 희미해진 열정을 말하고 있었지만, 사실 나는 그 시들이 아니라 그 시들을 읽어주는 여인을 생각하고 있었습니다.

오크 부인은 하얀 양단 드레스를 입고 갈색에 가까운 노란 벽을 배경으로 서 있었습니다. 그 드레스도 17세기에 제작된 것으로, 훤칠한 키에 가녀린 몸매, 어여쁘고 낭창한 그녀의 유연성을 한층 또렷하게 강조했습니다. 그녀는 한 손에 서류를 들고 다른 손으로는 몸을 지탱하려는 듯 바로 옆의 상감 캐비닛을 짚고 있었습니다. 외모처럼 섬세하고 어슴푸레한 목소리에는 기묘한 억양이 있었어요. 마치 어떤 선율에 붙인 가사를 읽고 있으면서 노래를 따라 부르고 싶은 마음을 힘겹게 다잡는 것처럼 말입니다. 시를 읽는 동안 그녀의 길고 가녀린 목에서 약하게 맥박이 뛰었고, 희미한 혈색이 홀쭉한 얼굴에 떠올랐습니다. 시구들을 다 외우고 있는 게 분명했지요. 눈길은 예의 아득한 미소 가운데 못 박혀 있었고, 끊임없이 떨리는 입술에 걸린 작은 미소와 조화를 이루었습니다.

'바로 저 모습으로 그리고 싶어!' 나는 마음속으로 외쳤습니다. 그래서 그때는 눈앞의 광경을 보면서도 제대로 깨닫지 못하고 있었습니다. 훗날 곰곰 되짚어 생각해보니, 이 이상한 존재가 그 시구를 읽는 태도는 마치 자기 자신을 향해 쓴 연시를 읽는 여자와 같았단 말이지요.

"이 시들은 모두 앨리스 오크를 위해 쓰인 거예요. 버질 폼프릿의 영애 앨리스 말이에요." 그녀는 서류를 접으면서 천천히 말했습니다. "내가 이 캐비닛 맨 아래에서 찾아냈답니다. 아직도 크리스토퍼 러브록이 실재했다는 사실을 의심할 수 있나요?"

그 질문은 비논리적이었습니다. 크리스토퍼 러브록의 실존을 믿는다고 해서 그 죽음의 양태에 의혹을 품지 말라는 법은 없으니까요. 그러나 왠지 설득력이 있었지요.

"여기요!" 앨리스 오크는 시들을 제자리에 내려놓고 말했습니다. "제가 다른 것을 보여드릴게요." 책상 위의 수납공간에(오크 부인은 그 노란 방에 책상을 놓고 쓰고 있었습니다) 놓여 있던 꽃들 사이로 제단에 바친 듯 검은색 조각 세공 액자가 놓여 있고, 그 위에 실크 커튼이 드리워져 있었습니다. 커튼 뒤에서 그리스도의 두상이나 마리아의 성상이 나올 것만 같은 곳이었지요. 오크 부인이 커튼을 걷자 큼지막한 인물상이 모습을 드러냈습니다. 적갈색 곱슬머리에 뾰족한 적갈색 콧수염을 기른 청년의 상으로, 검은 옷을 입고 있었지만, 목에는 레이스를 두르고 귀에는 배 모양의 큼직한 진주를 달고 있었습니다. 아련하고 울적한 얼굴이었어요. 오크 부인은 받침에서 인물상을 경건하게 들어 올려 내게 보여주었습니다.

상 뒤에는 색이 바랜 글씨로 '크리스토퍼 러브록'이라는 이름과 1626년이라는 날짜가 쓰여 있었지요.

"저 캐비닛의 비밀 서랍에서 시 한 다발과 함께 이걸 찾아냈지요." 그녀는 인물상을 내 손에서 가져가며 말했습니다.

나는 잠시 아무 말도 하지 않았습니다.

"그런데…… 그런데 오크 씨는 여기 이런 걸 갖고 계신다는 사실을 아십니까?" 묻고 나서야 내가 대체 무슨 생각으로 그런 질문을 했을까 싶었지요.

오크 부인은 특유의 깔보듯 초연한 미소를 띠었습니다. "아무한테도 숨긴 적 없어요. 내가 가지고 있는 게 싫으면 남편이 벌써 빼앗았겠지요. 그이 집에서 발견한 이상 그이 소유니까요."

나는 대답하지 않고 기계적으로 문 쪽으로 걸어갔습니다. 이 아름다운 방에는 어쩐지 머리가 어지럽고 위압적인 데가 있었습니다. 이 아름다운 여인에게도, 자칫 혐오스러울 수 있는 어떤 자질이 있었습니다. 갑자기 내 눈에도, 그녀가 위험하고 도착적으로 보였습니다.

이유는 나도 도무지 모르겠지만, 그날 오후 나는 오크 부인을 좀 홀대했습니다. 그 대신 오크 씨의 서재에 가서 회계장부와 보고서와 선거 서류에 파묻혀 일하는 오크 씨 맞은편에 앉아 담배를 피웠지요. 책상에 산더미처럼 쌓아둔 제본 책자들과 상세히 분류한 서류들 위로 그만의 공간을 장식하는 단 하나의 물건이 보였습니다. 바로 몇 년 전에 찍은 아내의 작은 사진이었지요. 그처럼 화려하고 정직하고 남자다운 아름다움의 소유자가 약간 어리벙벙하게 잔뜩 눈살을 찌푸린 특유의 표정으로 몸 바쳐 일하는 모습을 바라보고 있자니, 이유는 모르겠지만 이 남자를 향한 강렬한 연민이 밀려왔습니다.

그러나 이 감정은 오래지 않아 사라졌습니다. 감정을 지탱해줄 다른 뭔가가 없었거든요. 오크 씨는 부인만큼 흥미롭지 못했단 말이에요. 게다가 부인처럼 경이로운 존재를 앞에 두고, 이 정상적이고 훌륭하고 모범적인 젊은 지주에게 측은지심을 품는 일엔 매우 큰 노력이 필요했어요. 그래서 내게는 오크 부인이 날마다 자신의 이상한 광증에 대해 말하도록 방관하고, 심지어 부추기는 습관이 생겨버렸습니다. 솔직히 고백하자면 그런 행위에서 음침하고도 짜릿한 기쁨을 느꼈어요. 너무나도 그녀다웠고, 그 집과도 잘 어울렸거든요! 완벽하게 캐릭터를 완성해서 초상화를 어떤 식으로 그려야 할지 구상하기도 훨씬 쉬웠습니다. 윌리엄 오크의 초상화 작업을 하면서 나는 조금씩 마음을 정했습니다(오크 씨는 생각했던 것처럼 그리기 쉬운 대상이 아니었지요. 자기는 의식적으로 노력을 많이 하지만 말도 없이 깊은 생각에 잠겨 있기 일쑤인, 신경 예민하고 불편한 모델이었습니다). 그리고 선조의 초상화를 똑같이 베낀 듯한 흰색 반다이크풍 드레스 차림으로, 노란 방의 캐비닛 옆에 서 있는 모습으로 오크 부인을 그리기로 했습니다. 오크 씨의 심기를 거스를 수도 있고, 오크 부인마저 기분 나빠

할 수도 있었지요. 초상화를 받지도 않고 돈도 주지 않고 전시도 못 하게 할 수 있었습니다. 심지어 우산으로 그림에 구멍을 내라고 강요할 수도 있었지요. 아무래도 좋았습니다. 그 그림은 그려야만 했으니까요. 그저 그렸다는 사실 자체만을 위해서라 해도 말이지요. 나로서는 할 수 있는 일이 그뿐이었고, 단연코 지금까지 내 작품 중 최고가 될 거라는 느낌이 들었습니다. 이런 결심은 아무한테도 말하지 않은 채 오크 씨의 초상화를 계속 그리면서 오크 부인의 스케치를 한 장 한 장 준비해나갔습니다.

오크 부인은 조용한 사람이었습니다. 남편보다도 더 조용했지요. 남편처럼 손님을 즐겁게 해주거나 관심을 보여야 한다는 의무감에 속박되지 않았으니까요. 그 여자는 삶을, 그 기묘하고 무기력하고 반쯤은 환자 같은 삶을 영원한 백일몽에 빠져 흘려보내는 것만 같았어요. 집 안과 영지를 서성거리며 항시 모든 방에 가득 꽃을 꽂고, 책을 읽기 시작하는가 하면 곧 소설과 시집 들을 치워버리곤 했지요. 소설과 시집을 어마어마하게 많이 소장하고 있었거든요. 그러고는 노란 방의 소파에 몇 시간씩 누워 아무 일도 하지 않았던 것 같아요. 오크 가문 사람이라면 아무도 그 방에 혼자 머무르지 않았다지만, 그녀만은 예외였지요. 조금씩 나는 이 괴짜의 또 다른 기벽을 눈치채고 그에 대한 확증을 갖기 시작했습니다. 그 노란 방에 있을 때면 왜 아무도 방해하지 말라는 엄중한 명령을 내렸는지 그 이유도 이해했지요.

다른 영국식 장원 한두 군데와 마찬가지로 오크허스트에서도 각 세대의 의상을 어느 정도 보관해놓는 관습이 있었는데, 특히 웨딩드레스가 그랬습니다. 오크 씨가 어떤 참나무 세공의 옷장을 열어 보여준 적이 있는데, 17세기 초부터 18세기 말에 걸친 남녀의 의상을 모아둔 완벽한 박물관이더군요. 잡동사니 수집가나 골동품상, 장르 화가라면 아마 좋아서 숨이 넘어갔을 겁니다. 하지만 오크 씨는 해당 사항이 없었고, 가문의 감정이 끼어들지 않는 한 소장품에 관심이 거의 없었어요. 그래도 그 옷장의 내용물은 잘 알고 있는 눈치였습니다.

오크 씨는 내게 보여주려고 옷들을 뒤적이다가 갑자기 눈살을 찌푸렸습니다. 대체 어떤 충동에 휩싸여서 내가 그런 말을 했는지 모르겠어요. "그런데 말입니다. 부인과 꼭 닮은 오크 부인의 드레스는 안 갖고 계시나요? 혹시, 그 초상화에서 입고 있는 흰 드레스를 갖고 계세요?"

오크 씨는 얼굴이 아주 빨갛게 달아올랐지요.

"갖고 있습니다." 주저하면서 말하더군요. "하지만 지금 여기에는 없습니다. 나는 못 찾겠어요. 내 생각에는……." 그는 힘겹게 입 밖으로 말을 내뱉었습니다. "앨리스한테 있는 모양이군요. 오크 부인은 가끔 이런 옛날 물건들을 꺼내놓는 걸 좋아하니까. 이런 물건들에서 이런저런 아이디어를 얻는 것 같아요."

불현듯 내 마음이 깨달음으로 환하게 밝아졌습니다. 오크 부인이 내게 크리스토퍼 러브록의 시를 보여주던 날 노란 방에서 입고 있던 흰색 드레스는 내 생각과 달리 현대의 복제품이 아니었던 겁니다. 버질 폼프릿의 영애 앨리스 오크가 입었던 그 옷이었습니다. 아마도 크리스토퍼 러브록이 바로 그 방에서 그녀가 입은 모습으로 보았던 그 드레스였겠지요.

그 생각을 하곤 회화적인 희열에 젖어 혼자 전율했습니다. 아무 말도 하지 않았습니다만, 그 노란 방에 앉아 있는 오크 부인의 모습을 마음속으로 그려보았죠. 오크 가문 사람들이 아무도 감히 혼자 들어가 있지 못하는 방에 조상의 드레스를 입은 채 그 장소를 가득 채우고 앉아 그 희미한, 그 유령 같은 무언가와 당당히 마주 보는 그녀의 모습. 어렴풋한 그 존재가 내 눈에는 살해당한 왕당파 시인으로 보였습니다.

앞에서 말했듯이 오크 부인은 극도로 말이 없었는데, 이는 극도의 무심함 탓이었지요. 정말로 제 머릿속 생각과 백일몽 말고는 아무 데도 관심이 없었거든요. 이따금 남편의 편견과 미신에 충격을 주고 싶다는 갑작스러운 욕망에 사로잡힐 때가 있기는 했지만요. 어느새 그녀는 앨리스와 니컬러스 오크, 크리스토퍼 러브록의 이야기가 아니면 내게 아예 말을 한마디도 하지 않는 습관이 생겼습니다. 그러다 불현듯 어떤 충동에 사로잡히면 몇 시간씩 쉬지 않고 이야기를 늘어놓았지요. 자기 마음을 사로잡은 이상한 광증에 나 역시 관심이 있기는 한지 따위는 개의치 않고 아예 물어볼 생각조차 하지 않았습니다. 물론 우연히 나도 관심이 깊어지긴 했지만 말이지요. 나는 오크 부인의 이야기를 듣는 게 좋았습니다. 부인은 한 시간 내내 러브록 시의 미덕을 논하는가 하면 자신의 감정과 두 조상의 감정을 분석하기도 했지요. 그토록 어여쁘고 이국적인 존재가 이런 분위기에 젖어 드는 모습을 지켜보는 건 굉장히 멋진 일이었습니다. 회색 눈엔 아득한 눈빛이 서리고 야윈 뺨에는 넋 나간 듯한 미소가 떠올랐지요. 그러고는 17세기의 사람들을 가까이서 알고 지낸 사람처럼 그들의 감정을 시시각각으로 나누어 낱낱이 분석하고, 그들과 희생자가 함께 등장하는 장면들을 하나하나 세세히 설명했어요. 앨리스, 니컬러스, 러브록을 곁에서 지켜본 가까운 지인 같은 말투였다니까요. 특히나 앨리스와 러브록을 잘 아는 친구 같았지요. 앨리스가 한 말, 앨리스의 뇌리를 스쳐간 생각을 하나도 빠짐없이 알고 있는 것 같았거든요. 흡사 자신을 삼인칭으로 지칭하며 자신의 감정을 토로하는 게 아닐까 싶을 때도 있었고요. 나는 은밀한 여인의 속내를 몰래 듣고 있는 느낌이었습니다. 살아 있는 연인에 대한 의혹, 가책, 고뇌를 읊조리는 말들. 세상 모든 문제에 철저히 무심하고 자기중심적이어서 타인의 감정을 이해하거나 공감하는 능력이 없을 것 같던 오크 부인은, 이 앨리스라는 여자의 감정만큼은 열정적으로 완전하게 공감했어요. 언뜻 다른 여자가 아니라 그냥 자기 자신이 되어버린 양 보이는 순간들도 있었으니까요.

"하지만 어떻게 그런 짓을 할 수 있었을까요? 어떻게 마음을 준 남자를 살해할 수 있어요?" 한번은 내가 물어봤습니다.

"온 세상보다 더 그를 사랑했기 때문이지요!" 그녀는 이렇게 외치더니 의자에서 벌떡 일어나 창가로 가서 두 손으로 얼굴을 가렸습니다.

목선의 움직임으로 보아 흐느껴 울고 있었지요. 그녀는 돌아보지도 않고 내게 물러가라며 손짓했습니다.

"우리 이 얘기는 더 하지 말아요." 그녀가 말하더군요. "오늘은 내가 아파요. 어리석고요."

나는 방에서 나와 부드럽게 문을 닫았습니다. 이 여자의 삶에 대체 어떤 수수께끼가 있는 걸까요? 이 나른한, 이 이상한 자기 몰입과 오래전 죽은 사람들에 대한 더 이상한 집착, 남편에 대한 무관심, 오히려 남편의 짜증을 부추기려는 충동, 이 모든 건 앨리스 오크가 오크허스트 저택의 주인이 아닌 다른 남자를 사랑했고, 또 지금도 사랑하고 있다는 뜻이었을까요? 그리고 오크 씨의 우울, 편협, 망가져버린 청춘을 암시하는 그 어떤 분위기, 그건 그 사실을 알고 있다는 뜻이었을까요?

6

그 후로 며칠 동안 오크 부인은 보기 드물게 기분 좋고 활기차 보였습니다. 손님들이(먼 친척이) 찾아올 예정이었는데, 부인은 사람들이 온다는 생각만 해도 지독한 짜증이 난다면서도 별안간 맹렬한 기세로 집안일을 해치웠고, 여기저기 돌아다니면서 물건을 배치하고 하인들에게 지시를 내리고 있었지요. 보통 때와 마찬가지로 실제 모든 배치와 명령은 여전히 남편의 소관이긴 했습니다만.

월리엄 오크의 얼굴이 눈에 띄게 환해졌습니다.

"앨리스가 항상 이렇다면 얼마나 좋겠습니까!" 그는 외쳤어요. "앨리스가 삶에 흥미를 갖는다면, 그럴 수만 있다면 만사가 얼마나 달라질까요! 하지만……." 어떤 식으로든 아내를 비난해선 안 된다는 듯 그는 곧바로 덧붙여 말했습니다. "보통은 그렇게 몸이 약하니 어떻게 그럴 수가 있겠습니까? 그래도 저런 모습의 앨리스를 보니 너무나 기쁩니다."

나는 고개를 끄덕였습니다. 그러나 정말로 그 관점에 동조했다고 하기는 어렵네요. 내 눈에는, 특히 전날의 그 놀라운 장면을 돌아보면, 오크 부인의 활력이 도저히 정상으로 보이지 않았거든요. 평소와 다른 활력, 평소와는 딴판인 명랑한 태도가 불안하고 열에 달떠 보이기만 했습니다. 그날 하루 내내 나는 오히려 심하게 아파서 금세 쓰러질 것 같은 여자를 대하고 있다는 인상을 받았습니다.

오크 부인은 이 방에서 저 방으로, 정원에서 온실로 돌아다니며 모든 것이 잘 정돈되어 있는지 점검하며 하루를 보냈지만, 솔직히 오크허스트에서는 언제나 모든 것이 잘 정돈되어 있었습니다. 부인은 그날 나를 위해 앉아서 모델이 되어주지 않았고, 앨리스 오크나 크리스토퍼 러브록에 대해서 단 한 마디도 하지 않았습니다. 별다른 생각 없는 사람이 봤다면, 러브록에 대한 광적인 집착이 완전히 사라졌거나 애초에 존재하지도 않았다고 했을 겁니다. 5시쯤 나는 둥근 박공의 붉은 벽돌 별채들과(별채들은 각자 참나무 숲을 갑옷처럼 두르고 있었지요) 양철 세공으로 꾸민 구식 주방, 과수원 사이를 거닐고 있다가 두 손 가득 요크와 랭커스터• 장미를 들고 마구간을 마주 보는 계단에 서 있는 오크 부인을 보았습니다. 시종이 말빗으로 말의 털을 빗어주고 있었고, 마차 보관소 밖에는 오크 씨의 바퀴가 큰 이륜마차가 서 있었습니다.

"우리 드라이브 가요!" 갑자기 오크 부인이 나를 보고 외쳤습니다. "오늘 저녁이 얼마나 아름다운지 봐요. 저 아담하고 귀여운 마차도 보세요! 마차를 타고 달리는 게 정말 오랜

• 왕권을 두고 30년에 걸쳐 내전을 벌이며 대적한 영국의 양대 명문 가문. 두 가문의 문장이 각각 '흰 장미'와 '빨간 장미'여서 이들의 전쟁을 '장미전쟁'이라고 부른다.

만이지 뭐예요. 다시 마차를 타야 할 것 같아요. 저와 같이 가요. 그리고 너는 당장 짐에게 마구를 달아서 문간으로 데리고 와라."

어안이 벙벙했습니다. 오크 부인이 문 앞으로 마차를 타고 와서 같이 가자고 하니 놀라서 당황한 거지요. 부인이 시종을 돌려보내고 잠시 후 우리는 엄청난 속도로 노란 자갈이 깔린 길을 따라 달렸습니다. 말라빠진 목초지와 커다란 참나무들을 양편에 두고 말이지요.

내 감각을 믿지 못할 지경이었습니다. 남자 같은 코트와 모자 차림의 이 여자는, 굉장한 솜씨로 젊고 힘찬 말을 몰며 열여섯 살 학생처럼 수다를 떨었습니다. 아무것도 못 하고, 이상한 향기와 분위기로 가득한 노란 응접실의 묵직한 공기 속에서 소파에 누워 있던 그 섬세하고 음침하고 이국적인 온실의 존재라고는 생각도 할 수 없었습니다. 가벼운 마차의 움직임, 서늘한 외풍, 자갈길을 달려가는 바퀴 소리, 이 모든 게 그녀를 취하게 만드는 느낌이었습니다.

"이런 걸 해본 지가 정말 너무나 오래됐어요." 그녀는 계속 같은 말을 하고 또 했습니다. "너무, 너무나 오래됐어요. 아, 언제라도 말이 쓰러져 우리 둘 다 죽을 수 있다고 생각하면서도 이런 속도로 질주하는 거, 정말 신나지 않아요?" 그러더니 어린아이처럼 웃으며 내게로 얼굴을 돌렸습니다. 그 얼굴은 이제 파리하지 않았어요. 역동과 흥분으로 발갛게 상기되어 있었습니다.

이륜마차는 빨리, 점점 더 빨리 달렸습니다. 목초지를 가로질러 붉은 벽돌의 작은 박공집들이 모여 있는 마을들을 통과하고, 작은 언덕들을 오르락내리락하며, 날아가듯 질주하는 우리 뒤로 울타리 문이 하나씩 하나씩 닫혔습니다. 사람들이 우리를 구경하러 나왔습니다. 시냇물을 따라 겹겹이 늘어선 버드나무를 지나 짙은 초록빛의 빽빽한 홉 경작지를 지났습니다. 아스라하게 푸르른 지평선의 우듬지가 점점 더 푸르르고 아스라해졌고, 노란 햇빛이 땅을 훑기 시작했습니다. 마침내 우리는 탁 트인 평지로 나왔습니다. 목초지와 홉 밭으로 무자비하게 땅을 착취하는 켄트에서는 보기 드문 고원의 공터였습니다. 월드●의 야트막한 야산들 가운데 자리한 고원은 초현실적으로 고도가 높아 보였어요. 아득한 전나무 숲으로 경계 지어진, 헤더와 가시금작화가 만발한 광막한 벌판은 사실 이 세상 꼭대기에 있었습니다. 바로 맞은편에서 해가 지고 있었고, 햇빛이 판판하게 깔려 붉고 검은 헤더의 빛깔로 땅을 물들이고 있었어요. 아니, 차라리 짙은 보랏빛 구름의 둑으로 덮인 자주색 바다로 바꾸고 있었다고 해야 할까요. 칠흑처럼 흩뿌려진 메마른 헤더와 가시금작화가 햇빛을 받은 곱슬머

● 영국 남동부의 광야와 야산 지대. 햄프셔, 서리, 서식스, 켄트 등 여러 주에 걸쳐 있다.

리처럼 진보랏빛의 끄트머리를 물들이고 있었습니다. 싸늘한 바람이 우리 얼굴로 세차게 불어왔어요.

"이곳의 이름이 무엇입니까?" 내가 물었습니다. 오크허스트 근방에서 유일하게 인상적인 풍광이었거든요.

"코츠코먼이라고 해요." 오크 부인이 대답했지요. 이제는 속도를 좀 늦추고 말의 목덜미에 느슨하게 걸리도록 고삐를 풀어 쥐고 있었습니다. "크리스토퍼 러브록이 여기서 살해당했답니다."

한순간 침묵이 흘렀습니다. 그녀는 이윽고 채찍 끝으로 말 귀의 파리들을 쫓으며 말을 잇더군요. 황야를 가로질러 우리 발치까지, 짙은 보랏빛 파도처럼 밀려오는 석양을 똑바로 바라보면서요.

"러브록은 어느 여름날 저녁 애플도어에서 말을 타고 집으로 돌아오고 있었어요. 그런데 코츠코먼을 반쯤 가로질렀을 때, 그러니까 여기 어디쯤이겠네요. 여기 얘기를 할 때마다 오래된 자갈 채취장 이야기를 들었었거든요. 아무튼 그때 러브록은 자기 쪽으로 말을 타고 달려오는 두 사람을 보았고, 머지않아 말구종을 대동한 오크허스트의 니컬러스 오크를 알아보았죠. 그래서 러브록은 인사를 하러 다가갔어요. '여기서 이렇게 만나 뵈니 기쁘군요, 러브록 씨.' 니컬러스 오크가 먼저 말했어요. '전해드려야 할 중요한 소식이 있거든요.' 그 말을 하면서 니컬러스 오크는 러브록이 타고 있는 말에 자기 말을 바짝 붙이더니 갑자기 몸을 돌려 러브록의 머리에 피스톨을 발사했지요. 러브록은 피할 시간이 있었고, 총알은 러브록 대신 말의 머리를 명중했어요. 러브록이 타고 있던 말이 그대로 풀썩 주저앉고 말았어요. 러브록은 넘어졌지만 쉽게 말의 사체에서 빠져나올 수 있었고, 곧 칼을 뽑아 오크를 덮치며 말굴레를 덥석 잡았지요. 오크는 재빨리 말에서 뛰어내려 칼을 뽑았어요. 검술이 훨씬 뛰어났던 러브록이 곧 승기를 잡았습니다. 러브록은 오크의 무장을 완전히 해제하고, 목덜미에 칼끝을 대고는 용서를 구한다면 옛 우정을 생각해서 목숨만은 살려주겠노라 목청이 터지라고 외쳤답니다. 그런데 말구종이 갑자기 말을 달려 러브록의 뒤로 다가와서는 등에 총을 쏘아 관통상을 입혔습니다. 러브록은 쓰러졌고, 오크는 즉시 칼로 그의 숨을 앗으려 했지요. 그사이 말구종이 다가와 오크의 말 고삐를 잡았고요. 그 순간 말구종의 얼굴에 햇살이 비쳤고, 러브록은 오크 부인의 얼굴을 보았지요. '앨리스, 앨리스! 당신이 나를 죽이다니!' 그 외침과 함께 러브록의 숨이 끊어졌어요. 니컬러스 오크는 안장에 올라 아내와 말을 달려 사라져버렸고요. 죽은 러브록은 말의 사체 옆에 그대로 버려둔 채 말이에요. 니컬러스 오크는 용의주도하게 러브록의 지갑을 비워 연못에 던져버렸고, 살인 사건은 그 지역에 출몰하는 노상강도의 소행으로 치부되었죠. 앨리스 오크는 그 후로도 오랜 세월을 더 살아서 고령의 노인이 되었고, 찰스 2세

때 죽었어요. 그렇지만 니컬러스 오크는 그리 장수하지 못했지요. 죽기 직전에는 굉장히 이상한 상태였어요. 언제나 인상을 찌푸린 채 생각에 잠겨 있었고, 가끔은 아내를 죽이겠다며 협박했다고 해요. 임종을 앞두고 발작을 일으켰을 때 니컬러스 오크는 살인 사건의 전모를 털어놓았고 오크 가문의 수장이 자기와 아내의 핏줄을 이어받은 또 다른 앨리스 오크와 결혼할 때, 그때 오크허스트의 오크 가문은 끝을 볼 거라고 예언을 남겼다지요. 아시겠죠, 그 예언이 현실로 다가오고 있는 것 같네요. 우리는 자식이 없고, 앞으로도 아이를 가질 일이 없을 것 같으니까요. 적어도 저는, 한 번도 아이를 원한 적이 없었어요."

오크 부인은 잠시 말을 끊고, 그 야윈 볼에 넋 나간 듯한 미소를 띠고 나를 보았습니다. 눈빛은 예전처럼 아득하지 않았어요. 오히려 이상한 열의에 달떠 한곳에 못 박혀 있었죠. 뭐라 대답해야 할지 알 수가 없더군요. 이 여자가 무서워서 죽을 지경이었습니다. 우리는 잠시 그 장소에 머물렀어요. 햇빛은 헤더 꽃밭 위로 진홍빛 잔물결을 일으키며 서서히 목숨이 꺼져갔습니다. 죽어가는 햇빛이 연못의 노란 둑, 검은 물을 타고 미끄러졌습니다. 여린 골풀과 노란 자갈 채취장이 주위를 에워싸고, 바람이 우리 얼굴로 불어닥치고 우둘투둘한 푸른 전나무 우듬지를 휘었습니다. 그때 오크 부인이 손으로 말을 어루만졌고, 그러자 우리는 또 맹렬한 기세로 달리기 시작했지요. 집으로 오는 길에는 서로 한마디도 나누지 않았던 것 같아요. 오크 부인은 시선을 고삐에 고정한 채 침묵을 지켰고, 이따금 말한테 한두 마디 건네 더욱더 맹렬하게 몰아붙일 때만 침묵이 깨졌습니다. 돌아오는 길에 우리와 마주친 사람들은 아마 말이 도망치고 있다고 생각했을 겁니다. 오크 부인의 차분한 태도와 그 얼굴에 떠오르는 희열에 달뜬 흥분을 보지 못했다면 말이지요. 나는 미친 여자의 수중에 사로잡힌 기분으로, 마차가 전복되거나 충돌하는 사태를 조용히 각오했습니다. 사위는 싸늘해졌고, 우리 얼굴에 불어닥치는 바람은 얼음처럼 차가웠어요. 바로 그때 오크허스트의 붉은 박공과 높은 굴뚝이 시야에 들어왔습니다. 오크 씨가 문 앞에 서 있더군요. 나는 가까이 다가가면서 그 얼굴에 안도감과 짜릿한 기쁨의 표정이 서리는 것을 보았습니다.

오크 씨는 그 튼튼한 팔로 부인을 안아 기사도적인 다정한 태도로 마차에서 내려주었습니다.

"당신이 돌아오니 정말 기쁘구려, 여보." 그는 탄성을 질렀습니다. "정말 기뻐요! 당신이 이륜마차를 타고 나갔다는 얘기를 듣고 처음엔 좋아했는데, 당신이 이렇게 오래 마차를 몰았던 적이 없어서 끔찍하게 걱정되기 시작하던 참이에요. 대체 이렇게 오래도록 어딜 갔던 거요?"

오크 부인은 걱정을 끼친 가녀린 아이처럼 자신을 소중히 얼싸안은 남편의 팔에서 재빨리 몸을 뺐습니다. 그 불쌍한 친구의 신사다운 다정함에 아무 감동도 받지 못한 게 분명했죠. 심지어 소스라쳐 움츠리는 모양새로 보였어요.

"코츠코먼에 모시고 갔었어요." 예전에도 본 적 있는 그 비뚤어진 표정을 하고, 장갑을 벗으며 대꾸하더군요. "정말 근사하고 멋진 곳이잖아요."

오크 씨는 앓는 이로 씹은 사람처럼 얼굴이 새빨갛게 달아올랐고, 미간에 잡힌 두 줄의 주름이 진홍색으로 변했습니다.

바깥에서는 안개가 피어오르기 시작해 검은 참나무가 점점이 흩뿌려진 영지에 베일을 덮었습니다. 그리고 물기 어린 달빛 아래, 사방에서 어미와 헤어진 어린 양들의 섬뜩한 울음소리가 들리기 시작했죠. 습하고 추워서 몸이 절로 떨렸습니다.

7

다음 날 오크허스트는 사람들로 북적거렸고, 오크 부인은 경악스럽게도 안주인의 의무를 다하고 있었습니다. 마치 서로 추파를 던지며 테니스를 치는 데 몰두하는 평범하고 시끄러운 젊은이들로 집이 가득 차는 것을 보통의 행복이라고 여기는 사람처럼 보이지 뭡니까.

사흘째 오후에는(손님들은 선거운동 연회에 참석하러 와서 사흘을 묵었습니다) 날씨가 바뀌었어요. 별안간 몹시 추워지더니 폭우가 내리기 시작했지요. 모두 집 안으로 들어와야 했고, 급작스레 좌중에 우울한 기운이 내리깔렸습니다. 오크 부인은 손님들한테 질린 기색이었고, 기운 없이 소파에 누운 채 방 안의 수다나 뚱땅거리는 피아노 소리에는 일말의 관심도 없었습니다. 그런데 그때 갑자기 손님 한 명이 셔레이드●를 하자고 제안했습니다. 오크 가문의 먼 친척으로, 유행에 민감하고 세련된 보헤미안이었지요. 한 시즌 아마추어 배우로 인기를 얻어 참아주기 어려울 정도로 우쭐해 있었습니다.

"이토록 근사하고 유서 깊은 집에서 하면 아주 좋을 거예요." 그 친척은 외쳤죠. "의상을 차려입고 퍼레이드를 하면서 그냥 과거에 속한 듯한 느낌을 즐기는 거죠. 여기 어디 환상적인 옛 의상 소장품들이 있다고 들었어요. 어떤가, 빌. 거의 노아의 홍수 시대로 거슬러가는 옷들이라면서."

이 제안에 모두 즐거움의 탄성을 질렀습니다. 윌리엄 오크는 잠시 당혹스러운 표정을 짓다가 아내를 흘끗 보았습니다. 그녀는 여전히 소파에 힘없이 늘어져 있었지요.

"이 가문의 의상들이 옷장에 한가득 있긴 하지." 오크 씨는 미심쩍은 말투로 자신 없이 대답하더군요. 손님들을 즐겁게 해주고 싶다는 마음이 앞서 어쩔 줄 모르는 기색이었어요.

● 몸짓이나 가장으로 정체를 알아맞히는 수수께끼 놀이.

"하지만, 하지만 망자들의 의상을 차려입는 게 예에 어긋나지는 않을지 모르겠군."

"아, 말도 안 되는 소리 말게!" 그 친척이 말했습니다. "죽은 사람들이 뭘 알겠나? 게다가……." 친척이 장난스레 짐짓 심각한 표정을 지으며 덧붙여 말했습니다. "우리가 극도로 예를 갖추고, 대단히 진지하게 임하겠다고 약속하지. 자네가 열쇠만 준다면 말이야."

이번에도 오크 씨는 아내 쪽을 보았지만, 역시 돌아오는 건 흐릿하고 멍한 눈빛뿐이었습니다.

"그럼 좋네." 그러더니 오크 씨는 손님들을 위층으로 데리고 올라갔습니다.

한 시간 뒤 집 안은 기이하기 짝이 없는 사람들과 소음으로 가득 찼습니다. 나는 사실 조상들의 옷과 개성이 허투루 쓰이게 하기 싫다는 윌리엄 오크의 감정에 어느 정도 공감하던 참이었지요. 그러나 막상 가장무도회가 완성되고 나니 참으로 화려한 장관이었습니다. 여남은 명의 젊은 남녀가(저택에서 묵는 손님들과 잔디밭에서 테니스를 치고 저녁 식사를 함께하러 온 이웃들이었지요) 연극을 아는 그 친척의 지도를 받아 참나무 옷장에 보관된 옷들로 차려입었지요. 패널을 댄 복도, 조각 세공을 하고 문장을 붙여 장식한 난간, 빛바랜 태피스트리가 걸린 어둑어둑한 응접실, 골 진 아치형 천장이 있는 거대한 홀에, 과거에서 그대로 빠져나온 것 같은 사람들이 점점이

서 있는 풍경, 그보다 더 아름다운 광경을 나는 본 적이 없습니다. 나와 몇몇 나이 지긋한 사람을 제외하면 유일하게 가장을 하지 않은 윌리엄 오크마저도 그 장관에 즐거워 신이 난 듯 보였어요. 어딘가 남학생 같은 성격이 드러나더군요. 자기가 입을 의상이 한 벌도 남지 않았다는 걸 깨달은 그는 황급히 위층으로 가서 결혼 전에 입던 군복을 입고 내려왔습니다. 나는 잘생긴 영국 남자의 표본으로서 그보다 더 훌륭한 사례는 본 적이 없어요. 복장의 현대적 함의에도 다른 사람들보다 훨씬 더 순수한 옛날 사람으로 보였지요. 호감 가는 반듯한 이목구비와 아름다운 금발이 흡사 흑태자 에드워드●의 기사나 필립 시드니 경 같았습니다. 얼마 후에는 나이가 지긋한 손님들까지 어울리는 의상을 차려입고 나왔습니다. 도미노 가면●●과 두건, 오래된 자수와 동양의 장식, 모피로 만들어진 온갖 가장 도구가 준비되었지요. 그리고 곧 이 왁자지껄한 가장무도회는 뭐랄까, 그들만의 여흥에 취해 완전히 흥분에 빠지고 말았습니다. 최고로 교양이 있다는 영국의 남녀 대다수의 내면 깊이 깔린, 글쎄요, 이렇게 말해도 될지 모르겠습니다만, 유치함과 야만성, 천박함이 적나라하게 드러나더

● 영국의 왕 에드워드 3세의 장남으로, 최초의 가터 기사단원이자 기사의 귀감으로 꼽힌다. 백년전쟁에서 크게 활약했고, 검은 갑옷을 입어 '흑태자'라고 불렸다.
●● 얼굴의 위쪽 반을 가리는 가면 또는 가면과 두건이 달린 가장무도회 의상.

군요. 오크 씨 본인도 크리스마스의 남학생처럼 허풍을 떨고 있었습니다.

"오크 부인은 어디 있지? 앨리스는 어디 있어요?" 갑자기 누군가가 물었습니다.

오크 부인이 어디론가 사라지고 없었습니다. 황당무계하고도 창의성 넘치는 음울한 열정, 과거에 애착을 가진 괴짜가 이런 카니발을 보고 얼마나 혐오감을 느꼈을까요. 나는 전적으로 이해할 수 있었습니다. 하지만 시비를 걸 만한 관심조차 없는 사람이니, 혐오와 분노를 마음으로 삭이며 조용히 물러나 그 노란 방에서 기이한 백일몽에나 빠져들었겠지요.

그러나 잠시 후 우리 모두 시끌벅적 떠들어대며 만찬장에 가려고 준비하고 있을 때, 문득 문이 열리더니 이상한 형체가 나타났습니다. 망자의 의상을 속되게 더럽힌 다른 누구보다도 더 이상한 차림새였습니다. 마르고 훤칠한 소년이 갈색 승마 코트에 가죽 벨트, 길이 잘 든 커다란 가죽 장화, 한쪽 어깨에 걸친 작은 회색 망토, 한쪽 눈이 가려지도록 비스듬하게 쓴 커다란 회색 모자 차림으로 허리에 단검과 피스톨을 차고 있었습니다. 다름 아닌 오크 부인이었습니다. 초자연적으로 번득이는 눈빛, 대담하고 도착적인 미소로 얼굴이 온통 번쩍거렸습니다.

모두가 탄성을 내지르며 한쪽으로 비켜섰지요. 그리고 일순 정적이 흘렀습니다. 간간이 희미한 박수 소리가 드문드문 터저 나왔습니다. 오래전 죽어 땅에 묻힌 남녀의 옷을 입고 광대 놀음을 하던 떠들썩한 젊은이들도 저택의 안주인이자 젊은 기혼녀가 느닷없이 승마 코트에 장화를 신고 나타난 데는 미심쩍은 의구심을 품을 수밖에 없었던 거지요. 그리고 오크 부인의 표정도 장난이라기에는 심히 기이한 구석이 있었습니다.

"저 의상은 대체 뭐죠?" 연극을 하는 친척이 물었습니다. 짧은 순간 고민하고는 오크 부인이 단순히 연극에 놀라운 재능을 지녔다는 결론을 내린 거죠. 반드시 다음 시즌 자기 아마추어 극단에 합류시켜야겠다고 마음먹었던 겁니다.

"우리 조상님 한 분이 입었던 옷이랍니다. 내 이름과 같은 앨리스 오크가 찰스 1세 시절에 이 옷을 입고 남편과 사냥을 나가곤 했지요." 그녀는 이렇게 대답하고는 자기 자리인 식탁 상석에 앉았습니다. 본의 아니게 나는 오크허스트의 오크 씨와 눈길이 마주치고 말았습니다. 열여섯 살 소녀처럼 쉽게도 얼굴을 붉히는 그 얼굴이 지금은 다 타버린 재처럼 핏기 하나 없었지요. 그리고 나는 그가 거의 강박적으로 한 손으로 입을 틀어막는 버릇이 있다는 걸 알아차렸지요.

"내 옷을 알아보지 못하겠어요, 윌리엄?" 오크 부인이 잔인한 미소를 띠고 남편에게 시선을 고정한 채 물었습니다.

그는 대답하지 않았고, 한순간 정적이 흘렀지요. 다행히도 연극을 하는 친척이 의자 위로 뛰어올라 술잔을 비우고는 건배를 외치며 그 침묵을 깨뜨렸습니다.

"과거와 현재 두 앨리스 오크의 건강을 위하여!"

오크 부인은 고개를 끄덕였고, 한 번도 본 적 없는 표정을 얼굴에 떠우고는 시끄럽고 호전적인 말투로 대답했습니다.

"시인 크리스토퍼 러브록의 유령이 영광스럽게도 이 집에 머물고 있다면 그의 건강을 위하여!"

갑자기 광인들이 득실거리는 정신병원에 있는 듯한 느낌이 들었어요. 빨강, 파랑, 보라, 색색의 옷을 입고 16세기, 17세기, 18세기의 남녀로, 임시변통의 터키인과 이누이트로 위장하고, 도미노 가면을 쓰고 얼굴을 색칠하고 코르크를 붙이고 밀가루를 뒤집어쓴 광대들로 분한 이 시끄럽고 한심한 인간 군상 가운데 식탁 건너편으로, 피의 바다처럼 헤더를 뒤덮던 붉은 석양이 눈앞에 환영처럼 떠올랐습니다. 검은 연못이 있고 바람에 비틀리고 구부러진 전나무들이 자라는 곳, 죽은 말 곁에 쓰러진 크리스토퍼 러브록이 누운 곳, 노란 자갈과 라일락 빛깔의 헤더가 온통 진홍빛으로 물든 그곳으로 파도치던 붉은 석양 말입니다. 그 붉은빛으로부터 둥실 떠오른 듯 회색 모자로 가린 연한 금발, 넋 나간 듯한 눈빛, 그리고 오크 부인의 기묘한 미소가 그 위로 일렁였습니다. 내 눈에는 끔찍하고 천박하고 혐오스러웠습니다. 미친 사람들의 소굴에 들어온 느낌이었어요.

8

그때부터 윌리엄 오크의 변화가 눈에 두드러지기 시작했습니다. 아니, 한동안 진행되던 어떤 변화가 눈에 띄는 단계에 들어섰던 거겠죠.

그 불운한 밤 아내의 가장무도회 분장을 놓고 그가 뭐라고 한마디라도 했었는지는 모르겠습니다. 전반적인 분위기가 아무래도 아닌 것 같았어요. 오크 씨는 누구에게나 소심하고 내성적인 사람이었지만 아내 앞에서는 특히 더 심했습니다. 더욱이 아내에 대한 강한 반감이 있다 해도 말로 옮길 능력이 아예 없어 괴로워할 사람일 테니 혐오감을 느껴도 침묵할 수밖에 없을 거라고 짐작이 가더군요. 그렇다 하더라도 저택의 주인과 안주인의 관계에는 급속히 긴장감이 쌓여갔어요. 오크 부인은 어차피 남편에게 별로 관심이 없었으니 전보다 아주 조금 더 무심해진 정도였지요. 반면 오크 씨는 자신의 감정을 숨기고 내가 불편한 입장이 될까봐 식사 시간에 아내에게 말을 거는 시늉을 했어도 아내와 말을 섞거나 그 얼굴을 보는 것조차 못 견뎌 하는 기색이 역력했습니다. 그 불쌍한 친구의 정직한 영혼은 고통으로 가득 차 일렁였지만, 결코 넘쳐흐르지 못하게 하겠다는 결단에 차 있었어요. 그러나 고통은 그의 본성에 스며들어 독을 주입하고 있었습니다. 말로 할 수 없을 만큼 충격과 고통을 안겨주는 여자인데도 차마 사랑을 멈추지도 못하고 그 여자의 참된 본성 역시 단 한 치도 이해하지 못했지요. 나는 그와 함께 참나무가 점점이 흩뿌려진 목초지를 가로질러 빽빽이 늘어선 칙칙한 녹색 홉 이랑을 따라 단조로운 전원을 오래도록 산책하곤 했습니다. 드물지만 간간이 곡식의 가치라든가 영지의 배수, 마을 학교, 앵초단,• 글래드스톤 씨의 부당함을 놓고 대화를 나누다가도 오크허스트의 오크 씨는 키 큰 엉겅퀴를 발견할 때면 늘 조심스럽게 잘라버리곤 했어요. 그럴 때마다 나는 이따금 뭐랄까, 아내의 본성을 일깨워주고 싶다는 강렬하고도 무용한 욕망에 사로잡히곤 했어요. 나는 그 여자의 본성을 너무나 잘 이해할 수 있을 것 같았고, 잘 이해하기만 한다면 내심 편안하게 순응할 수 있다고 믿었지요. 그런데 저 남자는 이 수수께끼의 갈피를 영원히 잡지 못하고 괴로워하는 형벌을 받아야 한다니 참으로 부당한 일이었어요. 내게는 이토록 명백한 사실을 저토록 이해하지 못하고 영혼이 너덜너덜해지도록 고민하고 있다니요. 그러나 이 진중하고 양심적이고 머리가 둔한 인간, 말하자면 단순하고 정직하고 철저한 이 영국인의 전형 같은 남자에게 앨리스 오크라는 이름으로 이 세상을 살아가고 있는 저 자기 몰입적 허영, 경박, 시(詩)적인 비전, 사랑과

• 앵초를 사랑했던 영국의 총리 벤저민 디즈레일리(1804~1881)를 추모하는 의미에서 결성된 보수당원들의 단체.

음울한 흥분의 복합적 화신을 어떻게 이해시킬 수 있단 말이지요?

그래서 오크허스트의 오크 씨는 영원한 몰이해라는 형을 선고받았습니다. 자기 자신의 이해력 부족에 대한 형벌이기도 했던 것이지요. 그 불쌍한 친구는 아내의 기벽의 이유를 찾으려고 부단히 노력했습니다. 그 노력은 아마도 무의식적이었겠지만, 그 대가로 크나큰 고통을 감당해야 했어요. 미간의 칼자국 같은 주름(내 친구의 말대로 광인의 눈살)이 그 얼굴에서 이목구비의 일부가 되어 영원히 자리를 잡아버린 듯했습니다.

오크 부인은 그녀대로 상황을 최악으로 몰아가고 있었습니다. 아마도 가장무도회 날의 돌발 행위를 과묵하게 질책하는 남편에게 앙심을 품었을지도 모르죠. 그래서 그 비슷한 치욕을 계속해서 묵묵히 참게 만들겠다고 작정했을 겁니다. 윌리엄의 기벽이라면, 아무리 도발해도 결코 노골적으로 반감을 드러내지 않는다는 점이었고, 부인은 이를 똑똑히 알았던 게 분명해요. 바로 그 때문에 남편을 경멸했고요. 아무리 쓰라린 아픔이라도 그녀에게서 받은 거라면 불평하지 않고 묵묵히 삼킬 사람이었으니까요. 어쨌든 이제 그녀는 노골적으로 러브룩의 죽음을 언급하며 남편을 놀리고 남편에게 충격을 주는 완벽한 전략으로 선회했습니다. 대화 중에도 계속 그 일을 언급하고, 남편을 앞에 두고 1626년의 비극에 참여한 행위자들의 감정이 이랬다는 둥 저랬다는 둥 논하곤 했습니다. 나아가 원래의 앨리스 오크와 자신이 닮았을 뿐 아니라 동일인이라고 완강하게 고집했지요. 그러다가 괴짜 같은 마음에 무슨 암시를 받았는지 오크허스트의 정원에 자라나는 거대한 털가시나무와 느릅나무 아래에서 크리스토퍼 러브록의 작품 가운데서 발견한 가면극 소품을 공연하면 재미있겠다고 생각했던 모양입니다. 이 계획을 실행에 옮기기 위해 주 전역을 돌아다니며 어마어마하게 많은 서신을 교환하기 시작했어요. 하루가 멀다 하고 그 연극하는 친척으로부터 편지가 도착했습니다. 그 친척의 한 가지 불만은 자신에게 크나큰 영예를 가져다줄 것이 분명한 작품을 공연하기에는 오크허스트가 너무 외딴곳이라는 점이었어요. 그래서 앨리스 오크는 연극에 대한 의사를 묻기 위해 젊은 신사나 숙녀를 불렀고, 이들이 간혹 영지를 찾아오곤 했지요.

나는 그 공연이 결코 성사될 수 없다는 사실을 명백하게 꿰뚫어 보았고, 오크 부인 역시 연극을 꼭 무대에 올리겠다는 의사가 전혀 없다는 사실도 알고 있었습니다. 그 여자는 어떤 계획도 현실에 이르지 못하리라는 사실을 잘 알기에 프로젝트의 실현에 아무 의미를 두지 않고 오히려 계획하는 걸 훨씬 즐기는, 그런 부류의 사람이었습니다. 반면 이 전원극과 러브록에 대한 끝없는 말들, 늘 니컬러스 오크의 아내를 모방하는 태도, 이런 행위는 억눌린, 하지만 무시무시하게 끓어

오르는 짜증으로 남편을 몰아넣었기에 더욱더 매혹적이었지요. 이럴 때면 그녀는 비뚤어진 아이처럼 즐거워했습니다. 내가 무심하게 옆에서 구경만 했다고 생각한다면 오해이십니다. 물론 이 사태가 나 같은 아마추어 인격 연구자에게는 더할 나위 없는 진수성찬이었지만 말입니다. 그래도 나는 진심으로 불쌍한 오크 씨를 안타깝게 여겼고, 그의 아내에게 분노가 치밀 때도 자주 있었어요. 남편을 좀 더 배려해달라고 애원하기 직전까지 간 적도 여러 번 있었지요. 심지어 타인이라 할 수 있는 나 같은 사람 앞에서 이런 짓을 하는 건 악취미라고 말할 뻔한 적도 있어요. 그러나 오크 부인은 이상하게 손에 잡히지 않아서 진지한 대화가 거의 불가능했습니다. 게다가 어떤 식으로든 내가 개입하면 오히려 그 여자의 비뚤어진 가학성을 부추길까봐 도저히 확신이 서지 않았고요.

그러던 어느 날 밤 이상한 사건이 벌어졌습니다. 우리는 방금 저녁 식탁 앞에 앉은 참이었어요. 오크 씨 부부, 하루 이틀 놀러 와 묵고 있던 연극배우 친척, 서너 명의 이웃이 있었지요. 어스름이 내리고 있었고, 노란 촛불 빛이 저녁의 회색빛과 매력적으로 어우러지고 있었어요. 오크 부인은 몸이 좋지 않았고 그날 내내 놀라울 정도로 조용했습니다. 그 어느 때보다도 투명하고, 낯설고, 멀었지요. 그녀의 남편도 이 연약하고 부서질 듯한 존재에게 갑작스레 다정한 마음이 돌아오는 모양이었어요. 차라리 측은지심에 가까운 감정 같았지만요.

우리는 별 관심 없는 문제로 대화를 나누고 있었는데, 오크 씨가 돌연 아주 하얗게 질린 얼굴로 자기 자리 맞은편의 창문을 잠시 꼼짝도 못 하고 바라보았습니다.

"저기 창문에서 집 안을 들여다보며 당신에게 신호를 보내는 저 친구가 누구요, 앨리스? 뻔뻔스러운 놈 같으니!" 그는 이렇게 외치며 벌떡 일어나 창문으로 달려가 벌컥 창을 열어젖혀 넘더니 황혼 속으로 내달려 나가버렸습니다. 우리는 모두 놀라서 서로를 바라보았지요. 몇몇 손님은 인상이 나쁜 사람들을 주방에 얼쩡거리게 두는 하인들의 부주의를 지적했고, 또 다른 이들은 강도며 부랑자의 이야기를 늘어놓았어요. 오크 부인은 아무 말도 하지 않았습니다. 그러나 나는 그 야윈 뺨에서 예의 아득히 먼 곳을 보는 듯 이상한 미소를 보았지요.

일 분쯤 지나 윌리엄 오크가 들어왔습니다. 손에는 냅킨이 들려 있었어요. 들어와 문을 닫더니 조용히 자기 자리에 다시 앉았습니다.

"아니, 그게 누구였습니까?" 우리가 물었지요.

"아무도 아니었어요. 내가, 내가 잘못 본 모양입니다." 그는 이렇게 대답하고는 얼굴을 진홍빛으로 물들이며 분주하게 배를 깎았습니다.

"러브록이었겠지요." 오크 부인이 딱 그녀가 할 법한 말을 던졌습니다. "정원사였거나요." 그러나 그 희미한 쾌감의 미소는 여전히 지워지지 않고 얼굴에 머물러 있었습니다. 시끌벅적하게 너털웃음을 터뜨린 연극배우 친척을 제외하면 손님 중에 러브록의 이름을 들어본 사람은 아무도 없었습니다. 그래서 당연히 시종이나 소작농 같은 사람이라고 생각하고, 아무 말도 하지 않고 그 화두는 그걸로 끝났습니다.

그날 밤부터 상황은 좀 다른 면모를 띠게 되었습니다. 그 사건은 완벽한 체계의 시작이었어요. 어떤 체계냐고요? 뭐라고 불러야 할지 나도 정말 모르겠네요. 오크 부인 쪽에서 보면 음침한 장난들로 이루어진 체계였고, 남편 쪽에서 보면 미신과 뒤섞인 망상의 체계였어요. 그리고 이들과 달리 이승의 존재가 아닌 어떤 오크허스트의 거주자 쪽에서 보면 신비스러운 박해의 체계라 해야겠지요. 네, 그래요. 뭐, 그럼 안 되나요? 우리는 모두 유령의 이야기를 들었고, 유령을 본 적이 있는 삼촌이나 사촌이나 할머니 들이 있잖아요. 우리 모두 영혼의 밑바닥에 유령에 대한 공포를 품고 있지 않습니까. 그런데 왜 유령이 있으면 안 되죠? 나는 솔직히, 무엇이든 불가능하다는 걸 오히려 의심하는 편이거든요! 게다가 여름 한철 내내 오크허스트의 오크 부인 같은 여자와 한집에서 지내고도 살아남은 남자라면, 그 여자의 존재를 믿는 것만으로도 정말이지 황당한 것들을 아주 많이 믿게 된단 말입니다. 정말이라니까요. 게다가 생각해보면 또 말이 안 될 건 뭡니까? 250년 전에 연인을 살해한 여인이 다시 태어난, 누가 봐도 이승의 것이 아닌 기이한 존재라면, 그런 생명체라면(이승의 연인들과 비교할 수 없이 월등할 테니) 전생에 자신을 사랑하고 그 사랑으로 인해 죽음을 맞은 남자를 제 곁으로 불러올 수도 있지 않겠어요? 그게 뭐가 그렇게 놀랍습니까? 나로서는 꽤 확신이 있는 짐작인데, 오크 부인 본인도 그 사실을 믿었어요. 아니, 반쯤은 믿었다고 할까요. 실제로 내가 반쯤 농담을 섞어 넌지시 그런 얘기를 한 적이 있는데, 부인은 아주 진지하게 그 가능성을 인정하더군요. 어쨌든 나는 그런 생각을 하면서 쾌감을 느꼈습니다. 그 여자의 전체적인 성격과 너무나 잘 맞아떨어졌거든요. 그 노란 방에서 혼자 처박혀 몇 시간이고 흘려보내는 걸 해명해주었지요. 어지러운 꽃과 오래된 향수가 뿌려진 물건들로 가득 찬 그 방의 공기는 냄새만 맡아도 유령이 느껴졌어요. 우리 중 그 누구에게도 향하지 않는 그 미소도, 그 커다랗게 뜬 연한 눈에 떠오른 아득하고 먼 시선도 이해된단 말입니다. 나는 그 생각이 마음에 들었고, 그런 얘기를 하며 그녀를 놀리는 게, 아니 그녀의 기분을 맞춰주는 게 재미있었어요. 그 불쌍한 남편이 그런 문제를 그토록 심각하게 받아들일 줄 내가 어떻게 미리 압니까?

오크 씨는 하루가 다르게 말이 없어지고, 얼굴에는 영문을 몰라 당혹스러워하는 표정만 짙어졌어요. 그래서 토지 개선 계획이나 정치 구상과 관련된 일을 더욱 열심히 했는데, 아마 생산성은 떨어졌을 겁니다. 내가 보기에는 뭔가 임박한 사건을 예감하고 귀를 쫑긋 세우고 지켜보며 이제나저제나 기다리는 사람 같았습니다. 누군가 불쑥 뱉은 말 한마디, 날카롭게 벌컥 열리는 문소리에 소스라쳐 놀라 얼굴이 진홍색으로 물들어 덜덜 떨다시피 했거든요. 러브록의 이야기가 나오면, 무섭게 열이 올라 괴로운 사람처럼 무기력한 표정으로 반쯤 경련을 일으켰어요. 그러면 남편의 안색이 변하든 말든 관심도 없는 아내는 오히려 더 심하게 그 신경을 긁어대곤 했고요. 불쌍한 친구가 발작을 일으키고 느닷없는 발소리에 얼굴이 시뻘겋게 변할 때마다 오크 부인은 얼굴에 경멸 섞인 무관심을 드러내며 러브록이 보이냐고 물었단 말입니다. 머지않아 나는 우리 집주인의 병색이 완연하게 깊어가고 있음을 볼 수 있었습니다. 식사 때도 한마디도 없이 앉아서 아내에게 눈길을 고정한 채 무시무시한 수수께끼를 풀려고 헛된 노력을 쏟는 사람처럼 아내의 일거수일투족을 살펴보고 있었지요. 한편 당장이라도 휘발해 사라질 듯 여리고 어여쁜 아내는 특유의 나른한 말투로 가장무도회와 러브록, 언제나 러브록 이야기만을 늘어놓았어요. 우리가 산책하거나 마차를 타고 달릴 때도(우리는 꽤 정기적으로 산책과 드라이브를 함께했답니다) 오크 씨는 오크허스트 주변의 도로나 오솔길에서, 아니면 영지에서, 저 멀리 어떤 형체가 보이면 움찔하며 소스라치곤 했어요. 그가 덜덜 떨기에 내가 가까이 가보면, 잘 아는 농부거나 이웃이거나 하인이라서 웃음을 참기 힘들었던 일도 많왔죠. 한번은 해 질 무렵 어스름에 집으로 돌아오는 데 별안간 그가 내 팔을 덥석 잡더니 참나무가 점점이 자라는 목초지 너머 정원 쪽을 가리켰습니다. 그러더니 침입자를 쫓듯이 거의 뛰다시피 가버렸고, 개가 그의 뒤를 따라갔습니다.

"누구였죠?" 내가 물었습니다. 그러자 오크 씨는 그저 서글프게 고개를 젓기만 했어요. 간혹 초가을에 황혼이 깔리고 하얀 안개가 영지에서 피어오르고 까마귀들이 울타리에 길고 검은 선을 만들 때면, 바로 저 나무와 수풀, 저기 멀리 홉을 건조하는 건물들의 뾰족한 지붕과 어둑한 빛 속에서 조롱하듯 툭 튀어나온 풍향계의 윤곽선만 봐도 소스라치는 오크 씨가 눈에 선히 보이는 것 같았지요.

"남편분께서 아프십니다." 한번은 용기를 내 오크 부인에게 말했습니다. 오크 부인은 130번째 밑그림을 위해 앉아서 모델이 되어주고 있었지요(이상하게 그녀와는 밑그림 이상의 작업을 진척할 수 없었어요). 그 말에 그녀는 아름답고 커다랗고 연한 눈으로 올려다보았고, 기막힌 어깨와 목선, 섬세하고 창백한 머리로 정교한 곡선을 만들었습니다. 나는 그 곡선을 너무나 재현하고 싶었지만 헛된 소망이었습니다.

"난 모르겠네요." 그녀는 조용히 대답했어요. "그렇다면 왜 시내로 가서 의사의 진찰을 받지 않는 걸까요? 그저 우울증이 도졌을 뿐이에요."

"러브록의 이야기로 남편분을 놀리시면 안 됩니다." 나는 매우 심각하게 덧붙여 말했지요. "남편분이 진짜라고 믿게 될 겁니다."

"그럼 어때서요? 유령을 보면 보는 거죠. 유령을 본 사람이 그이 혼자인 것도 아니고." 그러면서 희미하게 도착적인 미소를 지으며 늘 그렇듯 저 멀리 짚어낼 수 없는 무언가를 바라보더군요.

오크 씨의 병세는 더 나빠졌습니다. 히스테리를 앓는 사람처럼 완전히 평정심을 잃고 말았어요. 어느 날 저녁 그와 둘이서 흡연실에 앉아 있는데, 뜻밖에도 그가 횡설수설 아내 이야기를 늘어놓기 시작하는 거예요. 어렸을 때 처음 그녀를 알게 된 이야기며, 포틀랜드 플레이스에 있는 댄스 학교에 같이 다녔고, 그의 숙모이자 장모가 크리스마스에 딸을 데리고 놀러 오면 그 역시 방학이라 집에 와 있었다는 이야기, 결국 13년 전 그가 스물세 살이고 그녀가 열여덟 살 때 결혼했다는 이야기, 아기를 잃고 얼마나 상심했는지 모른다는 이야기, 아내가 그 병으로 거의 죽을 뻔했다는 이야기까지 다 해주더군요.

"있잖아요, 나는 아기 때문에 마음을 쓰지는 않았어요." 그는 흥분한 목소리로 말했습니다. "이제 우리 가문은 혈통이 끊기고 오크허스트는 커티스 가문의 소유가 되겠지만, 그래도 상관없습니다. 오로지 앨리스가 걱정되었을 뿐이지요." 목소리와 눈에 눈물이 그렁그렁 고인 채 울먹이는 이 불쌍하고 감정이 복받친 사람이 두세 달 전 내 작업실에 걸어 들어왔던 그 과묵하고 교양 있고 흠잡을 데 없는, 근위대 출신의 청년이라니요.

오크 씨는 잠시 아무 말도 없이 발밑의 깔개를 노려보더니 갑자기 잘 들리지도 않는 목소리로 울컥 쏟아냈습니다.

"앨리스를 얼마나 아꼈는지, 아직도 얼마나 걱정하고 있는지 아마 결코 모르실 겁니다. 전 아내가 걸어간 땅에 키스라도 할 수 있어요. 뭐든지 다 내놓을 수 있단 말입니다. 목숨을 내놓으라면 얼마든지 그럴 겁니다. 그 대신 조금이라도 좋아하는 눈빛으로 나를 이 분만 바라봐주면 좋겠어요. 그토록 철저히 경멸하는 눈빛 말고 말입니다." 그러더니 불쌍한 그 사람은 히스테리를 부리듯 깔깔 웃음을 터뜨리더군요. 하지만 흡사 흐느낌처럼 들렸어요. 그러나 다음 순간 그 웃음은 완연히 노골적인 너털웃음으로 바뀌었고, 그는 갑자기 전혀 어울리지 않는 천박한 억양으로 외쳤습니다.

"젠장, 영감, 우리가 참 괴상한 세상에 살고 있지 뭐요!" 그러더니 벨을 울려 브랜디와 소다를 더 가져오라고 시키더군요. 나는 이제 그가 브랜디를 퍽 거리낌 없이 들이켜고 있다는 걸 깨달았습니다. 호의적인 시골 영주에게 허락되는 한껏 술을 마시고 있었어요. 내가 처음 이 집에 왔을 때는 술을 입에도 대지 않아 블루리본● 단원이라 해도 믿었을 사람이었

● 영국의 금주 단체.

는데 말입니다.

9

믿기지 않는 일이지만, 돌이켜 생각해볼수록 오크 씨를 병들게 한 주범은 질투였다는 게 확연해지네요. 그는 아내를 미칠 듯 사랑했을 뿐이고, 미칠 듯 질투했던 겁니다. 질투라면 누구를 향한 질투냐고요? 그 자신도 아마 대답을 못 했을 겁니다. 가능성이 있는 의혹을 먼저 털어버리자면, 나는 아니었어요. 오크 부인은 내게 집사나 하녀장 정도의 관심밖에 보이지 않았으니까요. 그리고 오크 씨도 서서히 자신을 좀먹는 질투에 죽어가고 있더라도 구체적인 질투의 대상을 상상하고 파악하는 일은 꺼릴 사람이었고 말이죠. 그래서 그 질투는 모호하고 침습적이고 부단한 감정으로 머물렀습니다. 아내를 사랑하지만, 아내는 자신에게 지푸라기만 한 관심도 없고, 그녀가 접촉하는 모든 것은, 사람이든 나무든 돌멩이든 자기한테는 기울여지지 않은 그녀의 관심을 받고 있다는 감정 말입니다. 오크 부인의 눈에 떠오른 그 이상하게 아득한 눈빛, 오크 부인의 입술에 서린 그 이상하게 넋 나간 듯한 미소를 알아본 것입니다. 자신에게는 어떤 눈빛도 미소도 보이지 않는 눈과 입이었는데 말이지요.

그의 불안, 감시, 의혹, 아무 때나 깜짝깜짝 놀라는 버릇은 서서히 명확한 형태를 띠게 됩니다. 오크 부인은 남편이 들은 발소리나 목소리, 집 근처에서 보았다는 얼쩡거리는 형체들에 대한 이야기를 끝없이 늘어놓았습니다. 개 한 마리가 갑자기 짖기만 해도 그는 놀라서 벌떡 일어났습니다. 서재의 소총과 리볼버를 모두 꼼꼼하게 청소해 실탄을 장전해놓았고, 거대한 홀에 걸려 있던 오래된 조류 사냥용 총들과 권총집의 피스톨까지 꺼내두었습니다. 하인과 소작인 들은 오크허스트의 오크 씨가 부랑자와 강도에 대한 공포에 사로잡혔다고 생각했습니다. 오크 부인은 이런 행위들을 모두 깔보듯 미소 지으며 바라볼 뿐이었어요.

"여보, 윌리엄." 그녀는 어느 날 말했죠. "당신이 걱정하는 사람들도 당신이나 나와 다를 바 없이 오솔길과 층계를 걷고 이 집 안에서 서성일 권리가 있어요. 생각해보면 우리가 태어나기도 전부터 있었으니 당신이 사생활 같은 황당한 개념을 걱정하는 걸 보면 참 가소롭다고 생각할걸요."

오크 씨는 화를 내며 웃더군요. "당신은 밤마다 자갈길을 밟는 발소리의 주인공이 러브록이라고 말하겠지요. 당신의 영원한 러브록 말이요. 당신이나 나만큼 그 역시 여기를 돌아다닐 자격이 있을 테고." 그러고는 성큼성큼 방을 나가버렸지요.

"러브록, 러브록! 대체 왜 끝도 없이 러브록 얘기만 늘어놓는 걸까요?" 오크 씨는 그날 저녁 느닷없이 내 눈을 똑바로 바라보더니 물었습니다.

나는 그저 웃기만 했지요.

"그가 쓴 연극 생각을 떨칠 수 없어서 그런 것뿐입니다." 나는 대답했습니다. "그리고 오크 씨께서 미신을 믿는다고 생각하니까 놀리려는 게 아닐까요."

"이해가 안 됩니다." 오크 씨는 한숨을 쉬었습니다.

그가 어떻게 이해하겠어요? 내가 이해시켜주려 애썼다 해도 아마 오크 씨는 내가 자기 아내를 모욕하고 있다고 단순하게 받아들였을 겁니다. 그리고 나를 발로 차 방에서 쫓아냈겠지요. 그래서 나는 심리적 문제를 그에게 설명할 생각조차 하지 않았어요. 그리고 그 역시 내게 더는 질문하지 않았습니다. 다만 한번은, 아니 그때 일어난 이상한 사건 얘기를 먼저 해야겠군요.

그 사건은 단순합니다. 어느 날 오후 여느 때처럼 산책길에서 돌아오는데, 오크 씨가 갑자기 하인에게 누가 왔냐고 물었어요. 아니라는 대답이 돌아왔습니다. 그러나 오크 씨는 만족하지 못하는 눈치였지요. 우리가 저녁 식탁 앞에 앉자마자 오크 씨가 아내에게 물었습니다. 그의 목소리 같지 않은 이상한 목소리로, 그날 오후 찾아온 사람이 누구였냐고 따져 묻더군요.

오크 부인이 대답했어요. "아무도 오지 않았어요. 적어도 내가 아는 한은 그래요."

윌리엄 오크는 시선을 못 박은 채 그녀를 노려보았습니다.

"아무도 안 왔다?" 찬찬히 뜯어보는 어조로 되풀이해 말하더군요. "앨리스, 정말 아무도 안 온 거요?"

오크 부인이 고개를 저었습니다. "아무도."

짧은 침묵이 흘렀습니다.

"그렇다면 5시경 연못 근처에서 당신과 걷고 있던 사람은 누구지요?" 오크가 느릿하게 물었습니다.

아내는 눈을 들어 남편의 시선을 똑바로 받으며 도도하게 대답했어요.

"5시경이든 언제든 연못가에서 나와 함께 걸은 사람은 아무도 없었어요."

오크 씨는 보랏빛으로 변하더니, 목 졸린 사람처럼 이상하게 쉰 소리를 냈습니다.

"내, 내가, 오늘 오후에 어떤 남자와 산책하는 당신을 보았단 말이오, 앨리스." 그는 힘겹게 말을 내뱉었습니다. 그리고 내 앞에서 체면을 차리려는 듯 덧붙여 말했지요. "나한테 보고서를 주려고 부목사가 들렀나보다 짐작했어요."

오크 부인은 미소를 지었습니다.

"오늘 오후에는 살아 있는 그 어떤 존재도 내 곁에 오지 않았다고 장담하지요." 그녀는 느릿하게 말했습니다. "나와 함께 있는 누군가를 보았다면, 러브록이었을 거예요. 다른 사람은 없었던 게 확실하니까요."

그러더니 마음속으로 차마 붙잡을 수 없는 즐거운 기억을 떠올리듯 작게 한숨을 지었습니다.

나는 집주인을 바라보았습니다. 진홍색으로 물들었던 그는 이제 완전히 납빛으로 변해 있었습니다. 그리고 누군가가 허파를 쥐어짜고 있는 듯 힘겹게 헐떡거리더군요.

그 문제에 대해서 더는 아무 말도 오가지 않았습니다. 엄청난 위험이 임박했다는 막연한 예감이 엄습하더군요. 오크 씨에게, 아니면 오크 부인에게? 그건 알 수가 없었어요. 그러나 뭔가 끔찍한 일을 피할 수 있도록 뭐든 해야 한다는 강력한 내면의 소리를 들었습니다. 어떻게든 내가 나서서 설명하고 중개해야 할 것만 같았지요. 그래서 다음 날 오크 씨에게 얘기하려고 마음을 먹었습니다. 오크 씨는 내 말을 조용히 들어줄 거라 믿었지만, 오크 부인에게는 그런 믿음이 없었거든요. 내가 그 수수께끼 같은 성격을 파악하려 시도만 하면 뱀처럼 내 손가락 사이로 빠져나가버렸단 말입니다.

오크 씨에게 다음 날 오후에 함께 산책할 수 있겠냐고 물었더니 이상할 정도로 열렬히 좋다고 하더군요. 우리는 3시쯤 나섰습니다. 폭풍우가 다가오는 싸늘한 오후였고, 커다란 공처럼 뭉친 흰 구름이 차가운 푸른 하늘에서 빠르게 굴러다녔습니다. 그리고 이따금 소름 끼치게 번득이는 넓고 노란 햇살 때문에 지평선에 모인 시커먼 폭풍우의 이랑이 잉크처럼 시퍼런 흑색으로 보였습니다.

우리는 시들고 말라빠진 영지의 풀밭을 빠른 걸음으로 가로질러 낮은 야산까지 이어지는 도로로 올라섰습니다. 나도 이유는 잘 모르겠지만, 코츠코먼 쪽으로 가고 있었지요. 우리 둘 다 말이 없었습니다. 우리 둘 다 할 말이 있었는데 어떻게 시작해야 할지 몰랐거든요. 내 경우에는 그 화두를 꺼내는 것부터 불가능하다는 깨달음 때문이었어요. 아무도 청하지 않았는데 괜히 끼어들면 오크 씨의 심기만 거스르게 될 테고, 오히려 몰이해가 두 배로 증폭될 테니까요. 그래서 오크 씨가 뭔가 할 말이 있다면, 누가 봐도 그런 눈치였으니까 내가 기다려주는 편이 나았습니다.

그러나 오크 씨는 홉 경작지를 지나치다가 홉의 상태를 지적할 때만 침묵을 깨뜨렸습니다. "올해는 흉작이 들겠어요." 그는 말을 하려다 뚝 그치고 눈앞을 뚫어지게 바라보았습니다. "홉이 하나도 없어요. 이번 가을에는 홉이 없어요."

나는 그를 보았습니다. 자기가 무슨 말을 하는지 전혀 모르는 눈치였습니다. 진녹색 홉 덩굴은 열매로 뒤덮여 있었습니다. 그리고 바로 어제만 해도 자기 입으로 몇 년 만에 처음 보는 홉 풍작이라고 말하지 않았던가요.

나는 대답하지 않았고, 우리는 계속 걸었습니다. 분지의 도로에서 이륜마차 한 대가 우리를 보았고, 마차꾼이 모자에 손을 대고 오크 씨에게 인사했습니다. 그러나 오크 씨는 쳐다보지도 않았습니다. 그 남자의 존재마저 의식하지 못하는 것 같았습니다.

구름이 사방에서 몰려들고 있었습니다. 검은 돌들 같은 구름 사이로 양털 같은 질감의 회색 덩어리들이 질주하고 있었죠.

"엄청난 폭풍우를 만나게 될 것 같은데요." 내가 말했습니다. "발길을 돌리는 게 낫지 않겠습니까?" 그는 고개를 끄덕이더니 휙 돌아섰습니다.

목초지의 참나무들 아래로 햇빛이 노란 반점처럼 얼룩덜룩 비쳐 녹색 울타리가 번들거렸습니다. 공기는 텁텁하지만 싸늘했고, 만물이 엄청난 폭풍우에 대비하고 있었습니다. 까마귀 떼가 검은 구름을 이루어 나무들을 휘돌았습니다. 홉 건조장의 빨간 원뿔형 지붕 때문에 그 지방에는 첨탑이 있는 성채들이 서 있는 듯한 분위기가 감돌았습니다. 까마귀 떼는 까만 한 줄의 선으로 하강해 벌판에 내려앉았고, 이승의 소리 같지 않은 시끄러운 울음소리가 사위에 울려 퍼졌습니다. 그리고 사방에서 어린 양의 떨리는 울음소리와 양 부르는 외침이 들려왔고, 어느새 바람은 나무 꼭대기를 스치기 시작했습니다.

돌연 오크 씨가 침묵을 깼습니다.

"나는 선생님을 잘 알지 못합니다." 그는 다급하게 서두를 꺼내고는 고개를 돌려 나를 바라보았습니다. "그렇지만 정직한 분이라고 생각합니다. 세상을 훨씬 많이 보셨을 테고요. 적어도 저보다는 훨씬 식견이 넓으시겠죠. 제게 말씀을 좀 해주세요. 부탁인데 진실을 말해주세요. 남자가 어떻게 해야 할까요. 만일……." 그러더니 말을 멈추고 몇 분쯤 가만히 있었습니다.

"그러니까 만에 하나……." 이윽고 그는 빠르게 말을 이었습니다. "정말 아주 많이, 아내를 아주 많이 걱정하는 남자가 있다고 상상해보세요. 그런데 아내가, 아내가 그를 속이고 있다는 걸 알게 된 겁니다. 아니, 내 말을 오해하지는 마세요. 내 말뜻은 누군가가 그녀 곁을 항상 맴돌고 있는데, 그녀가 인정하지 않는다는 거죠. 그 사람을 숨기고 있는 거예요. 무슨 말인지 아시겠어요? 어쩌면 얼마나 큰 위험을 감수하고 있는지 모를 수도 있지요. 하지만 물러서려 하질 않으면요. 남편에게 서약하지 않겠다고 하면요."

"이런, 오크 씨." 나는 이 문제를 애써 가볍게 대하려고 말허리를 끊었습니다. "이런 질문들은 추상적으로는 풀 수 없어요. 또 문제의 당사자들도 풀 수 없지요. 그런데 확실히 저나 선생님께 일어난 일은 아니지 않습니까."

오크 씨는 내가 끼어들었다는 걸 알아차리지도 못했어요. "있잖아요, 그 남자는 아내가 자기를 많이 걱정해주길 바라지도 않아요. 그런 게 아니에요. 단순히 질투심에 빠진 것도 아니란 말입니다. 그게 아니라 아내가 자기 명예를 더럽히기 직전이라는 예감을 받은 거예요. 사실 저는 여자가 남편의 명예를 더럽힐 수 없다고 봅니다. 불명예는 본인의 책임이고,

오로지 자신의 행동에 달린 거니까요. 그 남자가 여자를 구해야겠지요. 안 그런가요? 반드시, 어떻게든 반드시 아내를 구해야 해요. 그런데 여자가 남자의 말을 듣지 않는다면, 뭘 어떻게 할 수 있겠어요? 상대를 찾아내서 제거하려고 해야 합니까? 다 그 상대 탓이거든요. 그녀 탓이 아니에요. 아닙니다. 그 여자가 남편을 믿어주기만 한다면 안전할 텐데. 하지만 상대가 그걸 두고 보지 않을 겁니다."

"여기 좀 보세요, 오크 씨." 나는 대담하게 말을 하긴 했지만 내심 더럭 겁이 났습니다. "무슨 말씀을 하시는지 저도 잘 알고 있습니다. 그런데 이 상황을 전혀 이해하지 못하고 계시는 것 같아요. 제가 잘 압니다. 선생님과 오크 부인을 육 주 동안이나 지켜봤으니 무엇이 문제인지 잘 알고 있어요. 제 말을 들어주시겠습니까?"

그의 팔뚝을 붙잡고 나는 내 관점에서 보는 상황을 설명했어요. 오크 부인은 그저 기벽이 있을 뿐이고, 좀 연극적이고 상상력이 풍부할 뿐이라고, 그래서 남편을 놀리는 데서 즐거움을 느끼고 있다고요. 그런데 오크 씨가 스스로 우울증에 빠져들고 있는 거라고, 병이 든 것이니 좋은 의사를 찾아가야 한다고 말이지요. 심지어 내가 시내까지 함께 가주겠다고도 했답니다.

나는 심리적인 설명을 장황하게 쏟아냈습니다. 오크 부인의 성격을 스무 번도 넘게 해부하고, 그의 의혹을 바닥까지

파봤자 부인의 창의적인 모방 놀이와 뇌리에서 떨치지 못하는 정원의 연극 생각 말고는 아무것도 없다는 걸 보여주려 했지요. 대체로 즉흥적으로 꾸며낸 것이었지만, 비슷한 유행병으로 고생하는 내 귀부인 지인들의 사례를 스무 가지도 넘게 들고 왔어요. 그리고 그의 아내는 지나치게 활발한 상상력과 연극성을 풀어낼 배출구가 필요한 사람이라는 점을 짚어주었어요. 런던으로 데리고 가서, 정도의 차이는 있을지언정 모두가 비슷한 병을 앓고 있는 환경에 던져두어야 한다고 조언도 했지요. 집 근처에 숨겨둔 남자가 있다는 생각은 가볍게 웃어넘겼습니다. 나는 오크 씨에게 망상에 시달리는 거라고 말해주고, 이렇게 양심적이고 독실한 사람이니 망상을 없애기 위해 전력을 다해야 한다고 했어요. 또 환각을 보고 음침한 망상에 빠져든 사람도 병을 고친 사례가 수없이 많다고 말해줬지요. 천사와 씨름하는 야곱처럼 그를 부둥켜안고 씨름하며 전력을 다했어요. 그리고 진심으로 내 말이 깊은 인상을 남겼기를 바랐습니다. 처음에는 내 말이 한마디도 그 남자의 뇌리에 박히는 것 같지 않더군요. 조용했지만 내 말을 귀담아듣는 것 같진 않았어요. 처음에는 아무리 해도 그가 이해할 수 있는 관점으로 내 견해를 전달한다는 게 가망 없는 일 같았어요. 돌덩어리를 앞에 두고 설명하고 논박하는 기분이었죠. 그러나 아내와 그 자신에 대한 의무를 강조하며 도덕관과 종교관에 호소했더니 조금 효과가 있었습니다.

"선생님 말씀이 옳은 것 같아요." 오크허스트의 붉은 박공이 우리 눈앞에 모습을 드러내자 그는 내 손을 꼭 잡고는 기운 없고 피로에 찌든 겸손한 목소리로 말했습니다. "선생님 말씀을 확실히 이해하진 못하겠지만, 틀림없이 선생님 말씀이 옳을 겁니다. 내가 부도덕한 탓이에요. 가끔은 내가 미쳤고, 감금되어 마땅하다는 생각이 들 때도 있거든요. 그러나 광기와 싸우지 않는다고 생각지는 마세요. 싸워요. 끝없이 싸웁니다. 다만 가끔 버거우리만큼 그 광기가 강력하게 느껴질 때가 있을 뿐이에요. 의심하는 마음을 물리치고 이 끔찍한 생각들을 털어버릴 힘을 달라고 밤낮으로 하느님께 기도합니다. 하느님은 아십니다. 내가 얼마나 형편없는 폐인인지, 그 불쌍한 여자를 보살필 자격도 없는 인간인지 말입니다."

그리고 오크 씨는 또다시 내 손을 꼭 쥐었어요. 정원으로 함께 들어서는데 다시 그가 나를 돌아보았습니다.

"진심으로 선생님께, 정말, 깊이, 감사드립니다." 그가 말했습니다. "최선을 다해 강해지려고 노력하겠어요. 다만 부디……." 그는 한숨을 섞어 덧붙여 말했습니다. "앨리스가 내게 잠시라도 숨 쉴 여유를 주면 좋으련만. 밤이나 낮이나 러브록 이야기로 나를 놀려대지 않으면 얼마나 좋겠습니까."

　나는 오크 부인의 초상화를 그리기 시작했고, 그녀도 모델이 되어주었습니다. 그날 아침에는 유달리 말이 없었어요. 하지만 내가 보기에는 무언가가 찾아오기를 기다리는 여인의 침묵 같았지요. 어쩐지 굉장히 행복해 보였습니다. 그녀는 내가 추천한 단테의 《신생》•을 읽고 있었는데, 전에는 그 책을 몰랐다고 하더군요. 그래서 우리 대화는 순조롭게 흘러갔고, 그토록 추상적이고 항구적인 사랑이 가능하다고 생각하는지 묻게 되었지요. 젊고 아름다운 다른 여인과 나누었다면 아마 은근한 희롱을 즐겼을 만한 토론 주제였건만, 오크 부인과는 분위기가 전혀 달랐습니다. 아득하고, 붙잡을 수 없고, 이승의 것이 아닌 초현실적인 느낌이 들었지요. 그 미소와 그 눈빛이 그랬듯 말이지요.

　"그런 사랑은……." 그녀가 말했습니다. 참나무가 점점이 자라는 영지의 아득히 먼 곳을 바라보면서요. "아주 귀하지만 존재할 수는 있어요. 그런 사랑은 한 인간의 존재 자체가 되고 결국 온 영혼을 차지하지요. 하지만 사랑의 대상뿐 아니라 사랑하는 사람이 죽더라도 사랑은 죽지 않고 계속될 수

● 단테가 아홉 살 때 첫눈에 반해 평생 흠모한 여인 베아트리체에 대한 사랑을 노래한 시.

있답니다. 그런 사랑은 꺼뜨릴 수도 없어서 환생한 연인을 다시 만나게 될 때까지 영혼의 세계에서 계속 타올라요. 마침내 환생한 연인을 다시 만나면, 그 사랑은 무섭게 분출해 남은 영혼 전부를 그 연인에게로 온전히 끌어당기죠. 다시 사람의 형체를 띠고 연인 주위를 맴돌 수 있도록."

오크 부인은 느리게 말하고 있었어요. 거의 혼잣말 같았지요. 하지만 그토록 기이하고 그토록 아름다운 표정은 처음 보는 듯했어요. 빳빳한 흰 드레스 덕에 그 이국적인 미모와 비실체적인 분위기가 두드러져 보였어요.

나는 뭐라고 답해야 할지 몰라 반농담조로 말했지요.

"불교 서적을 너무 많이 읽으신 게 아닐까 걱정되네요, 오크 부인. 말씀하시는 내용이 굉장히 난해한 비교(祕敎)의 가르침 같은데요."

오크 부인은 경멸 섞인 미소를 짓더군요.

"사람들이 그런 걸 잘 이해하지 못한다는 걸 알아요." 그녀는 대꾸하더니 잠시 조용해졌습니다. 그러나 조용한 침묵을 뚫고, 이 여자에게서 이상한 흥분이 뿜어져 나왔어요. 흡사 내가 그녀의 맥을 짚고 있는 느낌이 들었다니까요.

그래도 내 중재 덕에 상황이 조금이라도 호전되리라는 희망만은 끝까지 버리지 않았습니다. 오크 부인은 지난 이삼 일간 러브룩의 이름을 한 번도 입에 올리지 않았어요. 오크 씨역시 우리가 대화를 나눈 뒤로 훨씬 명랑하고 자연스럽게 행동하고 있었지요. 그리 근심에 찌든 얼굴도 아니었어요. 아내 맞은편에 앉은 그에게서 지극히 온화하고 애정 어린 친절이, 젊고 아주 가녀린 존재에 대한 차라리 연민 같은 표정이 스치는 걸 한두 번 보기도 했답니다.

그러나 끝은 오고야 말았지요. 내 모델을 서고 나서 오크 부인은 피곤하다며 방으로 돌아갔고, 오크 씨는 사업차 볼일이 있어 마차를 타고 근처 시내로 갔어요. 그 넓은 저택에 나 혼자 있자니 외로워져서 잠시 야외에서 그렸던 스케치 작업을 좀 하다가 집 주변을 정처 없이 걸으며 기분 전환을 하기로 했지요.

따스하고 기운이 쭉 빠지게 나른한 가을 오후였습니다. 만물에서 향기를 끌어내는 날씨였지요. 축축한 땅과 떨어진 낙엽, 화병의 생화, 오래된 나뭇조각과 물건에서 향기로운 향이 풍겼어요. 그러자 의식의 표면으로 온갖 희미한 회상과 기대감이 떠오르더군요. 절반의 쾌감, 절반의 고통을 주는 그 무엇은 내가 어떤 생각이나 행동도 할 수 없게 만들었습니다. 나는 특이하지만 불쾌하지 않은, 달뜬 조바심에 사로잡히고 말았습니다. 여기저기 복도를 따라 서성이다 문득 발길을 멈추고 이미 세세한 묘사까지 낱낱이 알고 있는 그림을 들여다보곤 했지요. 조각과 낡은 물건 들의 문양을 따라가기도 하고, 커다란 도자기와 단지에 꽂힌, 화려한 색채가 풍성하게 어우러진 가을의 생화를 바라보기도 했지요. 이 책 저 책 들추었다가 던져버리기도 했고요. 피아노 앞에 앉아 무의미하고 짧은 곡조들을 쳐보기도 했습니다. 자갈길을 구르는 바퀴 소리가 들렸는데도 굉장히 외로운 느낌이었어요. 그 바퀴 소리는 집주인이 돌아왔다는 의미였는데도 말이지요. 나는 게으르게 거실 한쪽 구석에 있는 시집 한 권을 들고 책장을 넘겼습니다. 아직도 완벽하게 기억납니다. 모리스의 《사랑은 충분하다》였어요. 그때 문이 벌컥 열리더니 윌리엄 오크가 나타났어요. 들어오지는 않고 내게 밖으로 나오라고 손짓하더군요. 그 얼굴을 보니 왠지 즉시 벌떡 일어나 뒤따르게 됐죠. 지극히 말이 없고, 심지어 빳빳하게 굳어 있었어요. 얼굴 근육 하나 움직이지 않았고, 안색이 몹시 파리했습니다.

"보여드릴 것이 있습니다." 그는 나를 이끌고 돔형 천장에 선조의 초상화가 빙 둘러 걸려 있는 커다란 홀을 지나 해자처럼 생긴 자갈 깔린 공간으로 들어섰습니다. 말라빠진 거대한 고목이 한 그루 있더군요. 날카롭고 앙상한 가지들이 제멋대로 구부러져 뒤틀려 있었죠. 나는 그의 뒤를 따라 잔디밭으로, 아니 집으로 이어지는 영지 진입로로 들어섰습니다. 우리는 서로 말 한마디 나누지 않고 바삐 걸음을 재촉했습니다. 앞서 걷던 그가 별안간 발길을 뚝 멈췄습니다. 노란 응접실의 볼록 튀어나온 유리창이 있는 바로 그 지점이었어요. 내 팔뚝을 붙잡은 오크 씨의 손아귀에 힘을 들어가는 것이 느껴졌습니다.

"제가 보여드릴 게 있어서 여기 모셔 온 겁니다." 그는 목쉰 소리로 속삭이더니 나를 창가로 끌고 갔습니다.

그래서 나는 안을 들여다보았습니다. 야외보다 실내가 어두웠지만 노란 벽을 등지고 있는 오크 부인의 모습은 똑똑히 보였습니다. 흰 드레스 차림으로 머리를 살짝 뒤로 젖히고 혼자 소파에 앉아 있더군요. 손에는 커다랗고 붉은 장미 한 송이를 들고 있었어요.

"이제 믿으시겠습니까?" 오크 씨의 목소리가 내 귓전에서 뜨끈한 숨결을 뿜었습니다. "이제는 믿으시냐고요! 전부 제 망상이었다고요? 하지만 이번에는 내가 놈을 잡을 겁니다. 안에서 문을 다 잠가뒀으니까 절대로! 도망갈 수 없을 겁니다!"

그 말은 오크 씨의 입에서 나오는 게 아니었어요. 문득 정신을 차려보니 창문 밖에서 소리 없이 그를 붙잡고 씨름하는 나 자신이 느껴졌습니다. 그러나 그는 내 손아귀를 빠져나갔고, 창문을 잡아당겨 열더니 그대로 방 안으로 뛰어 들어갔어요. 나도 그를 뒤쫓아 들어갔습니다. 문지방을 넘으려는 순간, 뭔가 눈앞에서 섬광처럼 번득였습니다. 그리고 커다란 총성, 날카로운 비명, 땅에 털썩 부딪는 소리가 들려왔지요.

오크 씨가 방 한가운데 서 있고, 그 주위로 희미한 연기가 피어올랐습니다. 그의 발밑에는 소파에서 미끄러져 내려 금발의 머리를 의자에 기댄 자세로 오크 부인이 누워 있었습니다. 흰 드레스에 붉은 피의 웅덩이가 차오르고 있었지요. 자동적인 단말마로 입술이 경련을 일으켰지만, 커다랗게 치뜬 흰 눈은 모호하고 아련한 미소를 띤 것 같았어요.

시간을 전혀 가늠할 수 없었습니다. 단 일 초 만에 벌어진 일이었지만, 그 일 초가 몇 시간처럼 끝나지 않았습니다. 오크 씨가 빤히 쳐다보다가 돌아서서 껄껄 웃었습니다.

"빌어먹을 양아치가 또 도망쳐버렸군!"그는 이렇게 외치더니 잠긴 문을 벌컥 열고는 끔찍한 소리로 마구 울부짖으며 집 밖으로 뛰쳐나갔습니다.

그것이 이야기의 결말입니다. 오크 씨는 그날 저녁 총으로 자살하려 했지만, 턱뼈만 박살이 났습니다. 그리고 며칠 후 헛소리를 하면서 죽었지요. 온갖 법률적 탐문이 이어졌고, 나는 꿈속을 허우적거리는 기분으로 그걸 다 겪어냈습니다. 오크 씨가 순간적인 광기의 발작으로 아내를 죽였다는 결론이 내려졌지요. 그게 앨리스 오크의 종말입니다. 그건 그렇고, 하녀가 오크 부인이 당시 목에 걸고 있던 로켓을 내게 갖다 주었어요. 온통 피로 얼룩져 있었지요. 로켓 안에는 아주 짙은 적갈색 머리카락이 몇 가닥 들어 있었습니다. 윌리엄 오크의 머리색과는 전혀 달랐어요. 나는 크리스토퍼 러브록의 머리카락이었다고 믿어 의심치 않습니다.

끈질긴 사랑

—스피리디온 트렙카의 일기 중에서

제1부

1885년 8월 20일, 우르바니아

나는 아주 오래전부터, 최근 몇 년 들어 더더욱 이탈리아에
와서 과거와 대면하기를 갈망해왔었다. 그런데 이 이탈리아,
정말 이런 것이 과거인가? 호주머니에 독일 대사관에서의 만
찬 초대장을 넣고 로마를 배회하던 첫날은 울고 싶었다. 그
렇다, 실망감에 눈물이 날 것 같았다. 베를린인지 뮌헨인지에
서 온 문화 파괴자들이 내 뒤에 바짝 붙어 따라오며 최고의
맥주와 사워크라우트를 먹으려면 어디를 가야 하고 그림●과
몸젠●●의 최근 논문은 어떤 주제를 다뤘다는 둥 이야기를 떠

● 그림 형제 중 한 명을 지칭하는 것으로 보인다. 두 사람은 민간전승 동화집의
편간으로 유명하지만, 한편으로는 게르만어 연구로 근대 언어학을 개척한 언어
학자이자 역사가이기도 하다.

들어댔다.

이것은 우매인가? 허위인가? 나 역시 현대 북부 문명의 소
산이 아닌가? 내가 이탈리아에 온 것 또한 몹시도 현대적이
고 과학적인 문명 파괴 행위의 일환이 아닌가? 현학과 예술
비평으로 가득한 저 극악무도한 책들과 다를 바 없는 저서를
썼다는 이유로 현장 탐사 연구비를 받고 오지 않았던가? 아
니, 내가 여기 우르바니아에 있는 것도 정해진 몇 달의 시간
내에 그런 책을 또 한 권 만들어내려는 의도가 아닌가? 그대
불쌍한 스피리디온, 상상이나 할 수 있는가? 그대 독일인 현
학자를 닮은 모습이 되어버린 폴란드인이여, 철학 박사, 심지
어 교수이고 15세기 독재 군주들에 대한 저서로 수상 경력이
있는 작가이기도 한 그대여, 검은 교수 가운 호주머니에 행정
서한들과 교정지를 넣고 다니는 그대가 현존하는 과거와 영
혼의 교감을 나눈다는 상상을 할 수 있단 말인가?

안타깝게도 그것이 엄연한 현실이다! 그러나 적어도 이날
오후처럼 가끔은 진실을 잊도록 하자. 흰 수소들이 내 이륜
마차를 느릿느릿 끌고 끝없는 골짜기들을 돌고 돌아 끝없는
산비탈을 따라 기어가는 사이, 저 아래 어디선가 급류가 졸
졸 흐르는 소리가 들려오고, 우르바니아 이 마을까지 오는 내

●● 테오도어 몸젠(1817~1903). 실증주의에 근거한 고대 로마사 연구자. 1902년
역사학자로는 최초로 노벨 문학상을 받았다.

내 사방 어디를 봐도 벌거벗은 회색과 붉은빛 도는 봉우리들만 눈에 들어왔다. 세상 사람들을 잊고 드높은 아펜니노산맥에 우뚝 솟은 첨탑과 요새의 우르바니아. 시질로, 펜나, 포솜브로네, 메르카텔로, 몬테무를로. 마부가 가리키는 마을 이름 하나하나가 내 마음속에 옛날 언젠가의 전투나 엄청난 반역의 기억을 되살리는 듯했다. 이윽고 치솟은 거산이 석양을 차단하자 골짜기들이 푸르스름한 그림자와 안개에 뒤덮였고, 산정 도시의 첨탑과 둥근 지붕 너머로 연기처럼 붉은 한 줄기 빛살만이 위협하듯 남아 있었다. 교회 종소리가 절벽을 가로질러 우르바니아로부터 흘러 들어왔다. 길모퉁이를 돌 때마다 부리가 달린 투구를 쓰고 끝이 뾰족한 구두를 신은 기병대가 빛나는 갑옷을 입고 붉은 석양에 깃발을 휘날리며 나타날 것만 같았다. 불과 두 시간 전에 어스름 깔린 도시로 들어서서 이따금 제단이나 과일 가게의 침침한 불빛과 암흑을 붉게 물들이는 대장장이의 가마 말고는 인적 하나 없는 거리를 지나쳐 왔다. 궁의 홍벽과 첨탑 아래를 지나쳐 왔다……. 아, 그것이 바로 이탈리아였다, 과거였다!

8월 21일

그리고 이것은 현재다! 소개장 네 장을 전달하고 부학장, 지방행정관, 기록 보관소 소장, 내 친구 맥스가 숙소를 찾아 줄 거라고 소개해준 호인과의 예의 바른 대화를 한 시간이나 참아내야 했다……

8월 22~27일

하루를 기록 보관소에서 보내다시피 했다. 그곳에서 나는 따분해 죽기 일보 직전까지 소장의 장광설을 들어주며 주로 시간을 보낸다. 오늘 소장은 숨도 쉬지 않고 사십오 분 동안 아이네아스 실비우스의 논평을 뿜어냈다. 이런 고문 같은 괴로움을 달래기 위해(전직 경주마가 수레를 끌게 되면 기분이 어떻겠는가? 그 마음을 안다면 프로이센의 교수가 된 폴란드인의 마음도 짐작할 수 있을 것이다) 나는 시내를 오래도록 산책했다. 이 도시는 알프스의 산정에 옹기종기 모여 있는 검은색 높은 건물들로 이루어져 있는데, 그 사이사이로 길고 좁은 길이 우리가 어린 시절 놀던 미끄럼틀처럼 흘러내리고, 도시 한가운데에는 철통의 요새처럼 훌륭한 붉은 벽돌로 지어진 오토부오노 공작의 궁전이 있다. 궁전의 창에서 내려다보면 소용돌이처럼 휘도는 침울한 회색 산의 바다가 보인다. 그리고 사람들이 있다. 검은 머리에 북슬북슬한 턱수염을 기른 사내들이 도적 떼처럼 초록 테를 두른 망토를 걸치고 추레한 짐말을 타고 돌아다닌다. 아니면 몸집 크고 건장한 금발의 젊은이들이 시뇨렐리*의 프레스코화에 나오는 색동옷 걸친 불한당들처럼 활보하고 다녔다. 수소의 눈망울을 한 젊은 라파엘로처럼 아름다운 소년들과 마돈나나 성(聖) 엘리자베스처럼 거구의 여인들이 발끝까지 단단하게 나막신을 신고 머리에 황동 주전자를 인 채 가파르고 검은 골목길을 오르락내리락하고 있다. 나는 이 사람들에게 좀처럼 말을 걸지 않는다. 내 환상이 흩어져 사라질까 두렵기 때문이다. 사거리에는 프란체스코 디 조르조의 아름다운 주랑이 있는데, 바로 맞은편에는 파란색과 빨간색의 거대한 광고가 붙어 있다. 천사가 내려와 재봉틀을 발명한 일라이어스 하우에게 왕관을 씌워주는 그림이다. 내가 식사하는 식당에서 저녁을 먹는 부학장의 직원들은 고래고래 소리를 지르며 정치를 논하고, 민게티, 카이롤리, 투니스●● 철갑선 등등의 이야기를 떠들썩하게 하다가 〈마담 앙고의 딸〉의 몇 구절을 흥얼거렸다. 아마도 최근에 이곳에서 공연을 했던 모양이다.

아니, 이곳 주민들과 말을 섞는 건 확실히 위험한 실험이다. 한 가지 예외라면, 아마도 마음 좋은 우리 집주인 노타로 포리 씨 정도일까. 기록 보관소 소장에 버금가는 학식의 소유자이면서도 코담배는 훨씬 덜 피우는 것 같다(아니면 코트에 묻은 코담배를 더 자주 털어내든가). 내가 그만 깜박 잊고 적지 않았다(모두 적어야 할 것 같은 의무감이 든다. 언젠가는 이렇게 끼

● 이탈리아의 르네상스 화가 루카 시뇨렐리(1445?~1523).
●● 이탈리아의 총리 마르코 민게티(1818~1886)를 위시해 당대 이탈리아 정치와 연관된 이름들이다.

적거린 글들이 저주받은 바빌론 같은 베를린으로 돌아갔을 때 지금 내 책상에 놓인 시든 올리브 가지나 심지가 세 개 있는 토스카나 등잔처럼 도움이 될지 모른다는 생각에). 내가 골동품상의 집에 묵고 있다는 사실을 깜박 잊고 기록하지 않았다. 내 창가에서 올려다보면 시장의 차양과 주랑 들 사이로, 꼭대기에 비상하는 메르쿠리우스상이 놓인 작은 기둥이 주도로로 이어졌다. 스위트바질, 정향, 마리골드 들이 그득한 이 나간 단지와 항아리 들 너머를 굽어보면, 궁의 회전포탑 한 귀퉁이가 살짝 보이고 그 뒤로 흐릿한 울트라마린 빛깔의 야산들이 보인다. 후면이 가파르게 협곡으로 떨어지는 이 집은 기묘하게 오르락내리락하는 구조로 되어 있는 검은색 건물로, 회칠한 방들에 라파엘로와 프란차와 페루지노의 그림들이 걸려 있다. 우리 집주인은 낯선 사람이 찾아올 때마다 이 그림들을 내 여인숙으로 옮겨둔다. 사방에 낡은 목각 의자들, 제국의 소파들, 상감과 금박으로 꾸민 혼수용 함들, 오래된 다마스크 장미꽃 조각과 수놓은 제단보가 든 옷장이 오래된 향불 향과 퀴퀴한 냄새를 은은하게 퍼뜨렸다. 이 모두를 포리 씨의 독신 누이 셋이 보살폈다. 세라피나 양, 로도비카 양, 아달지사 양이었는데, 검은 고양이와 지팡이까지, 완벽하게 세 운명의 여신이 환생해 살아난 듯한 모습이었다.

우리 집주인은 아스드루발레 씨라고도 불렸는데, 공증인 역할도 겸하고 있었다. 추기경의 옷자락을 드는 시종 노릇을 했던 사촌이 있어 교황청에 악감을 품고 있었고, 크리스마스 이브나 뭐 그 비슷한 밤에 죽은 사람의 지방으로 만든 초 네 자루를 밝혀 두 사람을 위한 식탁을 차린 다음 자기도 정확히 잘 모르는 어떤 의례를 치르면 성 파스찰 바일론의 유령을 불러낼 수 있다고 생각했다. 그리고 그 유령의 뺨을 두 번 때리고 '아베 마리아'를 세 번 외치면 유령이 연기에 그을린 접시 뒷면에 복권 당첨 번호를 써줄 거라는 믿음이 있었다. 다만 초를 만들 죽은 사람의 지방을 얻는 일과 성자가 사라지기 전에 뺨을 세 번 때리는 데 난항을 겪었다.

"그게 아니었다면……." 아스드루발레 씨는 말했다. "교황청이 이미 까마득한 옛날에 복권을 금지했을 거란 말이오. 어휴!"

9월 9일

우르바니아의 역사에는 그 나름대로 로맨스가 없지 않다. 다만(늘 그렇듯) 무미건조한 학계가 이 로맨스를 무시했을 뿐이다. 이곳에 오기 전부터 나는 괄테리오와 데상크티스 신부가 쓴 우르바니아 역사의 메마른 책장에 등장했던 한 이상한 여인에게 마음이 끌렸다. 이 여자는 카르피의 군주 갈레아초 4세 말라테스타의 딸 메데아로, 스티밀리아노의 공작 피에를루이지 오르시니와 결혼했었고, 나중에는 위대한 공작 로베르토 2세의 전임인 우르바니아 공작 귀달폰소 2세와 재혼했다.

이 여자의 역사와 캐릭터는 비안카 카펠로와 루크레치아 보르자를 동시에 떠올리게 한다. 그녀는 1556년 출생해 열두 살에 사촌인 리미니 가문의 말라테스타와 혼약을 맺었다. 이 가문의 위세가 급격히 쇠락하는 바람에 혼약은 파기됐고, 메데아는 그로부터 1년 뒤 피코 가문의 일원과 정혼해 열네 살에 대리 결혼을 한다. 그러나 이 결혼은 그녀는 물론 그녀 아버지의 야심도 만족시킬 수 없었고, 대리 결혼이 어떤 핑계로 무효화되고 나자 위대한 움브리아의 봉건 군주인 오르시니 가문의 스티밀리아노 공작의 구혼을 부추기게 된다. 그러나 신랑인 잔프란체스코 피코는 혼인의 무효를 받아들이지 않았고, 교황에게 탄원한 뒤 무력으로 신부를 납치하려 시도했다. 익명의 고서에 따르면 메데아는 세상에서 가장 사랑스러운 여인으로, 더할 나위 없이 명랑하고 호감 가는 태도의 소유자였으며, 피코는 아내를 미칠 듯이 사랑했다고 한다. 피코는 아버지의 별장으로 가고 있던 그녀의 마차를 가로막고는 미란돌라 근교의 자기 성으로 데리고 가 정중하게 구애했고, 그녀를 아내로 생각할 권리가 있음을 강조했다. 그러나 이 여인은 침대보로 동아줄을 꼬아 걸고 해자로 뛰어들어 탈출했고, 잔프란체스코 피코는 가슴에 칼이 꽂힌 채로 발견되었다. 마돈나 메데아 다 카르피의 손으로 꽂은 칼이었다. 피코는 방년 열여덟 살의 꽃 같은 미소년이었다.

피코가의 문제가 해결되자 교황은 이 결혼이 무효라고 선언했고, 메데아 다 카르피는 스티밀리아노 공작과 엄숙한 결혼식을 올린 후 로마 근처의 공국으로 가서 살게 된다.

2년 후 피에를루이지 오르시니는 오르비에토 근교 스티밀리아노의 성에서 한 시종에게 살해당한다. 의혹은 메데아를 향했다. 특히 사건 발생 직후 그녀가 자기 침소에서 두 하인을 시켜 살인자를 베어 죽였다는 사실이 의혹을 부추겼다. 그러나 살인자는 이미 메데아가 사랑을 약속하면서 살인을 교사했다고 밝힌 후였다. 자신에 대한 여론이 너무나 뜨거워지자 그녀는 우르바니아로 도피해 공작 귀달폰소 2세의 발치에 엎드려 자기가 그 시종을 죽인 건 자신의 명예를 훼손한 데 대한 복수였으며, 남편의 죽음과는 아무 관련도 없다고 항변했다. 불과 열아홉 살의 스티밀리아노 공작부인인 메데아는 가히 경이로우리만큼 아름다웠고, 우르바니아 공작은 차마 고개를 돌리지 못했다. 공작은 암묵적으로 그녀의 무죄를 믿는 듯 행동했고, 고인이 된 남편의 친족인 오르시니 가문에 신병 인도를 거부했다. 그리고 그녀에게 서쪽 별궁에 화려한 숙소를 배정해주었는데, 그중에는 파란 바닥에 대리석 큐피드들이 서 있는 유명한 벽난로가 있는 방도 있었다. 귀달폰소 공작은 이 아름다운 손님을 광적으로 사랑하게 되었다. 이제까지 소심하고 가정적인 성품이었던 공작은 노골적으로 아내인 카메리노의 마달레나 바라노를 홀대하기 시작했다. 비록 슬하에 자식은 없었으나 두 사람은 금슬 좋은 결혼 생활을 영위해왔었다고 한다. 그는 자문관들의 간언을 무시하고, 종주국 교황의 조언도 묵살했으며, 심지어 있지도 않은 부정을 문제 삼아 아내를 비난하는 지경에 이르렀다. 마달레나 공작부인은 이러한 취급을 견디지 못하고 페사로에 있는 맨발의 수녀원으로 잠적해 시름시름 앓다 쇠약해졌고, 메데아 다 카르피는 공작부인의 빈자리를 채우고 우르바니아를 쥐락펴락하며 귀달폰소 공작을 꼬드겨 여전히 남편의 살인범으로 자신을 지목하는 강력한 오르시니 가문과 억울해하는 마달레나 공작부인의 친족인 바라노 가문을 동시에 대적했다. 결국 1576년 우르바니아 공작은 별안간 그러나 의심스러운 정황하에 아내를 여의었고, 불쌍한 아내가 세상을 떠난 지 불과 이틀 후 메데아 다 카르피와 결혼했다. 이 결혼에서도 아이는 없었다. 그러나 귀달폰소 공작의 아내 사랑이 끔찍해서 새 공작부인은 공국을(대단히 어렵게 교황의 동의를 얻어내야 했다) 자기 아들 바르톨롬메오에게 물려주겠다는 약속을 남편에게서 받아내고 말았다. 바르톨롬메오는 메데아가 스티밀리아노 공작과의 사이에서 낳은 아들이었으나 오르시니 가문은 적통을 부정하며 메데아가 대리 결혼했다가 명예를 지키기 위해 살해한 잔프란체스코 피코의 아이라고 주장하고 있었다. 그리고 우르바니아 공국을 이방인이자 혼외자에게 물려준다는 결정은 귀달폰소 공작의 동생인 로베르토 추기경의 명백한 권리를 희생한 대가였다.

1579년 5월 귀달폰소 공작은 수수께끼 같은 상황에서 급사한다. 공작이 임종을 맞아 참회하고 동생의 권리를 복원할까 두려워 메데아가 공작의 침소에 아무도 들지 못하게 했기 때문이다. 공작부인은 즉시 아들 바르톨롬메오 오르시니를 우르바니아 공작으로 선포하고 자신이 섭정을 맡았다. 부주의하고 방탕한 청년 두서넛이 거사를 도왔는데, 특히 메데아의 애인이라는 소문이 있는 올리베로토 다 나르니 대위는 초인적인 파죽지세로 정부의 실권을 장악했고, 바라노가와 오르시니가를 대적해 시질로에서 승리를 거두고 작위 승계의 적법성을 감히 논하는 용자를 보면 한 사람도 남기지 않고 무자비하게 학살했다. 한편 로베르토 추기경은 사제의 가운과 서약을 벗어던지고 로마, 토스카나, 베네치아를 돌아다니며(심지어 황제와 에스파냐 왕과도 알현하며) 찬탈자와의 싸움에 원군을 요청했다. 몇 달 후 로베르토 추기경은 여론의 물살을 돌려 섭정을 맡은 공작부인을 공격했다. 교황은 엄숙하게 바르톨롬메오의 서임식이 무효라고 선언했고, 우르바니아 공작 겸 몬테무를로 백작 로베르토 2세의 즉위를 공식화했다. 토스카나 대공과 베네치아인들도 은밀하게 원조를 약속했지만, 오로지 로베르토가 주력 군대로 자신의 권리를 되찾을 수 있을 때만 돕겠다는 조건을 달았다. 아주 천천히, 공국의 도시들은 하나씩 로베르토에게로 넘어왔고, 메데아 다 카르피는 불길에 휩싸인 전갈처럼 우르바니아의 산중 요새에서 포위되고 말았다(이 비유는 내가 쓴 게 아니라 로베르토 2세의 역사가인 라파엘로 괄테리오의 표현이다). 그러나 전갈과 달리 메데아는 죽지 않았고 자살하지도 않았다. 돈도 동맹도 없는 그녀가 어떻게 그토록 오래 적들을 궁지로 몰아넣었는지 참으로 놀라울 따름이다. 괄테리오는 이를 피코와 스티밀리아노를 죽음으로 몰아넣은 치명적인 매혹 탓으로 돌린다. 한때 정직했던 귀달폰소도 그 매력에 홀려 악한으로 돌변했으며, 애인들 또한 라이벌에게 밀려 추방당한 후에도 모두 차라리 그녀를 위해 죽는 편이 낫다고 생각했다. 라파엘로 괄테리오는 이런 자질이 명백히 지옥의 간교와 통한다고 보았다.

마침내 전 추기경 로베르토는 1579년 11월 당당한 승리자로 우르바니아에 들어온다. 서임식에서는 중용과 온정이 두드러졌다. 한 사람도 사형당하지 않았으나 올리베로토 다 나르니만은 예외였다. 궁에서 말에 오르는 새 공작을 덮쳐 칼로 찌르려 한 올리베로토 다 나르니는 공작의 부하들 칼에 죽음을 맞으면서도 마지막 숨을 다해 이렇게 외쳤다고 한다. "오르시니, 오르시니! 메데아, 메데아! 바르톨롬메오 공작이여 영원하라!" 그러나 공작부인은 그를 치욕적으로 대우했다는 말이 전해진다. 어린 바르톨롬메오는 로마의 오르시니가로 보내졌다. 공작부인은 예우를 받아 서쪽 별궁에 연금되었다.

전하는 이야기에 따르면 공작부인은 도도하게 새 공작을 알현하겠다고 요구했지만 로베르토 공작이 고개를 저으며,

전직 사제답게 오디세우스와 세이렌에 관한 시구를 인용했다고 한다. 그는 끈질기게 그녀를 보지 않겠다고 고집했고, 어느 날 몰래 그녀가 방에 들어오자 황급히 나가버리기까지 했다는 점은 주목할 만하다. 몇 달 후 로베르토 공작을 암살하려는 음모가 발각되었는데, 메데아의 사주를 받은 것임이 누가 봐도 명백했다. 그러나 로마의 마르칸토니오 프란지파니라는 청년은 참혹한 고문을 받으면서도 그녀와의 공모를 끝내 부인했다. 폭력적인 처사를 전혀 원치 않았던 로베르토 공작은 산텔모의 별장에 있던 공작부인의 처소를 시내에 위치한 클라리세 수녀원으로 옮기고 엄중히 감독하고 밀접하게 감시하도록 했다. 이제 메데아가 간계를 쓴다는 건 불가능해 보였다. 아무도 만날 수 없었고, 누구에게도 모습을 보여서는 안 됐기 때문이다. 그러나 메데아는 서한에 자신의 초상화를 동봉해 프린치발레 델리 오르델라피라는 청년에게 보낸다. 프린치발레 델리 오르델라피는 귀족인 로마뇰레가의 젊은이로 우르바니아에서 가장 아름다운 처녀와 약혼한 사이였다. 그러나 그는 곧 파혼하고, 바로 얼마 후 부활절 축제 미사에서 무릎을 꿇고 있던 로베르토 공작을 피스톨로 쏘아 죽이려 했다. 이번에는 로베르토 공작도 메데아를 기소할 증거를 찾겠다고 결심했다. 프린치발레 델리 오르델라피는 며칠 동안 전혀 음식을 먹지 못한 채 감금되었다가 유례없이 잔혹한 고문을 받은 뒤 사형선고를 받았다. 새빨갛게 달궈진

집게로 피부 껍질이 벗겨지고 네 마리 말에 사지가 묶여 능지처참을 당하기 직전, 그는 공작부인의 공모가 있었다고 증언하면 고통 없는 즉사의 은총을 받게 될 거라는 말을 들었다. 고백성사를 모실 신부와 포르타 산 로마노에 마련된 형장 근처 수녀원의 수녀도 그곳까지 들려오는 비명을 들으며 메데아에게 자신의 죄를 자백하고 저 불쌍한 자를 구해달라고 읍소했다. 메데아는 발코니로 나가 프린치발레를 보고는 그도 자기 모습을 볼 수 있게 해달라고 허락을 구했다. 발코니로 나간 그녀는 너덜너덜 으스러진 가엾은 청년을 차가운 눈길로 내려다보고는 자수 손수건을 던졌다. 그러자 청년은 형집행자에게 그 손수건으로 자기 입을 닦고 싶다고 간청했고, 손수건에 키스하고는 메데아는 아무 죄가 없다고 외쳤다. 그리고 몇 시간 더 고문을 받다가 숨져버렸다. 이 사태는 로베르토 공작마저도 인내심의 한계를 느끼게 만들었다. 메데아가 목숨을 부지하는 한 그의 생명은 영원히 위협받을 수밖에 없었다. 그러나 괜한 소란을 일으키고 싶지 않았던 그는(사제의 품성이 다소 남아 있었던 모양이다) 메데아를 수도원에서 교살했는데, 주목할 점은 이 처형에는 반드시 여자만 참여하도록(영아 살해를 범한 여자 둘에게 사면을 조건으로) 지시를 내렸다는 사실이다.

1725년 출간된 로베르토 공작의 평전을 쓴 돈 아르칸젤로 차피는 이렇게 쓰고 있다. "이 온화한 군주는 비난받을 만한 잔혹 행위를 단 한 번밖에 저지르지 않았다. 교황이 서품을 거둘 때까지 성직에 있었던 사람임을 생각하면 더욱더 기이한 일이다. 전해오는 말에 따르면 악명 높은 메데아 다 카르피를 처단할 당시, 로베르토 공작은 어떤 남자라도 홀릴 수 있는 비범한 그녀의 매력을 너무나 두려워한 나머지 오로지 여자만을 형리로 고용했다. 또한 사제나 수도사를 통한 최후 성사도 허락하지 않아 어쩔 수 없이 그녀는 사면받지 못하고 죽음을 맞아 그 강철 같은 심장에 행여 조금이라도 참회의 마음이 숨어 있었다 한들 회개할 기회조차 끝내 얻지 못했다고 한다."

이것이 전 스티밀리아노 공작부인이자 우르바니아의 공작 귀달폰소 2세의 아내였던 메데아 다 카르피의 이야기다. 그녀는 불과 300여 년 전인 1582년 12월에 처형당했고 당시 채 스물일곱이 못 되는 나이였다. 그러나 그 짧은 생애 동안 잔프란체스코 피코에서 프린치발레 델리 오르델라피까지 다섯 명의 연인을 참혹한 파국으로 몰아넣었다.

9월 20일

로마 점령 15주년을 기리는 대규모 도시 점등 행사다. 소위 피에몬테 사람이라면 고개부터 절레절레 젓고 보는 우리 집 주인 아스드루발레 씨를 제외하면, 여기 사람들은 다들 뼛속까지 이탈리아인이다. 우르바니아가 1657년 교황청에 넘어간 이후로 교황들은 이들을 극심하게 탄압해왔다.

9월 28일

한동안 메데아 공작부인의 초상화를 찾아 헤맸다. 대다수가 파괴된 것으로 추정된다. 이 무서운 미녀가 사후에도 술수를 부릴까봐 두려워한 공작 로베르토 2세가 손을 썼던 모양이다. 그러나 세 점은 간신히 찾을 수 있었다. 하나는 기록 보관소에 있는 축소 인물상으로 불쌍한 프린치발레 델리 오르델라피를 현혹하기 위해 보냈던 것이라고 한다. 또 하나는 궁정의 광에 처박혀 있던 대리석 흉상이었고, 또 하나는 아우구스투스의 발밑에 있는 클레오파트라를 형상화한 거대한 회화로, 바로초의 작품일 가능성이 있다. 아우구스투스는 둥글게 깎은 짧은 머리에 약간 비뚤어진 코, 여느 때와 다름없이 짧은 턱수염에 흉터가 있는 이상화된 로베르토 2세의 모습이었지만 로마식 옷차림이었다. 내가 보기에 클레오파트라는 동양 복식에 검은 가발을 쓰긴 했어도 메데아 다 카르피를 형상화한 것 같았다. 무릎을 꿇고 정복자의 칼을 받겠다는 듯 가슴을 드러내고 있지만 사실은 내심 황제를 정복할 요량으로 보인다. 아우구스투스는 기묘한 혐오감에 휩싸인 표정으로 고개를 돌린다. 셋 다 아주 훌륭한 초상은 아니었지만 그나마 축소 인물상의 세공이 정교했고, 여기에 흉상이 암시하는 바를 합쳐보면 이 무시무시한 존재의 미모를 쉽게 재구성할 수 있었다. 이런 유의 미모는 후기 르네상스에서 가장 높이 숭상받았고, 어느 정도는 장 구종과 프랑스 화가들을 통해 불멸의 상으로 남았다. 얼굴은 완벽한 계란형이고 이마는 약간 과하게 동그랗고 밝은 적갈색 머리카락이 양털처럼 섬세하게 말려 있고 살짝 지나친 매부리코에 광대뼈는 조금 낮다. 눈은 회색이고, 커다랗고, 두드러지게 눈에 띄고, 그 위로 정교한 곡선을 그리는 눈썹과 눈꼬리 쪽에 약간의 긴장감이 느껴지는 눈꺼풀이 있다. 입 역시 눈부신 빨강에 지극히 세심하게 그려진 모습이지만 입가가 살짝 긴장한 듯하고, 치아 위의 입술도 힘이 조금 들어가 있다. 긴장한 눈꺼풀과 입매는 묘하게 세련된 느낌을 주면서 동시에 신비스러운 분위기를 풍긴다. 다소 불길하게 유혹하는 매력이다. 취하면서 베풀지는 않는 느낌. 어린애처럼 뾰루퉁하게 내민 입술로는 깨물거나 거머리처럼 빨아먹을 것만 같다. 얼굴은 현기증이 나도록 희고, 붉은 머리 미녀 특유의 완벽하게 투명한, 장밋빛 도는 백합 같은 색이다. 머리카락을 섬세하게 말아 머리에 바짝 붙여 땋은 후 진주로 장식한 두상은 숲의 요정 아레투사나 백조처럼 길고 유연한 목 위에 달렸다. 처음에는 다소 관습적인 인상을 주는, 희한하게 인공적인 미모로 관능적이지만 차갑고, 찬찬히 뜯어보면 뜯어볼수록 마음을 어지럽히고 뇌리에 각인되어 잊히지 않는다. 귀부인의 목에는 황금의 마름모형 장식이 간간이 섞인 황금 체인 목걸이가 걸려 있었고, 그 위에는 짧은 경구인지 언어유희인지 모를 글이 적혔다(그 시절에는 프랑스적 상징 시구가 널리 유행했었다). "아무르 뒤르, 뒤르 아무르." 똑같은 글귀가 속이 빈 흉상 안쪽에도 새겨져 있었고, 그 덕분에 나도 이 흉상이 메데아의 초상임을 알아볼 수 있었다. 나는 이 비극적 초상들을 자주 살펴보면서 그토록 많은 남자를 죽음으로 몰아넣은 이 얼굴이 말을 하거나 미소를 지으면 어땠을까 상상하곤 했다. 메데아 데 카르피가 희생자들을 사랑으로 또 죽음으로 이끌던 바로 그 순간에 이 얼굴은 어떠했을까. 그녀를 묘사하는 글귀가 말하듯 끈질긴 사랑, 잔혹한 사랑. "아무르 뒤르, 뒤르 아무르." 정말 그러하지 않은가. 그 애인들의 충의와 운명을 생각해본다면 참으로 어울리는 글귀가 아닐 수 없다.

10월 13일

나는 말 그대로 시간이 없어서 요즘 들어 일기를 한 줄도 쓰지 못했다. 나의 아침 시간은 기록 보관소에서 다 흘러가버리고, 오후는 이 아름다운 가을 날씨의(제일 높은 봉우리 정상이 이제 막 눈으로 덮였다) 긴 산책으로 흘러가버린다. 저녁 시간은 우르바니아의 궁에 대한 난해한 해설을 쓰는 데 들어간다. 뭔가 쓸데없는 일이라도 내게 시키기 위해 정부에서 요구한 작업이다. 내 역사서는 한 단어도 쓰지 못했다……. 그건 그렇고, 오늘 어쩌다 발견한 '로베르토 공작의 삶'이라는 익명의 원고에 나오는 희한한 대목을 적고 넘어가야겠다. 그 무명의 필사 원고에 따르면, 이 군주는 잔볼로냐의 제자 안토니오타시에게 말을 탄 모습으로 자신의 조각을 의뢰해 코르테 광장에 세우면서 은밀히 "은으로 자신의 수호 정령 또는 수호천사의 작은 상을 제작해 그 조각상 또는 우상에 점성술사들이 축복을 내리도록 한 뒤" 가슴에 있는 틈새에 넣었다는 것이다. 필사 원고는 이것을 망자가 모두 부활할 때까지 그 영혼이 휴식을 취하도록 하려는 이유였다고 설명하고 있다. 이대목은 기이할 뿐 아니라 내가 보기에는 다소 당혹스럽다. 로베르토 공작의 영혼이 어떻게 부활을 기다릴 수 있단 말인가? 천주교인이므로 틀림없이 몸에서 영혼이 분리되는 즉시연옥에 간다고 믿었을 텐데 말이다. 아니면 뭔가 이교도적 요소가 반쯤 섞인 르네상스의 미신이었던 걸까(물론 공작이 과거에 추기경이었다는 사실을 생각하면 참으로 이상한 일이다)? "주술적 의식을 통해"(필사 원고는 그 작은 우상을 이렇게 표현하고 있다) 영혼을 수호 정령과 묶어둠으로써 지상에 고정되어 남을수 있고, 그리하여 심판의 날이 올 때까지 영혼이 육신 속에서 잠잘 수 있다고 믿었단 말인가? 솔직히 말해서 나는 이 이야기가 혼란스럽고 잘 이해되지 않는다. 그런 우상이 타시의청동 조각상 몸통에 존재한 적이 과연 있었을까? 아니, 지금도 존재하고 있을까? 궁금해진다.

10월 20일

최근 들어 부학장의 아들을 매우 자주 만난다. 상사병에 걸린 얼굴을 한 호감 가는 청년인데 우르바니아의 역사와 고고학에 께느른한 관심을 보이고 있다. 물론 실제로는 이 방면에서 무식이 끝을 모를 지경이지만 말이다. 이 젊은이는 아버지가 승진해 이곳으로 부임하기 전 시에나와 루카에서 살았고, 굉장히 길고 딱 붙는 바지를 입는다. 무릎을 굽히는 일을 아예 배제하는 듯한 복식이다. 빳빳하게 세운 옷깃과 안경, 코트 속주머니에는 새 송아지 장갑 한 켤레를 꽂고 오비디우스가 바다의 신 폰토스를 찬양하듯 우르바니아를 칭송하고 다닌다. 그러면서(예상대로) 내 여인숙에서 식사를 하며 광인처럼 울부짖고 노래하는 공직자들과 젊은이들, 무도회의 귀부인만큼이나 목을 훤히 드러낸 차림으로 경량 이륜마차를 모는 귀족에 대해 불평을 늘어놓는다. 이 청년은 과거, 현재, 미래를 아우르는 자신의 '아모리(amori)', 즉 연애 이야기들로 나를 즐겁게 해준다. 그는 보답으로 들려줄 이야기가 하나도 없는 나를 몹시 이상하게 여기는 눈치다. 거리를 걸으며 예쁜(혹은 못생긴) 하녀나 재봉사를 손가락으로 가리키며 보라고 하질 않나, 그럭저럭 젊어 보이는 여자가 지나가면 꼭 깊은 한숨을 쉬거나 가성으로 노래한다. 그러다 결국은 나를 데리고 자기가 마음에 둔 여성의 집으로 갔다. 콧수염이 거뭇하고 생선 장수 같은 새된 목소리를 지닌 거구의 공작부인의 집이었다. "여기서라면 자네도 우르바니아에서 최고인 사람들을 만나고 아름다운 여자들도 만날 수 있을 거야." 그는 그렇게 말했다. 하지만 아, 안타깝게도 아름다움이 과했다! 들어가보니 어마어마하게 넓은 방 세 개에 가구가 완비되어 있고, 맨 벽돌 바닥과 석유 등불, 빨랫비누 같은 밝은 하늘색과 치자색으로 칠해진 벽에는 끔찍하게 형편없는 그림들이 걸렸고, 매일 저녁 방 중간에 신사 숙녀 여남은 명이 둥글게 둘러앉아 1년 묵은 똑같은 뉴스를 두고 고래고래 서로 소리를 질렀다. 나는 추워서 이빨을 딱딱 부딪는데도 환한 노랑과 연두색 옷을 입은 젊은 여자들은 손으로 부채질을 하며 부채 뒤에서 고슴도치처럼 머리를 빗어 넘긴 사관들의 달콤한 속삭임을 허락하고 있었다. 친구라면서 내가 이런 여자들과 사랑에 빠지기를 기대하다니! 나는 끝내 나오지 않는 차나 식사를 헛되이 기다리다가 다시는 우르바니아의 사교계와 연을 맺지 않겠노라 다짐하고는 서둘러 집으로 돌아왔다.

친구는 믿지 않지만 내게는 정말로 '아모리'가 하나도 없다. 처음 이탈리아에 왔을 때는 로맨스를 찾아 나섰었다. 로마에서의 괴테처럼 한숨을 쉬며 창문이 열리고 기적 같은 존재가 모습을 드러내기를, 그리하여 "내 정신을 번쩍 일깨워주기를" 바랐었다. 아마 괴테가 독일의 여인들에 익숙한 독일인인 반면 나는 독일의 여인들과는 아주 다른 사람들에 익숙한 폴란드인이기 때문인지도 모른다. 아무튼 내 모든 노력에도 불구하고, 로마에서도, 피렌체에서도, 시에나에서도 나를 미치게 하는 여자를 만나지 못했다. 형편없는 프랑스어로 수다를 떠는 귀족 여인들은 물론이거니와 귀엽지만 사채업자처럼 차가운 하층의 여인들 중에도 없었다. 그래서 나는 새된 목소리에 야한 화장을 한 이탈리아의 여인들을 보면 그 근처에도 가지 않았다. 나는 역사와, 과거와 결혼했다. 루크레치아 보르자, 비토리아 아코람보니, 현재로서는 메데아 다 카르피와 결혼했다. 언젠가 나도 운명 같은 열정을 만날 것이다. 폴란드인답게 돈키호테처럼 숭배할 그런 여인을 만나게 될 것이다. 그녀가 신었던 구두를 술잔 삼아 술을 마시고 그 여자의 기쁨을 위해서라면 죽을 수도 있을 것이다. 그러나 여기서는 아니다! 오늘날 이탈리아 여인들의 전락만큼 내게 충격적인 것도 없다. 파우스티나, 마로치아, 비안카 카펠로 같은 걸출한 여자들의 혈족에 대체 무슨 일이 일어난 것인가? 오늘날 어디에서 메데아 다 카르피 같은 여자를 찾는단 말인가(그 여자가 계속 뇌리에서 맴돈다는 점을 고백해야겠다)? 그처럼 극단적으로 독특한 아름다움과 섬뜩한 본성을 잠재력으로나마 지닌 여자가 있다면 나는 사랑할 수 있다. 올리베로토 다 나르니나 프란지파니나 프린치발레가 그러했듯이 나 또한 그들 못지않게 심판의 날이 올 때까지 사랑할 것이다.

10월 27일

앞에서 쓴 글들을 보니 참, 교수이자 학자에게 잘도 어울리는 감정이다! 카페 그레코나 팔롬벨라가의 와인 창고에서 돌아가는 길에 실없는 장난을 치고 밤거리에서 고함치는 로마의 젊은 예술가들을 유치하게 여겼는데. 나야말로 유치하기 이를 데 없다. 저들이 내게 붙인 별명대로, 햄릿이며 슬픈 얼굴의 기사, 그렇다, 바로 나야말로 우울감에 찌든 한심한 인간이다.

11월 5일

메데아 다 카르피의 생각에서 자유로워질 수가 없다. 산책길에, 기록 보관소에서 보내는 오전 시간에, 홀로 있는 저녁 시간에 정신을 차려보면 어느새 그 여자 생각을 하고 있다. 나는 역사가가 아니라 소설가로 변신하고 있는 걸까? 그래도 나는 그 여자를 속속들이 이해할 수 있을 것만 같다. 수중에 확보한 사실보다도 훨씬 더 깊이 이해하고 있다는 느낌. 무엇보다 먼저 우리는 옳고 그름에 대한 모든 현학적이고 현대적인 관념을 내려놓아야 한다. 폭력과 배반의 세기에 옳고 그름은 존재하지 않는다. 그러니 하물며 메데아 같은 인물이야 어떻겠는가? 친애하는 신사 여러분, 어디 암호랑이에게 가서 옳고 그름에 대해 설교해보시란 말이다! 그러나 이 세상에 그 거대한 생물보다 더 고귀한 것이 하나라도 있는가? 높이 도약할 때는 강철이요, 터벅터벅 걸을 때는 벨벳이고, 그 유연한 몸을 쭉 늘여 기지개를 켜거나 아름다운 피부를 매끄럽게 단장하거나 그 강인한 발톱을 희생물의 몸에 박을 때는 또 어떠한가?

그렇다, 나는 메데아를 이해할 수 있다. 최상급의 미모를 지닌 여성, 최고도의 용기와 냉정을 갖춘 다재다능한 천재, 하찮은 소공국 군주인 아버지로부터 타키투스와 살루스티우스를 교육받고, 위대한 말라테스타, 체사레 보르자 같은 이야기를 듣고 자라난 여성을 상상해보라! 정복과 제국이 단 하나의 열정이었던 여자, 스티밀리아노 공작처럼 굉장한 권력을 가진 남자와 결혼하기 전날 밤, 피코 따위 하찮은 피라미가 남편의 권리를 주장하며 자신을 납치하고 물려받은 산적들의 성에 감금하다니, 그런 여자가 어땠을지 상상해보라. 게다가 그 젊은 바보의 뜨겁다못해 새빨갛게 달아오른 사랑을 명예이자 필연으로 받아들여야 한다니! 그 고귀한 본성에 한 치의 폭력이라도 가해진다면, 상상만으로도 혐오와 분노가 치민다. 그녀의 품에 숨겨진 날카로운 칼날에 찔릴 위험을 알면서도 피코가 그녀를 안겠다고 선택했다면, 그렇다면 그야말로 정당한 대가를 치르지 않았는가. 치기 어린 사냥개와 무엇이 다른가. 이런 여자를 아무 마을 아낙 대하듯 하다니! 아니, 차라리 젊은 영웅이라 불러줘야 옳을까. 결국 메데아는 자신의 오르시니와 결혼한다. 다만 여기서 한 가지 주목할 점이 있다면, 쉰 살의 노병과 열여섯 소녀의 결합이었다는 사실이다. 그 진짜 의미를 생각해보라. 그건 바로 제왕의 기품을 지닌 이 여인이 금세 하찮은 소지품처럼 취급되었다는 뜻이다. 공작에게 조언이 아니라 대를 이을 씨를 선사하는 것이 자신의 소임임을 거칠게 깨달을 수밖에 없었으리라. '어째서 이러저러합니까?'라고 따져 물어서는 안 되고, 공작의 자문관들, 사령관들, 심지어 애첩들에게도 무릎을 굽혀 절해야 한다는 사실을 알게 되었으리라. 아주 조금만 반항하는 기미를 보여도 공작은 험한 욕설과 구타를 서슴지 않는다. 교살하거나 굶겨 죽이거나 아무도 모르는 지하 감옥에 던져버리겠다고 윽박지른다. 그런데 그런 남편이 이런저런 남자에게 너무 길게 눈길을 주는 아내에 대한 생각을 품게 되었다면 그녀는 어떨까. 남편의 사령관이나 애인이 공작의 귀에 대고, 어린 바르톨롬메오는 오르시니 가문보다는 피코 가문에 어울린다고 속삭였다면 어떨. 그녀 자신이 먼저 치지 않으면 당한다고 생각하게 되었다면? 물론. 그녀는 먼저 칠 것이다. 아니면 자기 대신 칠 사람을 구하거나. 그런데 어떤 대가를 치러야 할까? 그렇다, 시종이나 하인의 아들에게 사랑을, 사랑의 약속을! 아니, 그런 일이 가능하다고 믿었다니 그 개자식은 정신이 나갔거나 술에 취했던 게 틀림없다. 그 터무니없는 믿음을 가졌다는 사실만으로도 죽어 마땅하다. 게다가 감히 떠벌리기까지! 이건 피코보다 훨씬 더 심하다. 메데아는 두 번째로 자신의 명예를 지켜야 했다. 피코를 찔러 죽일 수 있었다면 당연히 이 친구도 찌를 수 있었으리라. 아니면 찔러 죽이라고 명령했거나.

남편의 친족들에게 사냥당하던 그녀는 우르바니아에서 피신처를 찾는다. 우르바니아 공작은 다른 남자들이 모두 그러했듯 메데아를 미칠 듯이 사랑하게 되어 아내를 홀대한다. 아내의 심장을 산산조각으로 부서지게 만들었다 해도 과언은 아닐 것이다. 하지만 이것이 메데아의 잘못인가? 자기가 탄 마차의 바퀴에 깔린 돌이 모조리 으스러지고 부서진다면 그것이 그녀의 잘못인가? 당연히 아니다. 메데아 같은 여자가 가엾은 겁쟁이 마달레나 공작부인 따위에게 손톱만 한 악의라도 품을 거라고 생각하는가? 그럴 리가. 메데아는 공작부인의 존재 자체를 무시한다. 메데아가 잔인한 여자라는 짐작은 부도덕한 여자라는 비난과 다름없이 엽기적이다. 그녀의 운명은, 시간 차는 있더라도 결국 적에게 승리를 거두고, 어떤 상황에서도 적의 승리를 패배처럼 보이게 만드는 것이다. 그녀의 마술적 능력은 이 길에서 마주치는 남자를 모조리 사로잡아 제 노예처럼 부리는 것이다. 그녀의 모든 노예는 숙명적으로 죽음을 맞는다. 귀달폰소 공작만 제외하고, 메데아의 애인은 모두 때 이른 죽음을 맞는다. 하지만 이런 요절에는 부당한 구석이 하나도 없다. 메데아 같은 여자를 가진다는 건 필멸의 인간이 감당할 수 없는 과도한 행복이니, 그만 우쭐해져 그녀가 베푼 은혜마저 잊기 마련이다. 그녀를 소유할 권리가 있다고 자만하는 남자라면 명줄이 길어서는 안 된다. 일종의 신성모독이기 때문이다. 오로지 죽음만이, 그런 행복에 죽음으로 값을 치르겠다는 각오만이 그녀의 애인이 될 자격을 부여할 터이기 때문이다. 기꺼이 사랑하고 고통받고 죽을 각오를 해야 한다. 이것이 그녀를 상징하는 글귀의 의미다. "아무르 뒤르, 뒤르 아무르." 메데아 다 카르피의 사랑은 빛이 바랠 수 없으나 애인은 죽음을 맞을 수 있다. 영속하나 잔인한 사랑이다.

11월 11일

내가 옳았다. 내 생각은 확실히 옳았다. 찾아냈다! 이렇게 기쁠 수가! 순수한 환희에 젖어 '트라토리아 라 스텔라 디탈리아'에서 부학장의 아들에게 다섯 가지 코스의 정찬을 대접했다. 기록 보관소에서, 물론 소장 몰래, 편지 더미를 발견했다. 로베르토 공작이 메데아 다 카르피에 대해 쓴 편지들, 메데아 본인의 편지들도 있다! 그렇다, 메데아 그녀의 친필이다. 그리스어처럼 생긴 둥글고 학자다운 글씨에 가득한 약어들은 페트라르카는 물론 플라톤도 읽을 수 있었던 학식 높은 공주에게 잘 어울린다. 편지들은 별로 중요하지 않다. 불쌍하고 쇠약한 귀달폰소 공작 대신 정사를 돌보던 시절 비서에게 필사하라고 준 사업상 서한들의 초고에 불과하다. 그러나 메데아가 손수 쓴 편지들이고, 나는 곰팡이가 슨 이 낡은 종이 어딘가에 여자의 머리카락 한 가닥 같은 향기가 묻어 있다는 상상마저 하게 된다.

몇 장 되지 않지만 로베르토 공작의 편지들을 읽으니 그를 새로운 시각으로 보게 되었다. 교활하고 싸늘하지만 비겁한 사제. 공작은 메데아를 생각하기만 해도 치를 떨었다. "라 페시마 메데아"•라니. 그는 자신이 그녀에게 붙인 별명인 콜키스의 메데이아보다 그녀가 더 사악하다고 말한다. 그토록 오래도록 자비를 베푼 것도 그저 그녀에게 폭력을 가하는 일이 무서웠기 때문이다. 로베르토 공작은 그녀가 초자연적인 존재라도 되는 양 그녀를 두려워했다. 마녀로 몰아 불태워 죽일 수 있었다면 몹시 즐거워했을 것이다. 메데아가 살아 있는 동안 자신이 얼마나 다양한 예방 조치를 취하고 있는지 로마에 있는 절친한 친구 산세베리노 추기경에게 구구절절 늘어놓는 편지들이 이어진다. 그는 코트 아래 사슬 갑옷을 덧입고, 자기가 보는 앞에서 젖을 짠 우유만 마시고, 음식 조각을 먼저 개에게 먹여 독이 들었는지 살피고, 독특한 향기가 나는 밀랍 양초를 의심하고, 누군가 말을 놀라게 하는 바람에 낙마해 목이 부러지는 일이 생길까봐 야외에서 승마하는 걸 꺼린

● '끔찍한 메데아'라는 뜻의 이탈리아어.

다고 토로한다. 그것으로도 모자라 메데아가 무덤에 묻힌 지 2년이 지난 후에도, 자기가 죽은 후 메데아의 영혼을 만날까 두렵다고 털어놓는다. 그러면서 사악한 메데아가 마침내 "불멸의 시인 단테가 묘사한 대로 지옥에서 불타는 역청의 호수와 카이나의 얼음 사이에 쇠사슬로 묶일 때까지" 자신의 영혼이 절대의 평화를 누릴 수 있도록 하는(자신의 점성술사와 카푸친 형제회의 수도사 가우덴치오라는 사람이 고안한) 기발한 장치 이야기를 하며 킬킬 웃는다. 잘난 체하는 늙은이 같으니라고! 그렇다면 그는 왜 타시가 제작한 자신의 조각상에 은제 우상을 납땜해 넣으라고 지시했는지 그 이유를 여기서 찾을 수 있다. 영혼의 상이 육신의 상에 붙어 있는 한 심판의 날을 기다리며 잠잘 수 있기 때문이다. 심판의 날이 오면, 메데아의 영혼은 역청을 뒤집어쓰고 깃털 범벅이 될 테지만● 자신의 영혼은 천국으로 직행하리라 믿어 의심치 않았다니! 솔직하기 짝이 없는 인간이 아닌가! 2주 전만 해도 내가 이런 인간을 영웅이라 믿었다니! 아하! 선한 공작 로베르토, 당신은 내 역사에 반드시 등장하게 만들겠어. 그리고 아무리 은제 우상을 많이 가져와 장난을 쳐도 노골적으로 비웃음거리가 되는 운명은 피할 수 없을걸!

● 스캔들을 일으키거나 부도덕한 짓을 저지른 죄인에게 대중이 모욕을 주는 처벌 방법.

11월 15일

이상하군! 그 멍청이 부학장의 아들이, 내가 메데아 다 카르피 이야기를 하는 걸 백번 들어놓고도, 느닷없이 우르바니아에서 보낸 어린 시절을 회상하며 자기 유모가 마돈나 메데아가 하늘에서 검은 수염소를 타고 찾아올 거라고 겁을 주었다는 얘기를 꺼내는 게 아닌가. 나의 메데아 공작부인이 못된 꼬마들을 협박하는 귀신이 되었다니!

11월 20일

요즘 중세사를 전공한 바이에른의 교수를 데리고 이탈리아 전역을 돌아다니며 여기저기 구경을 시켜주고 있다. 여러 곳을 다녀왔지만 특히 역대 우르바니아 공작들의 별장을 보려고 산텔모 요새를 찾았다. 로베르토 공작의 즉위 당시부터 마르칸토니오 프란지파니의 음모 사건 때까지 메데아가 구금되어 있던 별장이기도 하다. 이 사건으로 메데아는 즉시 수녀원으로 이송되었다. 산텔모까지는 황량한 아펜니노산맥의 계곡을 따라 한참을 달려가야 하는데, 이 계절의 풍광이 차마 말로 형용할 수 없으리만큼 스산했다. 성긴 참나무 덤불숲이 적갈색으로 물들고 군데군데 자라는 풀은 서리를 맞아 시들고, 마지막 플라타너스 잎 몇 장이 알프스의 찬바람에 휘말려 덜덜 떨며 파닥였다. 산꼭대기들은 두터운 회색 구름이 휘감고 있었다. 바람이 계속 불어오면 우리는 곧 그 산봉우리들 대신 차가운 파란 하늘을 배경으로 한 둥근 눈 더미를 보게 되리라. 산텔모는 아펜니노 산마루에 자리한 초라한 시골이었고, 이탈리아의 식생은 밀려나고 북부의 식물들에 뒤덮여 있었다. 잎이 다 떨어진 앙상한 밤나무 숲을 헤쳐 몇 킬로미터를 달려가면 흠뻑 젖은 갈색 낙엽의 냄새가 공기를 가득 채운다. 가을비로 불어난 급류가 흘러가는 굉음이 저 벼랑 밑에서 올라온다. 그러다 발롬브로사쯤 가면 앙상한 밤나무 숲이 갑자기 사라지고 시커멓고 빽빽한 전나무 숲 지대가 나타난다. 거기서 나오면 탁 트인 평지다. 얼어붙어 시든 초원, 눈 덮인 봉우리의 바위, 새로 내린 눈이 머리 위를 포위한다. 그리고 그 한가운데, 둔덕 위에, 옹이 박힌 낙엽송들이 양쪽으로 늘어서 있는 산텔모의 공작 관저가 있다. 거대한 검은 상자 같은 석조 건물에 석조 문장이 장식되어 있고, 창살을 덧댄 창문, 전면에 두 단짜리 계단이 있다. 지금은 근처 삼림의 소유주가 임대해 살고 있고, 밤과 장작, 근처의 화덕에서 가져온 숯을 보관하는 용도로 쓰고 있다. 우리는 타고 간 말들을 철 고리에 묶고 들어갔다. 산발한 노파가 집 안에 혼자 있었다. 별장은 그저 귀달폰소 공작과 로베르토 공작의 부친인 오토부오노 4세가 1530년경 지은 사냥용 오두막이다. 한때 몇몇 방에는 프레스코 벽화도 있고 오크 조각 패널도 덧대어져 있었지만 이제는 모두 사라지고 없었다. 단 하나, 큰 방들 중 한 곳에 거대한 대리석 벽난로가 남아 있었다. 우르바니아

의 궁에 있는 벽난로들과 유사했고, 푸른 토대에 아름답게 조
각된 큐피드 상들이 있었다. 매력적인 나체의 소년상이 양쪽
에서 단지를 받쳐 들고 있었는데, 단지 하나에는 카네이션이,
다른 단지에는 장미가 들었다. 방 안에는 산더미처럼 쌓인 삭
정이 단이 빽빽이 들어차 있었다.

우리는 늦은 시각에 집으로 돌아왔고, 내 동행은 탐사가 결
실이 없어 기분을 잡쳤다며 성질을 부렸다. 밤나무 숲으로 들
어설 때쯤 우리는 눈 폭풍의 자락에 휩쓸리고 말았다. 눈이
보드랍게 내리고 땅과 덤불숲이 온통 하얗게 뒤덮인 풍광을
보니 다시 어린아이가 되어 고향 포즈난에 돌아간 기분이 들
었다. 그래서 나는 경악하는 동행을 아랑곳하지 않은 채 노래
하고 시끄럽게 고함쳤다. 이 일이 베를린에 보고되면 내게는
감점 요인으로 작용하리라. 스물네 살의 역사가가 소리를 지
르고 노래를 하다니, 그것도 폭설과 형편없는 도로 상황에 욕
을 퍼붓고 있는 동료를 앞에 두고 말이다! 밤새도록 뜬눈으
로 모닥불의 검불을 지켜보며 한겨울에, 외딴 산텔모에 홀로
갇혀 있던 메데아를 생각했다. 전나무들이 신음하고 격류가
굉음을 내고 사방에는 온통 눈이 내렸을 것이다. 몇 킬로미터
를 가도 가도 인적이라고는 찾을 수 없는 곳에서. 그걸 다 내
육안으로 보고 있다는 상상을 했다. 내 상상 속에서 나는, 영
문은 알 수 없지만 그녀에게 자유를 주려는 마르칸토니오 프
란지파니가 되어 있었다. 아니, 프린치발레 델리 오르델라피

였던가? 아무래도 너무 오래 말을 탔던 모양이다. 아니, 공기 중에 흩뿌리던 눈발의 따끔따끔한 감각이 낯설었던 탓일까. 아니면 그 교수가 저녁 식사 후에 강권했던 펀치 탓인지도 모르겠다.

11월 23일

천만다행이다. 바이에른의 교수가 드디어 떠났다! 그가 여기 머무는 나날 동안 미쳐버릴 뻔했는데. 하루는 내 연구 이야기를 하면서 넌지시 메데아 다 카르피에 대한 내 견해를 털어놓았던 적이 있다. 그러자 그 교수가 젠체하면서 그런 건 다 신화를 만들기 좋아하는(늙은 멍청이 같으니라고!) 르네상스의 경향 탓에 흔히 널린 이야기라고 대꾸했다. 면밀하게 연구하다보면 대개는 허구로 판명된다면서. 요즘 보르자 가문 등등에 대한 설화들이 연구를 통해 허위로 밝혀진 것과 마찬가지로 말이다. 더욱이 내가 생각하는 그런 여자는 심리학적으로도 생리학적으로도 불가능하다며 반박하는 게 아닌가. 하지만 나는 그 교수 자신과 그 추종자들한테도 똑같은 말을 돌려주고 싶을 뿐이다!

11월 24일

그 바보 천치를 치워버리고 나니 어찌나 쾌적한지 기쁨을 주체할 수 없다. 내 생각 속의 귀부인에 대해서 그치가 말을 보낼 때마다 목을 콱 졸라버리고 싶었다. 그렇다, 그녀는 생각 속에서 내가 숭모하는 귀부인이 되었다. 그 짐승 같은 인간은 '메테아'라고 불렸지만!

11월 30일

방금 일어난 일 때문에 충격을 받은 마음이 도무지 진정되지 않는다. 낯선 나라에서 이렇게 혼자 사는 게 내게 나쁜 영향을 미친다던 그 늙은 현학자의 말이 옳을지도 모른다는 생각에 스멀스멀 두려워지기 시작했다. 내가 불건전한 우울감에 빠져들고 있는 걸까. 300년 전 죽은 여인의 초상화를 우연히 발견했다는 이유만으로 이리 터무니없이 극단적으로 흥분하다니. 삼촌 라디슬라스도 그렇고, 우리 가문에 광증을 의심할 만한 사례들이 좀 있으므로 그런 바보스러운 흥분감은 정말로 경계해야 할 것 같다.

그러나 그 사건은 정말로 극적이고, 초자연적이기까지 했다. 나는 이곳에 있는 그림을 속속들이 다 알고 있다고 자부한다. 맹세라도 할 수 있다. 특히 그 여자의 그림이라면 낱낱이, 한 장도 빠짐없이 알고 있다. 그런데도 오늘 아침에 일이 일어났다. 나는 기록 보관소에서 나와, 프랑스의 성처럼 둥근 포탑이 달린 이 희한한 건물에서 입구와 출구로 이어지는 통로를 따라 빽빽하게 이어지는 숱한 작은 방 중 하나를 지나치고 있었다. 불규칙한 모양의 골방들이었다. 틀림없이 예전에도 이 방을 지나친 적이 있다. 창밖으로 보이는 풍경이 너무나 친숙했기 때문이다. 특히 바로 앞에 보이는 둥근 포탑과 협곡 뒤의 사이프러스, 그 너머로 보이는 종탑, 산타가타산과 레오네사의 봉우리가 흰 눈에 덮여 푸른 하늘을 배경으로 우뚝 선 모습이 낯익었다. 아마 똑같이 생긴 쌍둥이 방이 있는데 내가 잘못 들어간 것 같다. 아니면 어딘가 덧창이 열리거나 커튼이 걷혔을지도 모른다. 아무튼 지나치는 길에 갈색과 노랑으로 상감 세공된 벽을 안으로 파서 부착한 아주 아름다운 골동품 거울의 프레임이 내 눈길을 붙잡았다. 나는 다가가서 프레임을 구경하다가 기계적으로 거울을 들여다보았다. 나는 크게 소스라쳐 놀랐고, 하마터면 비명을 올릴 뻔했던 것도 같다. (그 뮌헨의 교수는 무탈하게 우르바니아를 벗어났으니 운이 좋았다.) 내 거울상 뒤에 또 다른 누군가가, 내 어깨 가까이 서 있었다. 그 얼굴이 바로 내 얼굴 옆에 바짝 붙어 있었다. 그리고 그 형상은, 그 얼굴은, 그 여자였다! 메데아 다 카르피! 내가 날카롭게 휙 돌아섰는데, 아마도 그때 나는 반드시 보리라 확신했던 유령만큼이나 하얗게 질린 얼굴이었을 것이다. 그런데 거울 맞은편 벽에, 내가 서 있던 곳에서 불과 한두 발자국 떨어진 거리에 초상화 한 점이 걸려 있었다. 굉장한 초상화였다! 브론치노라도 그처럼 화려한 대작은 그린 적이 없다. 싸늘한 진청색 배경을 등진 공작부인의 모습이 도드라졌다(메데아, 진짜 메데아였다. 다른 초상화에서보다 천 배는 더 현실적이고 개성이 돋보였으며 강력했다). 그 형상은 빳빳하다못해 딱딱해 보이는 브로케이드 치마와 가슴받이에 의지해 등 높은 의자에 꼿꼿하게 앉은 자세였다. 은빛 꽃과 양식 진주를 줄줄이 수놓아 장식한 몸판 때문에 더욱 딱딱해 보였다. 은과 진주를 혼합해 장식한 드레스는 이상한, 탁한 빨강이었다. 사악한 양귀비즙 같은 색깔이 술처럼 가는 손가락이 달린 길고 얇은 팔의 살결과 대조를 이루었다. 길고 날씬한 목과 이마를 드러낸 얼굴은 석고처럼 하얗고 딱딱해 보였다. 그 얼굴은 다른 초상화에서 본 것과 같았다. 똑같이 둥근 이마, 짧은 양털 같은, 노란빛 도는 붉은색 곱슬머리, 아름답게 휘어진 똑같은 눈썹은 아주 희미하게 그려져 있었다. 눈꼬리에서 약간 딱딱하게 굳어지는 눈꺼풀도 똑같고 입꼬리가 살짝 긴장된 입술도 똑같았지만, 순수한 선과 눈부시게 빛나는 피부색, 강렬한 표정은 다른 초상화와는 비교도 할 수 없이 무한히 월등했다.

그녀는 차갑고 평온한 눈빛으로 프레임 밖을 내다보고 있었지만, 입술로는 미소를 짓고 있었다. 한 손으로는 탁한 빨간색 장미를 들고, 길고 좁고 점점 가늘어지는 다른 손으로는 허리에서 늘어뜨린, 공단과 황금과 보석으로 꼰 두꺼운 로프를 만지작거리고 있었다. 꼭 붙는 탁한 빨강 보디스에 살짝 가려진, 대리석처럼 흰 목둘레에는 두꺼운 황금 목걸이에 "아무르 뒤르, 뒤르 아무르"라는 모토가 새겨진 메달이 매달려 있었다.

아무리 생각해봐도 내가 그 골방 근처에 가본 적이 있을 리 없다. 문을 착각했던 모양이다. 그러나, 그렇게 간단히 설명하고 넘어갈 수 있다 해도, 나는 몇 시간이 지난 지금도 여전히 심신이 온통 뒤흔들린 듯 요동치고 있다. 자꾸 이렇게 크게 흥분하게 되면, 성탄절 휴가 때는 로마로 가야 할 것이다. 여기에서는 뭔가 위험에 쫓기는 기분인데(열이 나서 그럴까?) 그래도, 그럼에도 이곳을 떠나려니 차마 발길이 떨어지지 않는다.

12월 10일

큰 마음을 먹고, 해안 근처에 있는 가족 소유의 별장으로 올리브기름 짜는 것을 보러 가자는 부학장 아들의 초대를 받아들였다. 별장, 아니 농장은 요새처럼 방벽을 둘러친, 탑이 우뚝 솟은 건물이었다. 올리브 나무들과 샛노란 불길이 치솟아 오르는 듯한 형상의 작은 고리버들 숲 사이에 있었다. 올리브는 어마어마하게 큰, 감옥처럼 생긴 검은 지하실에서 착즙 작업을 한다. 어렴풋한 흰빛 햇살을 받으며, 냄비에서는 송진이 연기를 내며 노란 불꽃으로 타오르고, 거대한 흰색 수소들이 거대한 방앗돌을 돌리고 있고, 흐릿한 형상들이 도르래와 손잡이를 조작하고 있었다. 내 헛된 상상 속에서 그 광경은 마치 종교재판의 한 장면처럼 보였다. 그 유유자적한 청년은 최고의 포도주와 러스크로 내게 융숭한 대접을 베풀었다. 나는 해변을 아주 오래도록 걸었다. 내가 떠나올 때 우르바니아는 눈구름에 꽁꽁 싸여 있었다. 해안으로 내려오니 해가 환하게 빛났다. 햇빛, 바다, 아드리아해 작은 항구의 부산스러움, 모두가 내게는 약이 되는 느낌이었다. 우르바니아에 돌아올 때 나는 완전히 다른 사람처럼 달라졌다. 우리 집주인 아스드루발레 씨가 슬리퍼를 신은 채로 금박 입힌 궤들, 낡은 앙피르 양식●의 소파들, 아무도 살 사람 없는 낡은 찻잔과 받침 들을 쑤시고 다니면서 내가 아주 좋아 보인다면서 축하해주었다. "선생님은 너무 일을 많이 해요." 그는 말했다. "청춘은 여흥을 즐기고 극장에 가고 한가로이 산책하고 '아모리', 연애를 해야만 한단 말이에요. 심각한 일은 머리가 다 빠지고 대머리가 된 후에 해도 늦지 않아요." 그러더니 자기가 쓰고 있던 기름이 번들번들한 모자를 벗었다. 그래, 이제 나는 훨씬 나아졌다! 그 결과 기쁨을 안고 작업을 재개할 수 있다. 그래도 베를린의 그 잘난 척하는 인간들, 그 인간들과는 절연하리라.

12월 14일

일 때문에 이토록 행복한 적은 없었던 것 같다. 모든 게 너무나 잘 보인다. 그 교활하고 비겁한 로베르토 공작, 저 우울

● 19세기 초, 나폴레옹 시대에 프랑스에서 유행했던 고전주의 양식.

한 마달레나 공작부인, 저 약하고 과시적이고 기사인 척하는 귀달폰소 공작, 무엇보다 메데아라는 화려하고 걸출한 인물. 내가 이 시대 최고의 역사가가 된 것 같기도 하고, 동시에 열두 살 소년이 된 느낌도 든다. 어제는 시내에 첫눈이 내렸다. 족히 두 시간을 내리 내렸다. 눈이 그쳤을 때 나는 광장 안으로 들어가서 길거리의 부랑아들에게 눈사람 만드는 법을 가르쳐주었다. 아니, 눈 여인이라고 해야 할까. 그런데 왠지 메데아라고 이름 붙이고 싶은 마음이 들었다. 남자아이 하나가 외쳤다. "라 페시마 메데아! 염소를 타고 하늘을 달리던 그 여자요?" 나는 말했다. "아니, 아니란다. 아름다운 귀부인이었어. 우르바니아의 공작부인이었지. 이 세상에서 가장 아름다운 여인이었단다." 나는 반짝이로 왕관을 만들어주고 아이들이 "에비바, 메데아!"●라고 외치도록 가르쳐주었다. 그러나 한 아이가 말했다. "저 여자는 마녀예요! 화형에 처해야만 해!" 그러자 그놈들은 한꺼번에 몰려가서 불을 붙일 삭정이와 나무 부스러기를 가져왔다. 일 분도 못 되어 그 꽥꽥거리는 악마들이 그녀를 녹여 없애버렸다.

12월 15일

정말이지 나는 시 짓기에는 거위만큼도 재주가 없다. 스물

● '메데아, 만세!'라는 뜻의 이탈리아어.

네 살인 데다 문학으로 유명한데도! 나는 긴 산책을 하다가 요즘 길거리의 모든 사람이 노래를 부르거나 휘파람을 불고 있는 선율(그 선율의 정체는 나도 모른다)에 형편없는 이탈리아어로 가사를 붙였다. "메데아, 미아 데아"●로 시작하는 이 노래에서 나는 여러 다른 애인들의 이름으로 그녀를 부른다. 나는 입을 꾹 다물고 콧노래로 흥얼거리며 돌아다닌다. "나는 왜 마르칸토니오가 아닌가? 프린치발레나? 나르니의 그 남자는? 아니면 선한 귀달폰소 공작이라면? 그러면 메데아, 미아 데아, 당신의 사랑을 받을 수 있을 텐데." 형편없는 쓰레기! 우리 집 주인은 내가 해변에서 지낼 당시 만난 어떤 여자의 이름이 메데아인가보다 짐작하는 눈치다. 세라피나 양, 로도비카 양, 아달지사 양(운명의 세 여신, 나는 그들을 노른●●이라고 부른다)도 비슷한 생각을 하고 있다. 오늘 오후, 어스름 질 무렵 내 방을 청소해주던 로도비카 양이 내게 말했다. "젊은 총각이 요즘 늘 노래를 부르니 참 좋네요!" 노부인이 내 방의 난롯불을 붙여주려고 이리저리 쑤시고 있는 동안 나는 "비에니, 메데아, 미아 데아"●●●라는 가사를 입 밖에 내어 부르고 있었다니. 난 알아채지도 못하고 있었다. 나는 노래를 뚝 그쳤다. 꼴

● '메데아, 나의 여신'이라는 뜻의 이탈리아어.

●● 북유럽 신화에서 인간 운명의 실을 잣는 세 여신.

●●● '나의 여신 메데아, 내게로 와요'라는 뜻의 이탈리아어.

좋은 평판이 생기겠구나! 결국 이 모든 이야기가 로마로, 거기서 베를린으로 흘러 들어갈 거라는 생각이 들었다. 로도비카 양은 창밖으로 몸을 내밀고, 아스드루발레 씨 저택의 특징인 사원 양식 외등의 철제 고리를 당겨 올리고 있었다. 다시 밖으로 내어 걸기 전에 외등을 청소하면서 그녀는 특유의 기묘하고 새침한 말투로 말했다. "노래를 그만둔 건 잘못이에요, 젊은 총각(그녀는 나를 선생님이라고 부르기도 하고 마음 내키는 대로 '니노',• '비셰레 미에'•• 같은 별명으로 부르기도 한다). 노래를 그만두면 안 된다고요. 저 길거리에 정말로 발걸음을 멈추고 노래를 듣고 있는 아가씨가 있어요."

나는 창가로 달려갔다. 검은 숄로 몸을 감싼 여자가 아치길에 서서 창문을 올려다보고 있었다.

"아하! 선생님을 연모하는 이들이 있나보네요." 로도비카 양이 말했다.

"메데아, 미아 데아!" 호기심 많은 행인이 놀라 당황하면 재미있을 것 같아 짓궂은 남자애처럼 목청껏 우렁차게 외쳤다. 여자가 갑자기 떠나려고 홱 돌아서더니 내 쪽으로 손짓을 했다. 바로 그 순간 로도비카 양이 외등을 제자리에 다시

• '소년'이라는 뜻의 이탈리아어.

•• 말 그대로 번역하면 '내 위장', '내 배 속'이라는 뜻이지만, 그만큼 소중한 존재라는 의미다.

걸었다. 빛의 물결이 거리로 흘러내렸다. 내 온몸이 싸늘하게
얼어붙었다. 그 여자는 메데아 다 카르피였다!

나라는 인간이란, 정말이지 얼마나 바보인가!

제2부

12월 17일

메데아 다 카르피를 향한 내 광기가 꽤 알려진 모양이다. 이게 다 내 멍청한 수다와 바보 같은 노래 탓이다. 그 부학장의 아들이, 아니면 기록 보관소의 조교, 아니 공작부인의 일행 중 누군가가 내게 장난을 치려 하고 있다! 그러나 조심하라, 친애하는 신사 숙녀 여러분, 당신네가 던지는 동전으로 내가 똑같이 갚아줄 테니! 오늘 아침, 내 앞으로 온 편지를 책상에서 발견했을 때 내 기분이 어땠겠는가. 희한한 필체가 이상하게 낯익었는데, 조금 지나서야 기록 보관소에서 본 메데아 다 카르피의 필체라는 걸 깨달았다. 무시무시한 충격이 덮쳐왔다. 다음에 떠오른 생각은 메데아에 대한 내 관심을 아는 누군가가 보낸 선물이 아닐까 하는 것이었다. 메데아의 편지는 진본인데 어떤 멍청한 인간이 봉투에 넣지 않고 내 주소를 써서 보낸 게 아닐까. 그러나 그 편지의 수신인은 나였고, 편지글도 나를 향하고 있었다. 오래된 편지가 아니었다. 간명한 네 줄, 내용은 다음과 같았다.

> 스피리디온에게. 당신이 그녀에게 관심이 있다는 사실을 아는 사람이 오늘 저녁 9시, 산 조반니 데콜라토 성당에 있을 겁니다. 왼쪽 통로에서 검은 망토를 입고 장미 한 송이를 들고 있는 귀부인을 찾으세요.

이쯤 되자 나는 내가 음모의 대상이자 사기의 희생물이라는 사실을 이해했다. 나는 편지를 앞뒤로 돌려보았다. 16세기에 제조된 듯한 종이였고, 메데아 다 카르피의 글씨체를 기막히게 정확히 모방하고 있었다. 누가 썼을까? 가능성이 있는 사람들을 모조리 따져보았다. 전반적으로 보면 부학장의 아들일 것이다. 아마도 그가 사모하는 귀부인인 공작부인과 짜고 음모를 꾸몄을지도 모른다. 그렇다면 어디 낡은 서한에서 빈 낱장을 하나 뜯었을 텐데, 다만 아무리 생각해도 그런 기발한 장난을 창안하고 심지어 실행에 옮길 능력이 있는 사람이 둘 중에 있다는 게 나로서는 이해도 되지 않고 그저 놀라울 따름이다. 이 사람들은 내 생각보다 훨씬 더 대단한 능력을 감추고 있다. 어떻게 갚아줄까? 편지를 아예 못 받은 척할까? 품위는 지킬 수 있겠지만 따분하기 짝이 없다. 아니, 갈

것이다. 누군가는 있을 테니 나도 그들을 혼란에 빠뜨려야겠다. 아니, 아무도 없다면, 설익은 음모가 실패로 돌아갔다고 떠벌려줄 사람도 없지 않나! 아니, 어쩌면 장래 활활 타오를 나의 '아모리'로 점찍은 여자를 선보여주려는 카발리에레 무치오의 실없는 장난일지도 모르겠다. 충분히 그럴싸한 일이다. 그런 초대를 거절한다면 너무 어리석고 교수처럼 요령 없이 구는 일이 되겠지. 아마 이런 16세기풍 서한을 누가 위조할 수 있는지 알 만한 여인인가보다. 무치오라면 이런 나른한 꾸밈 글씨를 쓸 리 없으니. 가야겠다! 하늘에 맹세코! 그들이 던진 동전으로 되갚아주겠어! 이제 5시다. 요즘은 하루가 어찌나 긴지!

12월 18일

내가 미친 건가? 아니면 정말로 유령이 있는 건가? 어젯밤의 모험으로 내 영혼의 심연까지 흔들리고 말았다.

나는 수수께끼 편지의 지시대로 9시에 나갔다. 쓰라리게 시린 날이었고 대기에 안개와 진눈깨비가 가득했다. 덧창을 열어둔 창문은 하나도 없었고, 생명체 하나 보이지 않았다. 높은 벽 사이, 아치 아래 위태롭게 뻗은 비좁고 시커먼 거리는 여기저기서 침침한 빛을 발하며 젖은 깃발들 위로 노란 그림자를 드리우는 석유등 탓에 오히려 칠흑처럼 어두웠다. 산 조반니 데콜라토는 작은 성당이다. 차라리 예배당이라고 해야 할까. 어쨌든 그곳은 내가 볼 때마다 항상 문이 닫혀 있었고(이곳의 성당 대부분이 큰 축제가 열릴 때 말고는 늘 문을 닫아둔다) 공작의 궁 바로 뒤편 가파른 비탈 위에 있다. 그곳에서 급경사의 포장도로가 두 갈래로 나뉜다. 나는 궁 옆을 백 번 지나쳤지만, 그 작은 성당은 눈에 잘 띄지도 않았다. 다만 접시에 받친 세례 요한의 머리를 묘사한, 문에 높이 걸린 대리석 부조만큼은 예외다. 바로 근처에 옛날에 죄인들의 잘린 머리를 내걸었다는 철창이 있는데, 참수당한, 아니 여기서 쓴 단어대로 목이 잘린(Decollato) 세례 요한은 사형을 집행하는 도끼와 머리 받침의 수호신이 분명하다.

휘적휘적 몇 걸음 걸었더니 숙소에서 어느새 산 조반니 데콜라토 앞까지 와버렸다. 솔직히 마음이 설렜다는 고백을 해야겠다. 누가 뭐래도 나는 스물네 살의 폴란드인이란 말이다. 위태롭게 길이 둘로 갈라지는 비좁은 자리에 선 나는 깜짝 놀라고 말았다. 성당인지 예배당인지는 몰라도 불빛이 없었고, 문은 잠겨 있었다! 그러니까 내가 잘난 장난에 당하고 만 것이다. 지독하게 추운, 진눈깨비 흩날리는 밤에 나를 문 닫힌 성당, 아마도 수년째 폐쇄된 성당으로 보내는 장난에! 분노가 치밀어 오르는 그 짧은 찰나 나는 못 할 짓이 없었다. 성당 문을 부숴버리거나, 가서 부학장의 아들을 침대에서 끌어내야 직성이 풀릴 것 같았다(나는 그가 장난을 친 장본인이라고 굳게 믿고 있었다). 나는 후자의 계획을 실행하기로 마음먹었다. 그래서 성당 왼편의 검은 골목을 따라 그 집 문 쪽으로 걷고 있었는데, 별안간 지척에서 오르간 소리가 들려오는 바람에 발길을 멈췄다. 그렇다, 오르간이었다. 아주 또렷하게 들리는 소리, 성가대의 목소리와 중얼거리는 연도 소리. 그러니까 성당은 닫힌 게 아니었다! 나는 왔던 길을 되밟아 그 길 꼭대기까지 올라갔다. 사위는 온통 캄캄했고 완벽한 정적이 흘렀다. 갑자기 또 그 오르간 소리와 성가대의 목소리가 희미하게 뿜어 나왔다. 나는 귀를 기울여 들었다. 확실히 다른 길, 오른쪽에 있는 길에서 나오는 소리였다. 혹시 그쪽에 다른 문이 있는 걸까? 아치 아래를 통과해 소리가 나는 것 같은 쪽으로 조금 내려갔다. 그러나 문도 없고, 빛도 없고, 오로지 시커먼 벽과 시커멓고 젖은 깃발들, 명멸하는 석유등의 희미하고 노란 그림자뿐이었다. 더욱이 그 완벽한 정적이란. 나는 일 분쯤 멈춰 서 있었고, 그러자 또 그 성가가 울려 퍼졌다. 이번에는 방금 내가 떠나온 그 길 쪽이 확실했다. 나는 다시 돌아갔다. 아무것도 없었다. 그렇게 앞으로 뒤로, 그 소리는 계속 손짓하며, 한쪽으로 가면 헛되이 반대쪽으로 부를 뿐이었다.

마침내 나는 참을성을 잃었다. 뭐랄까, 공포가 스멀스멀 엄습해왔다. 과격한 행동을 해야 그 공포심을 쫓을 수 있었다. 그 신비로운 소리가 오른쪽 거리에서도, 왼쪽 거리에서도 나오지 않는다면, 성당에서 나오는 소리일 수밖에 없었다. 반쯤 정신이 나간 채로, 나는 두세 걸음 달려 올라가서는 엄청난 힘을 들여 문을 열 각오를 했다. 그러나 문이 너무나 수월하게 열리는 바람에 나는 혼비백산하고 말았다. 연도 소리가 아까보다 훨씬 더 크게 들려왔다. 나는 바깥문과 묵직한 가죽 커튼 사이에서 잠시 머물렀다. 커튼을 걷고 살그머니 들어섰다. 제단은 양초들과 꽃다발 같은 샹들리에로 눈부시게 환했다. 성탄절과 관련된 저녁 미사가 있는 게 틀림없었다. 신도석과 통로는 비교적 어두웠고, 반쯤 차 있었다. 나는 오른편 통로를 따라 제단 쪽으로 비집고 나아갔다. 예상 밖의 빛에 눈이 익숙해지자 주위를 살피기 시작했다. 심장이 쿵쿵 뛰었다. 이 모든 게 거짓이고, 그저 카발리에레의 지인을 만나러 왔다는 생각은 이미 사라지고 없었다. 계속해서 주위를 둘러보았다. 사람들은 하나같이 몸을 단단히 싸매고 있었다. 남자들은 커다란 코트를 걸치고, 여자들은 양모 베일과 망토를 두르고 있었다. 성당 내부는 상대적으로 어두워 아무것도 또렷이 보이지 않았지만, 어쩐지 망토와 베일 아래 이 사람들이 입고 있는 옷차림이 범상치 않아 보였다. 내 앞의 남자가 코트 밑으로 노란색 긴 양말을 신은 게 보였다. 바로 옆의 여자는 금사로 등 뒤를 엮어 고정한 붉은 보디스를 입고 있었다. 이 사람들은 성탄절 축제를 위해 어디 멀리서 찾아온 농부들일까? 아니면 우르바니아 주민들이 성탄절을 기려 오래된 의상을 차려입은 걸까?

이상하다고 생각하는 참에 제단 근처, 건너편 통로에 서 있는 한 여자가 내 눈에 띄었다. 제단의 찬란한 빛을 한 몸에 받고 있었다. 검은 옷으로 몸을 감싸고 있었지만, 눈에 아주 잘 띄도록 붉은 장미를 한 송이 들고 있었다. 이런 계절의 우르바니아 같은 곳에서는 보기 드문 사치품이었다. 그녀는 분명히 나를 보았고, 빛이 더 환하게 비추는 쪽으로 돌아섰다. 그녀가 묵직한 검은 망토를 풀자 짙은 빨간색 드레스 자락이 드러났고, 은과 금의 자수가 언뜻언뜻 은은한 빛을 발했다. 그녀가 내 쪽으로 얼굴을 돌렸다. 샹들리에와 양초의 찬란한 빛이 그 얼굴에 쏟아져 내렸다. 메데아 다 카르피였다! 나는 신도석을 가로질러 뛰어가며 사람들을 거칠게 밀어젖혔다. 하지만 오히려 실체가 없는 육신들을 지나치는 느낌이었다. 귀부인은 몸을 돌려 빠르게 통로를 걸어 문 쪽으로 나가려 했다. 나는 그녀를 바짝 뒤쫓았지만, 무슨 영문인지 도저히 따라잡을 수 없었다. 여자는 커튼 앞에 다다르자 한 번 더 뒤돌아보았다. 그녀는 내 바로 몇 걸음 앞에 있었다. 그렇다, 메데아였다. 메데아 그녀였다. 착오도, 망상도, 사기도 아니었다. 계란형 얼굴, 단단히 다문 입술, 눈꼬리가 굳어 있는 눈꺼풀, 석고처럼 예술적인 안색! 그녀는 커튼을 걷고 미끄러지듯 나갔다. 나는 뒤를 따랐다. 이제 그녀와 나 사이를 가로막은 건 커튼뿐이었다. 그녀 등 뒤로 나무 문이 닫혔다. 나보다 한발 빨랐다! 문을 활짝 열어젖혔다. 계단에 있을 것이다. 내 팔이 닿는 거리에!

나는 성당 밖에 서 있었다. 주변에는 젖은 포장도로와 물웅 덩이에 비치는 노란 그림자뿐이었다. 갑자기 지독한 추위가 나를 움켜쥐었다. 도저히 더 따라갈 수가 없었다. 도로 성당으로 들어가려 했다. 문은 닫혀 있었다. 다급하게 집으로 돌아왔다. 머리가 쭈뼛 서고 손발이 덜덜 떨렸다. 그렇게 미친 사람처럼 한 시간을 흘려보냈다. 망상이었던가? 내가 미쳐 돌아가고 있나? 아, 하느님, 하느님, 제가 미쳐가고 있는 겁니까?

12월 19일

햇빛 찬란한 화창한 날. 녹아 철벅거리는 시커먼 눈더미는 시내 밖으로 치워졌고, 덤불과 나무에 쌓인 눈도 다 털어 청소했다. 눈부신 파란 하늘을 배경으로 만년설 쌓인 산맥이 반짝인다. 일요일이고, 일요일다운 날씨다. 다가온 성탄절을 축하하며 종이란 종이 한꺼번에 울리고 있다. 열주가 늘어선 광장에서는 축제 날에 설 장을 준비하는지 매점들을 설치하고 색색의 면과 양모 제품, 원색의 숄과 손수건, 거울, 리본, 환한 주석 등을 가득 채우고 있다. 셰익스피어의 희곡《겨울 이야기》에 나오는 행상 장면이 현실로 펼쳐진 것 같다. 돼지고기 가게들은 채소와 종이꽃으로 화환을 만들어 걸고 햄과 치즈에는 작은 깃발과 초록 가지들을 잔뜩 꽂아두었다. 나는 산책도 할 겸 관문 밖에서 열리는 가축 시장을 구경하러 갔다. 서로 얽힌 뿔들이 숲을 이루고, 음매 우는 소리와 인장 찍는 소리가 바다를 이루었다. 1미터 길이의 뿔에 붉은 장식 술을 단 거대한 흰 수소 수백 마리가 시의 성곽 아래 다르미 광장에 빽빽하게 모여 서 있었다. 맙소사! 내가 왜 이런 쓰레기를 써 내려가고 있는 걸까? 이게 다 무슨 소용이란 말인가? 억지로 종이며 즐거운 성탄절 풍경이며 가축 시장 이야기를 쓰면서도 내 안에는 딱 한 가지 생각이 종소리처럼 울리고 있다. 메데아, 메데아! 내가 정말 그녀를 본 걸까? 아니면 미쳐버린 걸까?

두 시간 후

그 산 조반니 데콜라토 성당은 우리 집주인이 내게 알려준 바에 따르면, 자신의 기억이 닿는 한 사용된 적이 없다고 한다. 모든 게 신기루나 꿈이었을까? 혹시 그날 밤 내가 꾼 꿈일까? 다시 나가서 그 성당을 보러 갔다. 성당은 거기 그 자리에 있었다. 가파른 비탈길이 두 갈래로 갈라지는 지점, 문 위에는 세례 요한의 부조도 있었다. 문은 정말로 오랜 세월 열린 적이 없는 것처럼 보였다. 유리창에 걸린 거미줄도 보았다. 아스드루발레 씨의 말대로 그곳에서 예배를 본 회중은 쥐와 거미뿐인 모양이다. 그렇지만, 그런데도 기억은 너무나 선명하고, 모든 것이 의식 속에 도드라지게 각인되어 있다. 제단 위에는 춤추는 헤롯의 딸 그림이 있었다. 그녀의 흰 터번과 진홍빛 깃털, 그리고 헤롯의 푸른 카프탄이 기억난다. 중

앙 샹들리에의 모양도 기억한다. 느릿느릿 돌아가고 있었고, 뜨겁고 건조해서 밀랍 초 하나가 휘어져 당장이라도 반으로 쪼개져 부러질 것만 같았다.

　이런 모든 것, 내가 어디 다른 곳에서 봤을 만한 물건들이 나도 모르게 내 뇌 속에 저장되어 있다가 꿈속에서 튀어나왔을지도 모른다. 생리학자들이 넌지시 그런 얘기를 하는 걸 들었다. 다시 가봐야겠다. 성당 문이 닫혀 있다면 그건 꿈, 환각, 과도한 흥분의 소산이었던 것이다. 당장 로마로 떠나 의사의 진료를 받아야 한다. 내가 미쳐가고 있을까봐 두렵다. 하지만 반면…… 젠장! 이런 경우에 반면 따위가 있을 리 없지 않나. 그러나 혹시라도 있다면, 그렇다면 정말로 나는 메데아를 보았던 게 틀림없다. 다시 볼 수도 있다. 말을 걸 수도 있다. 그저 그런 생각이 떠올랐을 뿐인데, 내 피가 소용돌이친다. 공포심 때문이 아니라, 그게 아니라…… 뭐라고 불러야 할지 모르겠다. 그 감정은 무섭고 겁나지만 달콤하기도 하다. 바보 멍청이! 내 머릿속 어딘가의 작은 코일이, 머리카락을 스무 가닥으로 쪼갠 것처럼 가느다란 선이 고장난 거다. 그게 다다!

12월 20일

　다시 갔었다. 또 그 음악을 들었다. 성당 안으로 들어갔다. 그 여자를 보았다! 이러고도 내가 어떻게 감각을 불신할 수 있단 말인가? 왜 그래야 한단 말인가? 젠체하는 현학자들은 죽은 자들은 죽었고, 과거는 과거라고 말한다. 그들에게는 그렇겠지. 그러나 내게도 그래야 한다는 법이 있나? 사랑에 빠진 남자, 한 여자를 향한 사랑에 시들어가는 남자도 그래야 하는가? 왜? 그 여자는, 그래, 그래도 이 문장은 끝내게 해달라. 유령을 볼 수 있는 사람에게 유령이 없어야 한다는 법이 있나? 이 지상에 자신을 사랑하고, 오로지 그녀만을 욕망하는 남자가 있다는 걸 아는 여자가 다시 이승으로 돌아오지 말라는 법이 있냐는 말이다.

환각이라고? 아니, 나는 그 여자를 보았다. 내가 지금 글을 쓰고 있는 종이를 보듯 똑똑히 보았다. 그녀는 그 자리에 서서, 제단에서 타오르는 촛불 빛을 똑바로 받고 있었다. 아니, 내가 그 치맛자락이 바스락거리는 소리를 들었고, 그녀 머리칼의 향내를 맡았고, 그녀의 손길이 닿아 떨리는 커튼을 걷었단 말이다. 이번에도 그녀를 놓쳤다. 그러나 이번에는, 달빛에 물든 텅 빈 거리로 내달려 나갔을 때 성당 층계에서 장미 한 송이를 발견했다. 방금까지 그녀가 손에 들고 있던 걸 내 눈으로 똑똑히 보았던, 그 장미였다. 나는 그 장미를 손으로 만지고, 향기를 맡았다. 장미, 진짜로 살아 있는 장미, 짙은 빨강의, 방금 꺾은 장미. 돌아와 그 장미꽃에 키스한 후 물에 꽂아두었다. 몇 번이나 키스했던가? 헤아릴 수도 없다. 꽃은 찬장 위에 올려두었다. 혹시 헛된 망상일까봐 이십사 시간 동안 쳐다보지 않기로 마음을 먹었기 때문이다. 그러나 다시 봐야만 하겠다. 나도 어쩔 수가 없다……. 이럴 수가! 끔찍한 일이다. 끔찍하다! 해골을 발견했대도 이보다 끔찍할 리가 없다! 어젯밤에는 갓 딴 듯 그토록 싱싱하던 장미가, 향기를 가득 풍기던 장미가 갈색이다. 바싹 말라버렸다. 책갈피 사이에 수 세기 동안 끼워져 있던 꽃잎처럼. 내 손가락 사이로 바스러져 재가 되어 떨어졌다. 끔찍하다. 이토록 끔찍할 수가! 그러나 대체, 뭐가 그렇게 끔찍한가? 내가 300년 전 죽은 여자를 사랑한다는 걸 모르고 있었던 것도 아닌데? 어제 피어난 싱싱한 장미를 원한다면, 피암메타 공작부인이나 우르바니아의 풋내기 봉제사 아무라도 좋았으리라. 그 장미가 스러져 재가 되었다고 한들 어떻단 말인가? 이 내 손가락으로 장미를 만졌듯 메데아를 내 품에 안고, 그 꽃잎에 키스했듯 그녀의 입술에 키스할 수만 있다면, 다음 순간 그녀가 재가 되어 스러진대도 만족해야 하지 않을까? 나 역시 재가 되어 스러지기만 한다면?

12월 22일 밤 11시

그녀를 또 한 번 보았다! 하마터면 말을 걸 뻔도 했다. 나는 그녀의 사랑을 약속받았다! 아, 스피리디온, 네가 이 지상의 '아모리'를 위해 태어난 게 아니라는 네 육감이 맞았던 거야. 오늘 저녁에도 늘 가던 그 시간에 산 조반니 데콜라토 성당을 찾아갔었다. 청명한 겨울밤이었다. 높은 집과 종탑 들이 짙은 파랑 하늘을 배경으로 우뚝 서 있었다. 무수한 별이 총총히 박힌 하늘은 강철처럼 번득이고 있었다. 아직 달이 뜰 시각은 아니었다. 창에는 불빛이 없었다. 잠시 힘을 썼더니 문이 열리기에 나는 성당 안으로 들어갔다. 여느 때처럼 제단에는 환하게 불이 밝혀져 있었다. 갑자기 나를 에워싼 이 모든 남녀가, 제단에서 돌아다니며 연도를 읊는 사제들이 유령이라는 생각이 들었다. 나 말고 다른 누구에게도, 이제는 존재하지 않는 망자들이라는 생각. 우연히 옆에 있던 사람의 손을 스쳤다. 축축한 진흙처럼 싸늘했다. 그는 돌아보았지만 나를 보는 것 같지는 않았다. 그 얼굴은 잿빛이었고, 그 눈길은 눈먼 사람이나 시체처럼 멍하니 한곳을 노려보았다. 이곳에서 당장 도망쳐 나가야 한다는 생각이 들었다. 그러나 바로 그 순간 내 눈길이 그녀에게 닿았다. 언제나처럼 검은 숄을 두르고 제단 층계에 서서 타오르는 촛불 빛을 온몸으로 받고 있었다. 그녀가 돌아섰다. 빛이 정면으로 그 얼굴에 떨어졌다. 섬세한 이목구비의 얼굴, 살짝 굳어 있는 눈꺼풀과 입술, 희미하게 연분홍빛이 도는 석고처럼 희디흰 살결. 우리의 눈길이 마주쳤다.

나는 사람들을 밀치며 신도석을 가로질러 그녀가 있는 제단의 계단으로 갔다. 그녀는 통로에서 재빠르게 돌아섰고, 나도 그 뒤를 따랐다. 한두 번 그녀는 발길을 멈추고 머뭇거렸고, 나는 그녀를 따라잡을 수 있을 것만 같았다. 하지만 여지

없이, 그녀가 나간 문이 닫히고, 일 초도 못 되어 거리로 나갔음에도 그녀는 이미 흔적도 없이 사라진 후였다. 성당 계단에 흰색 물건이 놓여 있었다. 이번에는 꽃이 아닌 편지였다. 편지를 읽으려고 재빨리 성당으로 들어가려 했다. 그러나 성당 문은 벌써 굳게 닫혀 오랜 세월 열린 적 없다는 듯 꿈쩍도 하지 않았다. 깜박이는 성당 외등으로는 글을 읽을 수 없어서 다급하게 집으로 돌아와 내 등불을 켜고 가슴에 넣어둔 편지를 꺼냈다. 내 눈앞에 편지가 있었다. 메데아의 글씨체였다. 기록 보관소의 서한, 첫 편지에서 본 것과 똑같은 글씨였다.

스피리디온에게. 그대의 용기가 그대의 사랑에 맞먹는다면, 그 사랑은 보답을 받게 될 것이다. 성탄 전야에 손도끼와 톱을 준비하라. 코르테 광장에 서 있는 청동 기마상의 몸체를 베어라. 허리 근처의 왼쪽 옆구리를 노려라. 톱으로 그 몸체를 잘라보면 그 안에서 날개 달린 수호 정령의 은제 우상이 나올 것이다. 그걸 꺼내 100조각으로 자르고, 사방으로 튀어 흩어져 바람에 휩쓸려 가버리게 하라. 그날 밤 그대가 사랑하는 여인이 그대의 충의에 상을 내리러 오리라.

갈색 밀랍에 그 글귀가 찍혀 있었다.

"아무르 뒤르, 뒤르 아무르."

끈질긴 사랑, 잔혹한 사랑.

12월 23일

그러니까 정말이었다! 나는 이승에서 훌륭한 일을 해내도록 예비된 자였다. 내 영혼의 시련을 겪은 후 마침내 그것을 찾아냈다. 야망, 예술에 대한 사랑, 이탈리아에 대한 사랑, 이 모든 게 내 영혼을 사로잡았지만, 나는 여전히 끝없는 목마름에 시달려왔다. 어느 것도 내 진정한 운명이 아니었기 때문이다. 나는 목마른 자가 사막에서 우물을 찾듯 삶을 갈구하며, 삶을 찾아 헤맸다. 그러나 다른 젊은이들이 누리는 감각의 삶으로도, 다른 사람들이 누리는 지성의 삶으로도 해갈되지 않았다. 내게 삶이란 죽은 여자를 향한 사랑을 의미하는 걸까? 우리는 소위 과거의 미신이라고 부르는 것들을 비웃는다. 우리가 자랑하는 과학도 미래의 인간이 보기에는 미신에 불과할지 모르는데. 왜 꼭 현재가 옳고 과거가 틀려야 하는가? 300년 전 그림을 그리고 궁전을 지은 사람들도 틀림없이 우리 못지않은 섬세한 기질과 날카로운 이성을 지니고 있었으리라. 우리는 기껏 옥양목에 문양이나 찍고 증기기관차나 제작하지 않는가. 내가 이런 생각을 하는 이유는 아스드루발레 씨가 소장한 고서의 도움을 받아 내 출생을 파헤치고 있기 때문이다. 그런데 보라, 내 별자리는 연대기 기록자가 정해준 것처럼 거의 정확히 메데아 다 카르피와 일치했다. 이게 설명이 되는 일인가? 아니, 아니다. 모든 일은 그저 내가 이 여자의 일생을 처음 책에서 읽는 순간, 그녀의 초상화를 처음 본 순간 그녀를 사랑하게 되었다는 사실로 설명할 수 있다. 다만 그 사랑을 역사적 관심이라는 허울로 숨겼을 따름이다. 역사적 관심 좋아하네!

나는 손도끼와 톱을 마련했다. 몇 킬로미터 떨어진 마을에서 가난한 소목을 만나 톱을 구했는데, 그는 처음엔 내 말뜻을 못 알아듣다가 나중에는 내가 미쳤다고 생각하는 듯했다. 아마 그럴지도 모르겠다. 그러나 광기가 일생일대의 행복을 의미한다면, 뭐 어떠랴? 손도끼는 산텔모의 아펜니노산맥에서 자라는 거대한 전나무를 통째로 가공하는 목재 저장소에서 보았다. 저장소에 아무도 없었기에 유혹을 뿌리칠 수 없었다. 손으로 잡아보고 도끼날도 시험해보고는 슬쩍 훔쳐 왔다. 도둑질은 평생 처음이다. 나는 왜 가게에 들어가서 손도끼를 사지 않았을까? 모르겠다. 빛나는 칼날을 보자 충동을 억누를 수 없었다. 내가 앞으로 하려는 일은 반달리즘 행위가 될 것 같다. 당연히 내게는 우르바니아 시의 소유물을 훼손할 자격이 없다. 청동 조각상을 석고로 땜질해 붙일 수 있다면, 기꺼이 그렇게 하리라. 그러나 나는 그녀에게 복종해야 한다. 그녀의 복수를 대신 실행에 옮겨야 한다. 몬테무를로의 로베르토가 비겁한 자기 영혼이 이승에서 누구보다 두려워했던 존재와 마주치지 않고 평온한 잠을 자기 위해 특별히 제작한, 축성받은 은제 우상을 손에 넣어야 한다. 아하! 로베르토 공작, 당신은 그녀가 최후 성사도 받지 못하고 죽도록 강요한 뒤 자기 육신의 상에 자기 영혼의 상을 고정했던 거군. 그래야 그녀가 지옥의 고문을 겪을 때 자신은 평온히 잠을 자다가 잘 정화된 영혼으로 곧장 천국으로 직행할 수 있으니까. 죽은 후까지 그녀가 두려워서 모든 비상사태에 철저히 대비했다는 말이지! 하지만 안 될 말입니다, 공작 각하. 그대도 사후에 떠돌이 영혼이 되어 자신에게 상처 입은 원혼과 마주치는 게 어떤 기분인지 맛보셔야지요.

정말 끝도 없이 기나긴 하루로구나! 그러나 오늘 밤이면 그녀를 다시 보게 되리라.

11시

아니, 성당 문은 굳게 닫혀 있었다. 주술은 풀렸다. 내일까지 나는 그녀를 볼 수 없다. 그렇지만 내일! 아, 메데아! 그대의 애인 중에 나만큼 그대를 사랑한 자가 있었소?

행복의 순간까지 이십사 시간. 내 평생 그 순간만 고대해온 것 같다. 그 순간이 지나고 나면 다음에는 어떻게 될까? 그렇다, 시시각각 점점 더 선명하게 보인다. 그 후에는 아무것도 없다. 메데아 다 카르피를 사랑했던 그 남자들, 그녀를 사랑하고 그녀를 섬겼던 남자들은 모두 죽었다. 첫 남편 잔프란체스코 피코, 그는 성에서 도망치는 그녀의 칼에 찔려 죽은 채

버려졌다. 스티밀리아노 공작은 독살당했고, 독을 푼 시종 역시 그녀의 사주를 받은 하인 둘에게 칼로 난자당해 죽었다. 올리베로토 다 나르니, 마르칸토니오 프란지파니, 그 불쌍한 청년 오르델라피는 어떤가. 심지어 그녀의 얼굴 한 번 보지 못했는데, 팔다리가 부러지고 살점이 찢겨나가 만신창이가 된 그에게 내려진 보상이라고는 형리가 그의 얼굴에서 땀을 닦아준 손수건 한 장뿐이었다. 모두가 죽음을 맞아야 했다. 나 또한 죽으리라.

그런 여자의 사랑은 충분하고, 치명적이다. 그녀의 모토처럼 '아무르 뒤르'다. 나 또한 죽으리라. 하지만 그래선 안 될 이유는 또 뭘까? 살아서 다른 여자를 사랑한다는 게 가능할까? 아니, 내일의 행복이 지나버린 후 이런 추레한 삶을 질질 끌고 가는 게 가능한 일일까? 불가능하다. 다른 이들도 죽었으니 나 또한 죽어야 한다. 나는 항상 오래 살아서는 안 될 것 같은 예감을 품고 있었다. 언젠가 폴란드의 집시가 칼로 벤 자국 같은 내 손금을 보고는 끔찍하게 급사할 운명이라고 했었다. 결국은 동료 학자와 결투에 휘말리거나 기차역에서 사고로 죽을 수도 있었다. 아니, 안 된다. 내 죽음은 그런 부류여서는 안 된다! 죽음, 게다가 그녀 역시 죽지 않았나? 그런 생각을 하면 얼마나 기이한 풍광이 새롭게 펼쳐지는지! 그러면 다른 이들, 피코, 시종, 스티밀리아노 공작, 올리베로토, 프란지파니, 프린치발레 델리 오르델라피까지 모두 그곳에 있을까?

그러나 그녀는 누구보다 나를 사랑할 것이다. 무덤에 묻힌 지 300년 후에도 사랑을 바친 나를!

12월 24일

모든 채비를 끝냈다. 오늘 밤 11시에 몰래 빠져나갈 것이다. 아스드루발레 씨와 그의 누이들이 깊은 잠에 빠졌을 시각이다. 미리 물어봐서 알고 있다. 류머티즘 때문에 자정 미사에는 참례할 수 없다고 했다. 다행히 여기서 코르테 광장까지 가는 길에는 성당이 없다. 성탄절 전야의 이동 인파에서 멀찌감치 떨어져 있을 수 있다. 부학장이 묵는 숙소는 궁 반대편에 있다. 광장의 나머지 건물은 청사 사무실, 기록 보관소, 텅빈 궁정 마구간과 마차 차고로 쓰이고 있다. 어쨌든 일은 빨리 처리해야 한다.

아스드루발레 씨에게서 산 튼튼한 청동 화병으로 이미 톱날을 시험해보았다. 기마상의 청동은 속이 텅 빈 데다 오래되고 녹이 슬어서(심지어 구멍이 뚫린 부분도 확인했다) 오래 버티지 못할 것이다. 특히 날카로운 손도끼의 타격이라면. 나를 이곳으로 파견한 정부의 일을 덜고자 문서도 잘 정리해두었다. '우르바니아의 역사' 연구로 결국 정부에 사기를 친 셈이 돼버린 것은 유감이다. 끝나지 않는 하루를 보내고 열병 같은 조바심을 가라앉히기 위해 이렇게 긴 산책을 나섰다. 이제까지 겪은 중에서 가장 추운 날이다. 화창한 햇살도 전혀 공기를 덥히지 못했고, 오히려 혹한의 인상만 증폭하는 느낌이다. 산맥을 덮은 눈이 찬란하게 빛나고 차가운 공기가 강철처럼 반짝였다. 이런 추위에도 외출한 몇 사람은 코까지 목도리를 칭칭 감고 코트 밑으로 도제 난로를 안고 다녔다. 메르쿠리우스상이 있는 분수에는 기다란 고드름들이 매달려 있었다. 메마른 덤불을 헤치고 내려온 늑대들이 이 마을을 포위하는 상상을 쉽게 할 수 있다. 그러나 추위 덕분에 마음이 기분 좋게 차분해졌다. 어린 시절을 떠올리게 해주어서일까.

거칠고 가파르고 포석이 깔린 골목길을 걸어 올라갈 때는 서리 때문에 미끄러웠고, 하늘을 등지고 선 눈 덮인 산맥의 멋진 풍광이 눈앞에 펼쳐졌다. 선물 상자와 월계관이 흩어져 있는 성당의 계단들을 지나칠 때는 안에서 희미한 향연이 훅 끼쳐 왔다. 그때(영문은 잘 모르겠다) 오래전 포즈난과 브로츠와프에서 보낸 크리스마스이브의 기억들이, 아니 차라리 감각이 되살아났다. 어린 시절 대로를 따라 걸으며 진열장 너머로 크리스마스트리에 촛불을 켜는 모습을 훔쳐보았고, 집에 돌아가면 나도 그렇게 촛불과 금박을 칠한 호두와 유리구슬로 번쩍이는 멋진 방을 보게 될까 기대했었다. 북부의 고향에서는 지금 마지막 남은 파랑과 빨강의 금속 구슬 띠를 걸고, 금색과 은색으로 칠한 마지막 호두들을 크리스마스트리에 묶고 있다. 파랑과 빨강 양초에 불을 붙이고 있다. 아름다운 가문비나무 가지 위로 밀랍이 녹아 떨어지기 시작한다. 아이들은 문 뒤에서, 설레는 마음을 안고 아기 예수가 태어나셨다는 말씀을 기다린다. 그리고 나는, 나는 무엇을 기다리고 있나? 모르겠다. 모두 꿈만 같다. 내 주위는 온통 흐릿하고 비실체적일 뿐이다. 시간이 멈춘 듯 아무 일도 일어날 수 없을 것만 같다. 내 욕망과 희망은 모두 죽고, 나 자신도 뭔지 알 수 없는 수동적인 꿈의 세계로 녹아든 것 같다. 나는 오늘 밤을 갈망하는가? 두려워하는가? 오늘 밤이 과연 오기나 할까? 내가 무언가를 느낄 수나 있나? 내 주위에 무언가가 실재하기는 하나? 앉아서 포즈난의 그 거리를 바라보고 있는 것 같다. 창문마다 크리스마스의 불빛으로 환히 밝혀진 그 넓은 거리, 유리창에 스치던 초록색 전나무 가지들.

크리스마스이브, 자정

해치웠다. 소리 없이 집 밖으로 빠져나왔다. 아스드루발레 씨와 그의 누이들은 깊이 잠들어 있었다. 우리 집주인이 판매할 골동품을 보관하는 큰 방을 지나다가 손도끼를 떨어뜨렸을 때는 혹시 그네들의 잠을 깨웠을까 걱정되었다. 집주인이 한창 조립하고 있던 낡은 갑옷에 부딪혔기 때문이다. 집주인이 반쯤 잠든 상태로 외치는 소리가 들렸다. 그래서 촛불을 불어 끄고는 계단에 숨었다. 집주인은 실내 가운 바람으로 나왔지만 아무도 없는 걸 보고는 다시 자러 갔다. "어디 고양이인가보지. 암, 그렇고말고!" 그는 말했다. 나는 밖으로 나와 등 뒤로 부드럽게 현관문을 닫았다. 오후부터 하늘에 폭풍우의 전조가 보였다. 보름달이 휘영청 떠올랐지만, 회색과 담황색 운무가 군데군데 흩어져 서려 있었다. 가끔 달이 완전히 모습을 감추곤 했다. 밖에 돌아다니는 사람은 하나도 없었다. 키 크고 수척한 집들이 달빛 속에서 내려다보고 있었다.

왠지 모르지만 코르테 광장까지 멀리 돌아가는 길을 택했다. 한두 군데 성당 문 앞을 지나치기도 했는데, 희미하게 깜박거리는 자정 미사의 불빛이 새어 나왔다. 성당에 들어가고 싶은 충동이 일었으나 무언가 나를 제지하는 느낌이 들었다. 성탄절 찬송가가 드문드문 들려왔다. 어쩐지 마음이 불안해져 코르테 광장으로 발길을 재촉했다. 산 프란체스코 성당의 주랑 밑을 지나치는데 뒤에서 발소리가 들렸다. 미행당하는 느낌이었다. 나는 그를 내 앞으로 보내려고 멈춰 섰다. 다가오던 그의 발걸음이 느려졌다. 그는 내 곁을 스치듯 가까이 지나치며 나직하게 말했다. "가지 마시오. 나는 잔프란체스코 피코요." 나는 홱 돌아섰다. 그는 사라지고 없었다. 싸늘한 한기에 팔다리가 얼어붙었지만 나는 더 서둘렀다.

성당 애프스• 뒤쪽 비좁은 골목길에서 벽에 기대서 있는 한 남자가 보였다. 달빛이 환하게 그를 비추고 있었다. 얇고

● 제단 뒤의 반원형 공간.

뾰족한 턱수염이 있는 그 얼굴을 타고 피가 흐르는 것 같았다. 나는 더 빨리 걸었다. 그러나 내가 지나쳐 갈 때 그가 속삭였다. "그 여자에게 복종하지 마시오. 집으로 돌아가시오. 나는 마르칸토니오 프란지파니요." 내 이가 딱딱 부딪히며 떨렸지만, 그래도 나는 푸른 달빛이 흰 벽을 물들이는 비좁은 골목길을 황급히 빠져나왔다.

마침내 내 앞에 코르테 광장이 보였다. 광장에는 달빛이 가득 고여 있었고, 궁의 창문들에는 환하게 불이 켜져 있었다. 로베르토 공작의 기마상은 은은한 초록색으로 빛나며 말을 몰아 내게로 다가오는 듯 보였다. 나는 그늘로 들어갔다. 아치 길을 지나쳐야 했다. 그런데 마치 벽에서 튀어나온 듯한 사람의 형체가 망토를 걸친 팔을 쫙 뻗어 내 앞길을 막았다. 나는 지나치려 했다. 그는 내 팔을 움켜쥐었는데, 그 손아귀가 흡사 얼음 무게추 같았다. "당신은 못 지나가!" 그가 외쳤다. 다시 구름에서 달이 나왔을 때 나는 그의 얼굴을 보았다. 섬뜩하게 흰 얼굴을 자수 손수건으로 묶어 가리고 있었다. 앳된 얼굴은 어린아이라 해야 할 것 같았다. "당신은 지나가면 안 된다고! 당신은 그녀를 가질 수 없어! 그녀는 내 거야. 나만의 여자야! 나는 프린치발레 델리 오르델라피란 말이야." 나는 얼음처럼 시린 그 손아귀를 느꼈지만, 다른 팔로 코트 아래 숨겨 들고 있던 손도끼를 미친 듯 휘둘렀다. 손도끼는 벽을 찍고 돌에 부딪혀 굉음을 울렸다. 그는 사라지고 없었다.

서둘러 갈 길을 갔다. 그리고 해치웠다. 청동 조각상의 배를 갈랐다. 톱을 써서 더 큰 구멍을 냈다. 은제 우상을 뽑아내셀 수도 없이 많은 조각으로 박살 냈다. 마지막 파편들을 사방으로 흩뿌릴 때 돌연 달이 베일을 썼다. 엄청난 돌풍이 일어 우짖으며 광장을 휩쓸었다. 나는 지진이 일어난 줄 알았다. 손도끼와 톱을 내동댕이치고 집으로 도망쳐 왔다. 쫓기는 느낌이 들었다. 보이지 않는 수백 명의 기마병이 쿵쾅거리며 나를 뒤쫓아 오는 것만 같았다.

이제는 평정심을 찾았다. 자정이 되었다. 일 초만 지나면 그녀가 여기 올 것이다! 참을성 있게 기다려라, 나의 심장아! 시끄럽게 뛰는 심장 소리가 들린다. 불쌍한 아스드루발레 씨를 비난하는 사람이 아무도 없기를 바란다. 무슨 일이라도 생기면 그의 무죄를 입증해줄 편지를 유관 기관 앞으로 써두어야겠다……. 1시! 궁의 첨탑 시계가 방금 종을 쳤다……. "여기 이렇게 확언하는 바는 오늘 밤 나, 스피리디온 트렙카에게 무슨 일이 있더라도 그 책임은 오로지 나 자신에게만 귀속된다는……." 층계에서 나는 발걸음 소리! 그녀다! 그녀다! 드디어, 메데아, 메데아! 아! 아무르 뒤르, 뒤르 아무르!

주석. 고인이 된 스피리디온 트렙카의 일기는 여기서 끝난다. 1885년 성탄절 아침, 움브리아 지방의 유력지들은 로베르토 2세의 청동 기마상이 참혹하게 절단되고 훼손되었다는 소식을 대중에게 전달했다. 그런가 하면 독일 제국에 편입된 포즈난의 스피리디온 트렙카는 칼에 심장 부위를 찔린 사체로 발견되었는데, 누구의 소행인지는 밝혀지지 않았다.

사악한 목소리

M. W.에게

팔라초 바르바로에서의 마지막 노래를 기억하며

Chi ha inteso, intenda

　귀청 떨어지는 오케스트라 효과와 시적인 사기극이 만연하
는 요즘, 최신 유행인 바그너의 번쩍번쩍한 엉터리 헛짓거리
를 경멸하고 대담하게도 헨델과 글루크와 신성한 모차르트
의 전통으로 되돌아가 선율의 주권을 수호하고 인간의 목소
리를 존중하는 우리 시대 유일한 작곡가라면서, 저들은 오늘
도 내게 칭찬을 퍼부었다.

　아, 저주받은 인간의 목소리, 사탄의 교묘한 연장과 교활한
손으로 빚어진 피와 살의 바이올린이여! 아, 한심하고 형편없
는 성악이라는 기예여! 해악이라면 과거에 충분히 끼치지 않

았던가? 고귀한 천재성을 그토록 타락시키고, 모차르트의 순수성을 오염시키고, 헨델을 고급 성악 연습곡 작곡가로 전락시키고, 소포클레스와 에우리피데스에 견줄 단 하나의 뮤즈, 위대한 시인 글루크의 시마저 세상으로부터 사취하지 않았던가? 간악하고 경멸스러운, 그 가엾은 가수에 대한 우상숭배로 한 세기를 불명예의 궁지에 몰아넣었으면 그만 되지 않았는가? 우리 시대의 이름 없는 젊은 작곡가까지 박해해야 직성이 풀린단 말인가? 가진 거라고는 예술의 고결성을 향한 사랑, 그리고 아마도 몇 톨 안 되는 천재성이 다인 사람을?

저들은 내가 죽은 거장들의 스타일을 완벽하게 모방한다면서 찬사를 퍼붓는다. 행여 내가 현대 대중의 마음을 사로잡아 흘러가버린 옛 음악 스타일을 유행시킨다 해도 과연 제대로 공연할 가수를 찾을 가망성이 있다고 생각하느냐고, 아주 진지하게 묻기도 한다. 사람들이 오늘처럼 이런 식으로 얘기하고, 내가 바그너의 추종자라고 아무리 말해도 웃어넘길 때면 나는 도저히 알 수 없는, 유치한 분노에 사로잡혀 버럭 외치곤 한다. "두고 보면 언젠가 아실 겁니다!"

그렇다, 두고 보면 언젠가 알게 되리라! 그래, 아무리 그래도 이 괴상하기 짝이 없는 병이 나을 날이 오지 않겠는가? 이 모든 일이 도저히 믿기지 않는 악몽처럼 느껴질 그날은 반드시 오지 않을까. 내가 〈덴마크인 오지에〉를 완성하는 그날, 사람들은 내가 미래의 위대한 거장을 추종하는지 과거의 한

심한 성악가들을 추종하는지를 알게 되리라. 주술에 사로잡힌 건 내 정신의 절반뿐이다. 나를 구속하는 주문의 정체를 알고 있기 때문이다. 옛날에 저 멀리 내 조국 노르웨이에서 나의 유모가 해준 얘기가 있다. 늑대 인간들은 하루의 반 동안 정상적인 남녀로 사는데, 그사이에 자기가 무시무시한 괴물로 변하게 된다는 사실을 깨닫는다면 변신을 막을 방도를 찾을 수도 있다고. 그렇다면 나도 그런 사례가 아닐까? 내 예술적 영감은 노예가 되었지만, 어쨌든 내 이성은 자유로우니 말이다. 내가 억지로 쓸 수밖에 없는 음악과 나를 강제하는 그 끔찍한 힘을 경멸하고 혐오할 수 있다.

아니다. 이건 내가 이 썩어빠진, 인간을 타락시키는 과거의 음악을 집요한 증오로 연구하고, 오로지 그 사악함을 드러내겠다는 일념으로 스타일의 세밀한 특성과 하찮기 짝이 없는 인물들의 일화까지 낱낱이 뜯어보았기 때문이 아닌가? 그런 주제넘은 용기 때문에 이런 신비스러운, 믿을 수 없는 복수에 사로잡힌 게 아닐까?

한편으로 내 불행한 사연을 마음속으로 돌려 보고 또 돌려 보는 것만이 내게 위로를 준다. 이번에는 글로 쓸 생각이다. 글로 쓰는 목적은 오로지 아무도 읽지 않은 원고를 갈기갈기 찢어 모닥불에 던져버리기 위해서다. 그러나 누가 알까? 불에 그을린 마지막 장이 타닥거리며 서서히 붉은 검불로 녹아들 때 주문이 풀리고 내가 오래전 잃어버린 자유를, 사라진 천재성을 되찾게 될지.

그날은 보름달이 하늘에 휘영청 떠 있던 숨 가쁜 저녁이었다. 흠잡을 데 없는 만월이었다. 달빛 아래 베네치아는 몽환적으로 화려한 한낮의 햇살을 받을 때보다 오히려 더 뜨겁게 달아올라 허덕이는 듯했다. 거대한 수련처럼 물 한가운데 둥실 떠서 신비로운 영향력을 뿜어내며 머리를 어지럽히고 심장을 쇠약하게 만들었다. 도덕적 말라리아, 한 세기 전 퀴퀴한 악보들에서 찾은 저 비읍의 성악, 그 나른한 선율에서 추출한 도덕적 말라리아 탓이라고 나는 생각했다. 달빛에 물든 그 밤이 지금 이 순간처럼 생생하다. 그 비좁은 예술가들의 하숙집에서 함께 묵던 사람들이 눈에 선하다. 저녁을 먹고 나서 그들이 기대서 있던 식탁에는 빵 부스러기가 흩어져 있고, 태피스트리 롤러에 냅킨이 말려 있고 군데군데 와인 얼룩이 있고, 이가 나간 후추 통과 이쑤시개 꽂이와 자연이 피사의 대리석 가게를 보고 모방한 듯 돌처럼 딱딱한 복숭아들이 일정한 간격을 두고 놓여 있었다. 사람들이 모두 모여서는 어느 미국인 에칭 화가가 내게 방금 가져다준 판화를 구경하고 있었다. 그 화가는 내가 18세기 음악과 음악가들에 미쳐 있다는 걸 알고 있었고, 산 폴로 광장에 산더미로 쌓여 있는 싸구려 판화들을 지나치다가 그 시절 가수를 그린 초상화를 알아보았다고 했다.

가수라니. 악의 화신, 멍청하고 사악한 목소리의 노예, 인간의 지성이 창조한 게 아니라 육신이 잉태한 악기의 연주자, 영혼을 움직이기는커녕 우리 본성의 찌꺼기만 휘젓는 인간들! 목소리가 무엇인가. 인류의 심연에 잠자는 다른 짐승들을 깨우는 짐승의 부름이 아닌가. 그 밖의 위대한 예술은 모두 옛 성화에서 여자의 얼굴을 한 악마를 대천사가 사슬로 묶듯이 그 짐승을 사슬로 꽁꽁 묶으려 그토록 노력했는데! 이런 목소리에 붙어 있는 존재인데, 이런 목소리의 주인이자 희생양이 바로 가수인데, 아무리 한때 모든 심장을 지배했던 위대하고 참된 성악가라고 해도 어찌 사악하고도 경멸스러운 존재가 아닐 수 있을까? 그래도 어쨌든 이 이야기를 계속해보도록 하자.

하숙집에서 함께 살던 사람 모두가 식탁에 기대 그 판화를 구경하고 있는 모습이 눈앞에 선하다고 했다. 이 여성스러운 멋쟁이는 엘 드 피종● 스타일로 머리를 말고, 수놓은 주머니를 관통해 검을 차고, 구름 사이 어딘가 개선문 아래 앉아 있는 모습이었다. 그 둘레를 통통한 큐피드들이 에워싸고 폴짝폴짝 뛰는 명예의 여신이 월계관을 씌워주고 있었다. 이 가수에 대한 김빠진 탄성들과 김빠진 질문들이 내 귀에 또다시 들려온다. "언제 살았던 사람인가? 아주 유명했나? 이게 정말 초상화라고 확신해, 망누스?" 어쩌고저쩌고. 그리고 내 목

● 양쪽 옆머리를 동그랗게 말아 올리고 뒷머리를 리본으로 묶은 헤어스타일.

소리도 들린다. 아주 멀리서 나는 소리처럼 아득하게, 전기적으로 비평적으로 온갖 시시콜콜한 정보를 말해주는 내 목소리. 《음악적 명예의 전당》이라든가 《세기를 풍미한 채플 마스터와 지휘자 평전》 따위의 낡아빠진 책에서 읽은 이야기들이었다. 프로스도치모 사바텔리 신부, 모데나 대학의 웅변학 교수이자 아르카디아 아카데미 회원인 바르날리테가 상부의 허락을 받아 에반데르 릴리바이안이라는 목가적 필명으로 1785년 베네치아에서 저술한 책이었다. 나는 그들에게 발타사르 체사리라는 이 가수가 차피리노라는 별명을 갖게 된 사연을 들려준다. 발타사르 체사리는 어느 날 밤 가면을 쓴 이방인으로부터 신비한 문양이 새겨진 사파이어 반지를 받았는데, 현명한 사람들은 그 이방인이 인간의 목소리를 뛰어나게 조련하는 악마라는 걸 알아보았다고 한다. 차피리노의 성악적 재능은 고대와 현대를 막론하고 그 어떤 가수보다 뛰어났다. 짧은 삶이었지만 성공과 승리로 점철된 인생이었다. 위대한 군왕들의 총애와 격려를 받았고, 이름을 날리는 시인들이 찬양의 노래를 불렀다. 프로스도치모 신부는 마지막에 이렇게 덧붙인다. "(진중한 역사의 뮤즈가 사교계의 가십에 귀를 기울인다면) 최상 계급의 가장 매혹적인 님프들에게도 구애를 받았다고 한다."

내 친구들은 다시 한번 그 에칭 초상화에 눈길을 준다. 이런저런 김빠진 논평이 또 잇따른다. 누군가가 내게 청한다. 특히 젊은 미국인 숙녀들이 내게 차피리노의 애창곡을 연주하거나 불러달라고 조른다. "당연히 아실 거 아니에요, 친애하는 마에스트로 망누스. 고음악에 그토록 열정이 있으시니. 어서 친절을 베푸시고, 피아노 앞에 앉으시라고요." 나는 거절한다. 내 손가락으로 그 초상화를 굴리며 몹시 무례하게. 이 저주받을 열기, 이 저주받을 달밤 때문에 마음이 끔찍하게 산란하다! 이 베네치아 때문에 언젠가는 내가 죽고 말리라! 젠장, 이 바보 같은 에칭 초상화를 보기만 해도, 저 어릿광대 같은 가수의 이름만 봐도 내 심장이 미친 듯 뛰고 사지가 상사병에 걸린 풋내기처럼 흐물거렸다.

내가 퉁명스럽게 거절하자 사람들이 해산할 기미를 보였다. 외출을 준비하는 이들도 있었다. 어떤 이들은 초호에서 노를 저으며 뱃놀이를 하겠다고 하고, 또 다른 이들은 산 마르코 성당의 카페 앞으로 달려 나간다 했다. 가족들 문제가 화두로 떠올랐다. 불평불만에 찌든 아버지, 중얼거리는 어머니, 젊은 남녀의 까르륵거리는 웃음소리. 활짝 열린 창문으로 쏟아져 들어오는 달빛에 지금은 여인숙의 식당으로 쓰이는 이 낡은 궁정 연회장이 초호로 변했다. 다른 초호처럼, 저 너머 뱃머리의 붉은 등불에 버림받아 보이지 않는 곤돌라들이 가르고 지나간 진짜 초호처럼 그렇게 반짝거리고 일렁였다. 마침내 그들 모두가 이동하기 시작했다. 이제 나도 내 방에서 조용히 휴식을 취하며, 오페라 〈덴마크인 오지에〉를 좀 작곡할 수 있을 거라 생각했다. 그러나 천만의 말씀! 대화가 다시 불붙어 활발히 이어졌다. 내가 손안에 움켜쥐고 있는 초상화의 주인공, 가수 차피리노에 대한 이야기였다.

주로 말하는 사람은 알비세 백작이었다. 그는 늙은 베네치아인으로, 턱수염을 염색하고 커다란 체크무늬 넥타이를 핀두 개와 사슬로 고정해 달고 있었다. 실속 없는 귀족으로, 저 어여쁜 미국인 숙녀를 깡마른 아들의 배필로 삼으려고 안달이 나 있었다. 미국인 여자의 어머니는 전반적으로 그가 풀어놓는 베네치아의 흘러간 옛 영광 이야기에 홀딱 반해 있었고, 특히 그의 유서 깊은 가문에 관심이 있었다. 그런데 대체 왜, 저 멍청한 귀족 노인네가 왜 아첨거리로 차피리노를 들고나오는 걸까?

"차피리노. 아, 그래요, 암요! 발타사르 체사리, 별명은 차피리노." 알비세 백작이 코를 훌쩍거린다. 그는 항상 문장의 마지막 단어를 세 번은 반복해 말했다. "그래요, 차피리노, 확실해요! 우리 선조의 시대에 유명했던 가수죠. 맞아요. 우리 선조들 말입니다, 부인!" 그러더니 과거에 베네치아가 얼마나 영화를 누렸는지, 옛 음악은 얼마나 화려했는지, 과거의 예술 학교는 어쩌고저쩌고 헛소리를 끝도 없이 늘어놓으며, 가까운 지인이었다고 주장하는 로시니와 도니체티의 일화들을 끼워 넣었다. 그러다 드디어 하려는 이야기에 도달한다. 물론 그 유서 깊은 가문의 이야기를 듬뿍 곁들여서. "우리 증조 고모님은 벤드라민 지방행정관의 부인이었는데, 브렌타에 있는 우리 미스트라 영지는 그분에게서 물려받은 유산이에요." 속 터지게 앞뒤가 안 맞는 이야기에 곁가지로 새는 일도 많았지 만, 어쨌든 주인공은 차피리노인 모양이었다. 이야기는 서서 히 가닥을 잡아갔다. 아니면 내가 남달리 집중해서 듣고 있었 는지도 모른다.

"아마도 그 가수의 노래 중에서 특히 '남편의 노래', 즉 〈아 리아 데이 마리티(Aria dei Mariti)〉라는 게 있었던가봐요. 남 편들은 자기 아내들만큼 그런 노래를 좋아하지 않았으니까 요……. 우리 증조 고모님인 피사나 레니에르는 벤드라민 지 방행정관의 부인으로, 100년 전 당시에는 보기 드물게 정통 파 구식 귀족이었습니다. 증조 고모님은 덕망이 높고 도도해 서 범접하기 힘든 인물이었지요. 한편 차피리노는 그 어떤 여 자도 자기 노래에 저항할 수 없다고 입버릇처럼 허풍을 떨었 다고 해요. 그 허풍은 실제로도 근거가 있었던 모양이지요. 친애하는 부인, 이상은 변하거든요! 100년이라는 세월을 거 치면 이상형이 상당히 변한단 말씀입니다! 그가 첫 곡을 노 래하면 여자들은 하나같이 낯빛이 창백해지고 눈길을 내리 깔았다고 해요. 두 번째 노래는 여자들을 미친 듯 사랑에 빠 지게 만들고, 세 번째 노래는 그 자리에서 즉사하게 만들었다 고 합니다. 그가 마음만 먹으면, 그의 눈앞에서 상사병에 걸 린 여자를 노래로 죽일 수 있었다는 거예요. 우리 증조 고모님인 벤드라민 부인은 이 이야기를 전해 듣고는 웃음을 터뜨렸다지요. 그리고 이 무례한 양아치의 노래를 들으러 가기 싫다고 했답니다. 주술과 악마의 동맹으로 '귀부인'을 죽이는 건 얼마든지 있을 수 있는 일이겠지만, 양아치와 사랑에 빠지게 만드는 건 결코 있을 수 없는 일이라고 단언한 겁니다! 자연스럽게 이 대답이 차피리노의 귀에 들어갔지요. 그는 자기 목소리에 존경심이 부족한 사람을 짓누르는 데서 흥분을 느꼈습니다. 고대 로마인들처럼 말이죠. '항복한 자들은 용서하고 오만한 자들을 굴복시킨'•겁니다. 미국에서 온 귀부인 여러분은 워낙 학식이 높으시니 신성한 베르길리우스의 이런 소소한 인용을 좋아하시겠지요. 겉으로는 벤드라민 부인을 피하는 듯 보이던 차피리노는 어느 날 저녁 대규모 연회에서 부인 앞에서 노래할 기회를 잡습니다. 그는 노래를 부르고 또 부르고, 결국 가엾은 우리 증조 고모님 피사나가 상사병에 걸릴 때까지 노래를 불렀습니다. 의술이 뛰어난 의사들도 그 가엾은 젊은 부인을 죽음으로 몰고 가는 질병의 정체를 파악하지 못했지요. 벤드라민 행정관은 모두가 섬기는 성모마리아들을 찾아 기도하고, 치유술의 수호성인인 코스마스와 다미아누스에게 거대한 황금 촛대를 갖춘 순은 제단을 바치겠다

● 베르길리우스의 서사시 《아이네이스》에서 위대한 로마 제국을 묘사한 시구.

고 약속했지만 다 헛수고였습니다. 마침내 부인의 시동생으로, 성스러운 삶을 사신 것으로 유명한 아퀼레이아의 총대주교 알모로 벤드라민 공이 특별한 헌물을 바친 성 유스티나의 계시를 받아 형수님의 이상한 병을 고칠 수 있는 약은 차피리노의 목소리뿐이라는 정보를 얻습니다. 우리 불쌍한 증조고모님은 체통 없이 그런 계시에 흔들릴 분이 아니었다는 점을 유념해주세요.

행정관은 이런 훌륭한 해결책에 매료되었고, 총대주교가 직접 차피리노를 찾아가서 자신의 마차로 그를 부인이 거하고 있던 미스트라의 별장으로 데리고 옵니다. 앞으로 있을 일을 이야기해주자 부인은 격하게 분통을 터뜨리더니 잠시 후 분노 못지않게 뜨거운 희열에 휩싸였답니다. 그렇지만 자신의 고결한 위상에 걸맞은 몸가짐이 무엇인지 잘 알고 있었습니다. 아파서 죽어갈 지경이면서도 더할 나위 없이 화려한 옷을 차려입고 얼굴을 화장하고 다이아몬드를 모두 꺼내 걸었습니다. 이 가수 앞에서 자신의 존엄을 확인하려고 초조하게 애쓰는 모습이었습니다. 그리하여 부인은 미스트라 별장의 거대한 연회장 한가운데 둔 소파에서 화려한 캐노피를 치고 누워 차피리노를 맞았습니다. 만투아 가문과 결혼으로 연을 맺은 벤드라민 가문은 봉지를 받았고, 신성 로마 제국의 군주들이었지요. 차피리노는 깊은 경의를 표하며 절했지만 두 사람 사이에는 한마디도 오가지 않았습니다. 다만 성악가는 노래를 부르기 전에 행정관에게 고귀하신 부인께서 성당의 성사를 받았는지 물었다더군요. 부인이 시동생인 총대주교에게 종부성사를 부탁해 받았다는 이야기를 듣고 나서야 성악가는 전하의 명령을 받들 준비가 되었다면서 하프시코드 앞에 앉았습니다.

그토록 거룩한 가창은 그로서도 처음이었습니다. 벤드라민 부인은 첫 노래가 끝났을 때 이미 놀라울 만큼 생기를 되찾았습니다. 두 번째 곡이 끝나갈 무렵에는 완전히 병이 치유되어 아름다움과 행복으로 환하게 빛나고 있었지요. 그러나 세 번째 노래(물론 〈아리아 데이 마리티〉였습니다)가 끝나자 무섭게 상태가 변했지 뭡니까. 끔찍한 비명을 지르며 죽음의 단말마로 빠져들었지요. 그리고 십오 분도 안 되어 죽어버렸어요! 차피리노는 숨이 끊어질 때까지 기다리지 않았어요. 노래를 끝내고는 즉시 물러나서 역마를 타고 쉬지 않고 밤낮으로 달려 뮌헨까지 가버렸답니다. 사람들은 그가 미스트라의 별장에 나타났을 때 이미 추도의 옷차림을 하고 있었다고 했어요. 친지가 죽었다는 이야기는 전혀 없었는데 말이지요. 게다가 그런 권세를 지닌 가문의 분노를 두려워하기라도 한 듯 떠날 계획을 치밀하게 짜두었다고 하고요. 더욱이 노래를 시작하기 전에 정말 범상치 않은 질문을 하지 않았습니까. 행정관의 부인께서 종부성사를 받았는지 묻다니요……. 아니에요, 감사합니다, 부인. 담배는 사양하겠어요. 하지만 부인과 매력적인 따님께 누가 되지 않는다면 시가를 한 대 피워도 되겠습니까?"

알비세 백작은 이 아름다운 청중을 매혹적인 이야기로 확실히 사로잡았으니 이제 그녀의 심장과 달러 재산은 자기 아들의 것이 되었다고 확신하고는, 가서 촛불을 하나 켰다. 그리고 피우기 전에 미리 태워서 소독해야 하는 길고 검은 시가를 촛불에 대고 불을 붙였다.

……이런 상태가 계속되면 나는 의사에게 가서 약병을 달라고 부탁하는 수밖에 없다. 알비세 백작이 이야기하는 사이 말도 안 되게 점점 심장이 빨리 뛰고 구역질 날 정도로 식은 땀이 흘러내린다. 어릿광대 성악가와 시들시들 죽어가는 귀족 부인에 대한 허풍 섞인 이야기에 온갖 바보 같은 감상이 쏟아지는 가운데 평정심을 유지하려고 둘둘 말아두었던 에칭 그림을 다시 펼쳐서 차피리노의 초상화를 멍청하게 살펴보기 시작했다. 한때는 그토록 유명했으나 이제는 까맣게 잊힌 사람. 승리의 아치 아래 봉제 인형 같은 큐피드들도 그렇고, 날개 달린 뚱뚱한 주방 하녀한테 월계관을 하사받는 모습하며, 이 가수는 정말이지 턱없이 한심해 보인다. 하기는 이 괴상망측한 18세기란 얼마나 무미건조하고 김빠지고 천박했는지!

그러나 차피리노는 내 생각처럼 그렇게 지독하게 진부한 인간은 아니었다. 당돌하고도 잔인한 저 기묘한 미소, 여자처럼 곱고 통통한 얼굴은 자칫 아름답기까지 하다. 나는 이런 얼굴을 본 적이 있다. 실제 삶에서는 아니라도, 적어도 스윈번과 보들레르를 읽던 소년 시절 낭만적인 꿈에서 사악하고 복수심에 찬 여자들의 얼굴로 보았다. 아, 그렇다! 이 차피리노는 단연코 아름다운 존재였고, 그 목소리 역시 같은 유의 아름다움과 똑같이 사악한 표정을 띠었으리라…….

"이러지 말고, 망누스." 동료 하숙인들의 목소리가 들려온다. "좋은 게 좋은 거니까 저 옛날 사람 노래를 하나 불러주게. 아니, 그 시절 노래를 뭐라도 불러주면 불쌍한 부인을 죽인 그 곡이라고 우리가 알아서 상상하겠네."

"아, 그래! 〈아리아 데이 마리티〉, '남편의 노래'." 늙은 알비세가 그 터무니없는 검은 시가 연기를 퐁퐁 내뿜으며 중얼거렸다. "우리 불쌍한 증조 고모님, 피사나 벤드라민. 그 친구가 자기 노래로 그분을 죽였지. 〈아리아 데이 마리티〉로 말이요."

무분별한 분노가 나를 덮치는 느낌이 들었다. 저 끔찍한 심장박동이(그건 그렇고, 나의 동포인 노르웨이 의사가 마침 그때 베네치아에 있었다) 내 두뇌로 피를 몰아 나를 미치게 만들고 있는 걸까? 피아노를 둘러싸고 선 사람들, 가구, 모든 게 합쳐져 움직이는 색색의 얼룩들로 변하는 것 같았다. 나는 노래를 부르기 시작했다. 내 눈앞에 또렷하게 남아 있는 형상은 그 하숙집 피아노 끄트머리에 놓여 있던 차피리노의 초상화뿐이다. 사악하고 냉소적인 미소를 띤, 육감적이고 여자처럼 고운 얼굴, 외풍에 촛불이 연기를 뿜으며 흔들리자 그림이 어른거렸고, 그 얼굴이 내 눈앞에 자꾸 나타났다 사라졌다. 그래서 작정하고 미친 듯 노래를 불렀다. 내가 무슨 노래를 부르는지도 몰랐다. 그래, 이제야 곡목을 알 것 같다. 〈라 비온디나 인 곤돌레타〉, 베네치아 사람들이 유일하게 아직까지 기억하는 18세기의 노래다. 나는 온갖 우아한 구식 창법을 열심히 흉내 내며 노래했다. 비브라토, 꺾기, 나른하게 부풀렸다 잦아드는 음, 기타 온갖 어릿광대 놀음을 덧붙였고, 관객은 놀라움에서 벗어나자 몸을 흔들며 웃어대기 시작했다. 끝내는 나도 웃음이 나왔다. 선율의 구절이 끊어질 때마다 광적으로 정신을 놓고 웃어댔고, 마침내 이 따분하고 야만적인 웃음소리가 내 목소리를 완전히 덮어버리고 말았다…… 게다가 이 모든 짓거리에 정점을 찍으며 나는 오래전에 죽은 이 성악가, 사악한 여자의 얼굴을 하고 비웃듯 얼빠진 표정을 한 그를 향해 주먹을 휘둘렀다.

"아하! 나한테도 복수를 해보시겠다!" 나는 외친다. "암, 나한테서 그럴싸한 룰라드●며 플러리시●●를 작곡받고 싶으실 거야, 우리 고상하신 차피리노 님께서는. 〈아리아 데이 마리

● 두 개의 주요음 사이를 빠른 지남음의 연속으로 연결하는 방식. 훗날 무의미한 콜로라투라에 대한 경멸적 호칭으로 쓰였다.

●● 즉흥적이고 짧은 프렐류드풍의 악곡.

티〉 같은 곡이 또 하나 있으면 좋겠지!"

그날 밤 나는 아주 이상한 꿈을 꾸었다. 가구가 절반만 갖춰진 커다란 방에서도 열기와 답답함에 숨이 막혔다. 공기는 온갖 종류의 흰 꽃 향기로 가득했다. 견딜 수 없이 달콤한 향내에 텁텁하고 무거웠다. 월하향, 치자꽃, 재스민이 어디 있는지 모를 버려둔 꽃병에서 시들어가고 있었다. 달빛이 흘러들어 내 주변의 대리석 바닥이 은은히 빛나는 얕은 물웅덩이로 변했다. 무더위 때문에 나는 침대를 없애고 그 자리에 가벼운 나무로 만든 소파를 두었다. 그 소파에는 오래된 실크처럼 작은 꽃다발과 나뭇가지 문양이 그려져 있었다. 나는 소파에 누워 있었다. 굳이 잠들려고 애쓰지 않고 어렴풋이 내 오페라 〈덴마크인 오지에〉로 생각이 흘러가도록 내버려두었다. 오페라의 대본은 오래전 탈고했고, 음악의 영감은 정체된 과거의 초호 한가운데 떠 있는, 이 이상한 베네치아에서 좀 얻을 수 있기를 바라고 있었다. 그러나 베네치아는 오히려 내 아이디어를 모두 가망 없는 혼돈으로 몰아넣어버렸다. 얕은 수심에서 오래전 죽은 선율들의 기운이 올라와 내 영혼을 병들고 취하게 했다. 나는 소파에 누워 그 희뿌연 빛의 웅덩이를 지켜보고 있었다. 그사이 달빛이 반들거리는 표면에 닿을 때마다 뚝뚝 듣는 작은 빛의 방울들이 여기저기서 합쳐져 일렁이는 빛의 수면은 점점 높아졌지만, 한편으로는 탁 트인 발코니의 외풍을 받아 거대한 그림자들이 앞뒤로 손짓하고 있었다.

그 고대 북유럽의 설화를 내가 얼마나 되짚고 또 되짚어 연구했는지 모른다. 샤를마뉴 대제의 기사였던 팔라댕 오지에는 성지에서 고향으로 돌아가는 유랑 길에 여자 마술사의 잔꾀에 걸려든다. 한때 위대한 카이사르 황제를 사로잡아 노예처럼 부리며 황제에게 아들 오베론 왕을 낳아주었던 마녀였다. 오지에는 그 섬에서 단 하루, 낮과 밤을 보내지만 고향인 왕국에 돌아와보니 모든 게 변해 있었다. 친구들은 죽고 가족은 왕위를 찬탈당하고 아무도 그의 얼굴을 알아보지 못했다. 거지처럼 이리저리 쫓겨 다니던 중 가난한 음유시인이 오지에의 고통을 측은히 여겨 자기가 가진 것을 모두 그에게 내어준다. 그건 바로 한 곡의 노래, 수백 년 전 죽은 영웅인 덴마크인 오지에의 용맹을 찬양하는 노래였다.

오지에의 이야기는 내 꿈속으로 달려 들어왔다. 깨어 있을 때 내 생각들은 희미하고 애매했으나 꿈은 너무나 생생했다. 나는 이제 소파 둘레에 뚝뚝 떨어지는 빛의 방울, 흥건히 고이고 번지고 높아지는 빛의 웅덩이, 일렁이며 손짓하는 그림자는 보지 않았다. 거대한 응접실의 프레스코 벽화만 응시했다. 일 초 만에 나는 깨달았다. 현재 하숙집으로 개조된 베네치아 궁전의 식당이 아니었다. 훨씬 더 큰 방, 진짜 연회장이었다. 팔각형이지만 거의 원형에 가까웠고, 스투코 몰딩을 두른 거대한 흰색 문이 여덟 군데 있었으며, 드높은 돔형 천장에 극장의 박스석 같은 작은 갤러리가 여덟 개나 달려 있었다. 음악가와 관중을 위한 자리가 틀림없었다. 조명이 충분하지 않았고, 여덟 개의 샹들리에 중 하나에만 불이 켜져 있으며, 샹들리에들은 각자의 거미줄에 매달린 거대한 거미들처럼 천천히 빙글빙글 돌고 있었다. 그러나 불빛은 내 바로 맞은편 금칠한 스투코들로 떨어졌고, 엄청나게 넓은 프레스코화에는 이피게네이아의 희생● 장면이 펼쳐져 있었다. 로마식 투구를 쓰고 래핏●●을 늘어뜨리고 무릎길이의 반바지를 입은 아가멤논과 아킬레우스가 배석하고 있다. 불빛은 또한 천장의 몰딩 안쪽에 박혀 있는 목판 유화를 드러냈다. 레몬과 라일락 빛깔의 긴 옷자락을 늘어뜨린 여신의 모습이었는데, 거대한 녹색 공작 위로 시점에 따라 축소된 모습이었다. 빛이 닿는 곳을 따라 방 안을 빙 둘러보니 노란색의 커다란 새틴 소파들과 금칠한 묵직한 콘솔들이 보였다. 한쪽 구석의 그늘에는 피아노처럼 보이는 물건이 놓였고, 더 깊은 그림자 속으로는 로마 궁전들의 대기실을 장식했던 커다란 캐노피들이 보였다. 나는 주위를 둘러보며 내가 어디에 있는 걸까 생각했다.

● 트로이로 출정 준비를 마친 그리스 군대는 바람이 불지 않아 함선을 띄우지 못한다. 자신의 암사슴을 죽인 아가멤논을 향한 아르테미스 여신의 분노 때문이었다. 아르테미스는 아가멤논에게 큰딸 이피게네이아를 희생 제물로 바치라고 요구하고, 아가멤논은 아내 클리타임네스트라를 속여 딸을 제물로 바치고 만다.

●● 머리나 옷단에 천이나 레이스를 늘어뜨려 주름을 잡은 장식.

복숭아를 떠올리게 하는 텁텁하고 달큰한 냄새가 그곳을 가득 채웠다.

조금씩 조금씩 나는 소리를 분간하기 시작했다. 작고 날카롭고 금속성인 분절된 음들이 만돌린 소리와 비슷했다. 그리고 그 소리에 합쳐진 목소리가 있었다. 아주 낮고 달콤한, 차라리 속삭임에 가까운 그 목소리가 점점 더 커지더니 낯설고 이국적이고 고유한 자질의 정교한 비브라토가 그 장소 전체를 가득 메웠다. 그 음은 끊이지 않고 벅차게 부풀고 또 부풀어 올랐다. 느닷없이 소름 끼치게 날카로운 비명이 들리더니 몸뚱어리가 바닥에 쿵 쓰러져 부딪는 소리가 들리고, 온갖 탄성이 사방에서 들려왔다. 거기, 캐노피 근처에서 갑자기 한 줄기 빛이 비쳤다. 그리고 나는 볼 수 있었다. 방 안에서 앞뒤로 움직이는 시커먼 형체들 사이에 한 여자가 땅바닥에 누워 있고 다른 여자들이 그녀를 에워싸고 있었다. 여자의 헝클어진 금발에 온통 흩뿌려져 장식된 다이아몬드의 반짝임이 어둑한 사위를 갈랐다. 머리칼은 축 늘어져 있었다. 보디스의 레이스를 칼로 끊어 새하얀 젖가슴이 보석 박힌 브로케이드의 광택 사이로 빛나고 있었다. 여자는 머리를 앞으로 푹 숙이고 있었고, 얇고 하얀 팔은 툭 부러진 것처럼 그녀를 들어 올리려 애쓰는 또 다른 여자의 무릎을 가로질러 질질 끌리고 있었다. 바닥에 별안간 물이 쫙 뿌려졌고, 혼란스러운 외침이 여기저기서 더 이어졌으며, 목이 쉰 듯, 목이 멘 듯 신음이 들리고 곧 꾸르륵 숨이 넘어가는 소리가 들렸다. 무시무시한 소리였다……. 나는 소스라쳐 잠에서 깨어나 허겁지겁 창가로 달려갔다.

밖에는 푸른 달무리를 받은 성 조르조 성당과 종탑이 파란 신기루처럼 우뚝 서 있고, 그 앞에 시커먼 선체와 삭구의 거대한 증기선 한 척이 붉은 등을 밝히고 정박해 있었다. 초호로부터 축축한 바닷바람이 일었다. 그건 다 무엇이었을까? 아! 이해되기 시작했다. 늙은 알비세 백작의 이야기, 증조 고모님이었다는 피사나 벤드라민의 죽음이었다. 그렇구나. 나는 그 꿈을 꾸었던 거다.

내 방으로 돌아갔다. 불을 켜고 책상머리에 앉았다. 이제는 도저히 잠들 수 없었다. 오페라 작곡을 하려 했다. 한두 번은 그토록 오래 찾아 헤매던 것을 드디어 붙잡았다는 생각마저 들었다……. 그러나 주제가 잡히나 싶은 순간 마음속에서 그 목소리가 아득한 메아리처럼 울려왔다. 감지할 수 없을 만큼 미묘하게 천천히 고조되는 그 긴 음, 너무나 강하고도 너무나 은은한 그 기나긴 음이.

예술가의 생에는 그런 순간이 있다. 자기만의 영감을 아직 붙잡지 못하고, 심지어 또렷하게 파악조차 하지 못한 상황에서 오래도록 간구하던 아이디어가 바로 앞에 다가왔음을 인식하게 되는 순간 말이다. 기쁨과 공포가 뒤섞여 예술가에게 경고를 보낸다. 하루가 더 지나기 전에, 한 시간이 더 지나기 전에 그 영감이 영혼의 문지방을 넘어와 황홀경의 파도가 범람하게 되리라고. 온종일 반드시 조용한 곳에서 혼자 있어야겠다는 마음이었고, 어스름 내릴 무렵에는 초호의 가장 외딴 쪽으로 노를 저으러 나갔다. 나만의 영감을 영접할 거라고 만물이 내게 말하는 듯했기에 나는 사랑에 빠진 이가 연인을 기다리듯 영감이 오기를 기다렸다.

잠시 곤돌라를 멈추고 달빛이 포장도로처럼 깔린 물 위에서 부드럽게 흔들리는 물살에 배를 맡겼다. 상상의 세상 언저리에 있는 느낌이었다. 환상의 세상이 바로 가까이, 손 닿는 곳 저기에 은은히 빛나는 연하늘색 아지랑이를 휘감고 있었고, 달빛이 그 한가운데를 갈라 넓고 반들거리는 대로를 열었다. 저 바다에는 정박한 검은 나룻배들처럼 작은 섬들이 점점이 흩어져 있어 달빛과 잔물결만 가득한 이 세상의 고독에 오히려 방점을 찍었다. 바로 옆 과수원에서 들려오는 윙윙 울리는 벌레 소리는 흔들림 없는 고요를 증폭할 뿐이었다. 팔라댕 오지에 또한 어딘가 이런 바다를 항해해 와서 주술을 부리는 여인의 무릎에서 자신이 깜박 잠든 사이 몇 세기가 흘러 영웅의 세계가 저물고 산문의 왕국이 도래했음을 알게 되었으리라.

내 곤돌라가 달빛에 젖은 바다에서 고요히 흔들리는 사이 나는 그 영웅적 세계의 황혼을 숙고했다. 선체에 부드럽게 철썩이는 물소리 속에서, 위대한 고대 전사들의 타락한 아들들의 관심에서 벗어난 그 많은 갑옷과 벽에서 녹슬어 흔들리는 장검 소리가 들리는 듯했다. 나는 '오지에의 용맹'이라 이름 붙인 주제를 오랫동안 찾아 헤맸다. 그 주제는 내 오페라에서 간간이 등장하다가 마지막에 발전해서 영웅에게 자신이 오래전 죽어 사라진 세계의 유물임을 깨닫게 만드는 바로 그 음유시인의 노래가 되어야 했다. 그런데 이 순간 바로 그 주제의 현전이 느껴질 듯했다. 찰나만 넘기면 내 마음은 그 야만의 노래, 영웅적인 노래, 장례의 노래로 벅차게 압도되리라.

그런데 별안간 초호 너머에서 레이스 뜨개질 같은 소리가 정적을 반으로 쩍 가르더니 고요한 사위에 바둑무늬를 그리고 섬세한 문양을 짜 넣기 시작했다. 때맞춰 달빛도 물을 가르며 화려한 짜임으로 장식했고, 잔물결 같은 음악이, 어떤 목소리가 작은 음계와 종지, 트릴로 이루어진 소나기처럼 흩어지고 부서졌다.

"해변으로! 어서요!" 나는 곤돌라 사공에게 외쳤다.

그러나 소리는 이미 그쳤다. 과수원에는 달빛을 받아 반짝이는 뽕나무와 이리저리 흔들리는 시커먼 사이프러스 자두나무만 있었고, 혼란스러운 벌레 소리와 귀뚜라미의 단조로운 울음소리 말고는 아무 소리도 나지 않았다.

주위를 둘러보았다. 한쪽은 텅 빈 모래언덕, 과수원, 집도 첨탑도 보이지 않는 초원, 반대편에는 안개 자욱한 푸른 바다, 수평선에 시커먼 형체만 도드라지는 아득한 섬들까지 텅 빈 바다뿐이었다.

어지럼증이 덮쳐와 나 자신이 녹아내리는 느낌이 들었다. 갑자기 두 번째 목소리의 잔물결이 초호를 휩쓸었다. 작은 음표들이 쏟아지는 소나기가 조롱하는 듯한 비웃음의 형상을 띠었다.

그러더니 다시 만물이 고요해졌다. 이 정적은 오래도록 이어졌고, 나는 다시 내 오페라를 사색하기 시작했다. 반쯤 붙잡았던 그 주제를 다시 기다리며 누워 있었다. 그러나 아니었다. 내가 숨을 죽이고 기다리며 지켜보고 있던 그 주제가 아니었다. 주데카●의 곶을 돌아설 무렵 내가 망상에 사로잡혀 있음을 깨달았다. 중얼거림 같은 목소리가 물 한가운데에서 일어나고 있었다. 달빛처럼 가녀린 실 가닥 같은 소리, 잘 들리지도 않는, 하지만 아름다운 사람의 목소리가 서서히, 감지할 수도 없이 커져 양감과 형체를 취해 살이 붙고, 불이 붙는 듯했다. 뭐라 꼭 짚어 말할 수 없는 휘발성의 자질, 충만하고 열정적이지만, 은은하고 보들보들한 베일에 휩싸인 듯 아득했다. 음은 점점 기운차고 따뜻하고 열정적으로 차오르더니 급기야 그 이상하고 매혹적인 베일을 뚫고 폭발해 길고 훌륭한, 승리의 비브라토가 되어 환한 빛을 발하며 부서져 떠올랐다.

● 이탈리아 북부의 베네치아 초호의 섬.

쥐 죽은 듯한 고요가 깔렸다.

"산 마르코 성당으로 갑시다! 어서요!" 나는 외쳤다.

곤돌라는 길게 반짝이는 달빛의 자취를 따라 미끄러지며 거대하고 노란 빛의 끈을 찢었다. 산 마르코 성당의 둥근 지붕, 레이스처럼 정교한 궁의 첨탑, 가느다란 분홍색 종탑이 거울상으로 수면에 맺혀 환히 불 밝힌 물로부터 희뿌옇고 푸른빛 도는 저녁 하늘로 솟아올랐다.

큰 광장에서 군악대가 나선형으로 휘몰아치는 로시니의 크레셴도를 뚫고 울려 퍼졌다. 이 거대한 야외의 연회장에 모였던 군중이 흩어지고 있었고, 야외 음악회가 끝나고 나면 예외 없이 따라 나오는 소리들이 떠올랐다. 짤랑거리는 숟가락 소리와 유리잔 부딪는 소리, 옷자락이 바스락거리고 의자 다리가 끌리는 소리, 포장도로에 칼집이 딸깍이며 부딪는 소리. 나는 지팡이의 손잡이를 빨면서 지나치는 여자들을 품평하는 멋쟁이 청년들을 밀치며 앞으로 나아갔다. 하얀 드레스를 입은 젊은 숙녀들을 최전방에 내세워 엄격한 서열에 따라 팔짱을 끼고 행진하는 명문 가문들을 헤치고 앞으로 나아갔다. 플로리안 카페 앞, 일어나려고 기지개를 켜는 손님들 가운데 자리를 잡고 앉았다. 웨이터들이 빈 컵과 쟁반 들을 쩔렁거리며 바삐 오갔다. 나폴리인 행세를 하는 악사 두 명이 기타와 바이올린을 챙겨 떠날 준비를 하고 있었다.

"잠깐만요!" 나는 그들에게 외쳤다. "아직 가지 마세요. 나한테 노래를 좀 불러줘요. 〈라 카메셀라〉나 〈푸니쿨리 푸니쿨라〉 같은 거. 아무거나 좋으니까 시끌벅적하게 부르기만 하면 돼요." 그러고는 악을 쓰고 목청껏 소리를 질러대는 두 사람에게 또 이렇게 말했다. "더 큰 소리로 부를 수는 없습니까, 젠장! 더 크게 부르라고! 대체 내 말을 알아듣는 거요?"

소음, 고함, 엉망으로 틀린 음이 필요하다고 느꼈다. 나를 사로잡은 유령의 목소리를 쫓아버리려면 천박하고 추악한 소리가 필요했다.

그건 낭만적인 아마추어의 어리석은 장난질에 불과하다고 나는 거듭거듭 나 자신을 타일렀다. 누군가 해변 정원에 숨거나 초호에서 눈에 안 띄게 배를 띄우고 노래를 불렀을 것이다. 달빛과 해무가 마술을 부려 흥분한 내 두뇌가 보르도니나 크레센티니의 연습곡에 나오는 흔하고 단조로운 룰라드를 탈바꿈시켰을 것이다.

그러나 여전히 나는 그 목소리를 뇌리에서 떨칠 수 없었다. 작곡에 매진하려 하면 금세 그 상상 속 메아리가 흘러나왔고, 그걸 붙잡으려다보면 일에 집중할 수 없었다. 내 북유럽 전설의 영웅적 화음에 관능적인 악구와 화려한 종지가 이상하게 자꾸 섞여 들었다. 내 귀에는 그 저주받은 목소리가 부르는 것으로 들렸다.

노래 연습곡에 홀리다니! 성악이라는 기예를 경멸한다고

공언했던 나로서는 너무 황당해서 우스꽝스럽기까지 했다. 그래서 여전히 나는 달에 대고 목청을 높이는 유치한 아마추어 성악가였다고 믿고 싶었다.

어느 날, 백번 했던 이런 생각을 또 되짚고 있을 때 우연히 내 눈길이 차피리노의 초상화에 닿았다. 친구가 그 초상화를 핀으로 벽에 고정해두었었다. 나는 초상화를 잡아 뜯어 수십 조각으로 찢어버렸다. 그러고는 어리석은 만행이 부끄러워져서, 창밖 너머 해풍에 이리저리 날려가는 찢어진 초상화 조각들을 바라보았다. 한 조각이 내 뒤의 노란 블라인드에 끼었다. 다른 조각들은 운하에 떨어져 금세 검은 물속으로 사라져 자취를 감췄다. 걷잡을 수 없는 수치심이 덮쳐왔다. 심장이 터질 것처럼 뛰었다. 나른한 달빛 비치는 이 베네치아에서, 낡은 물건과 포푸리로 가득 찬, 오랫동안 쓰지 않은 규방처럼 텁텁한 공기의 이 베네치아에서 나는 얼마나 불안에 떠는 한심한 벌레로 전락해버렸는가!

그러나 그날 밤에는 상황이 좀 나아지는 듯 보였다. 마음을 잡고 내 오페라에 집중하고, 작곡마저 될 것 같았다. 막간이면 파닥이며 저 아래 물로 날아가던 찢어진 초상화로 생각이 돌아갔지만, 은근한 쾌감이 없지 않았다. 피아노 앞에 앉아 있던 나를 방해한 건 풍악을 울리는 유람선들에서 들려오는 쉰 목소리들과 바이올린 긁는 소리였다. 이들은 밤이면 대운하 변에 위치한 호텔들 아래 정박하곤 했다. 달은 저물었다. 내 발코니 아래 물은 저 멀리 시커멓게 펼쳐져 있었고, 그 어둠은 유람선에 딸린 작은 함대 규모의 곤돌라들의 훨씬 더 검은 윤곽선으로 오려져 있었다. 곤돌라에서 노래하는 가수들의 얼굴, 기타와 바이올린이 중국풍 등잔불의 불안한 불빛에 비쳐 붉게 번득였다.

"얌모, 얌모, 얌모, 얌모 야." 시끄럽고 쉰 목소리들이 노래했다. 그때 엄청나게 시끄럽게 악기를 긁고 튕기는 소리가 나더니 고래고래 악을 쓰는 듯한 후렴구가 울려퍼졌다. "푸니쿨리, 푸니쿨라, 푸니쿨리, 푸니쿨라, 얌모, 얌모, 얌모, 얌모, 얌모 야!"

이내 인접한 호텔에서 "비스, 비스!"● 라는 외침이 몇 군데서 터져 나왔고, 짤막한 박수 소리, 유람선으로 던져지는 동전들 짤랑거리는 소리, 돌아설 채비를 하는 곤돌라 몇 척의 노 젓는 소리가 들려왔다.

"〈라 카메셀라〉를 불러줘요." 외국인의 억양이었다.

"아니, 아니요! 〈산타 루치아〉!"

"나는 〈라 카메셀라〉가 듣고 싶은데!"

"안 돼요! 〈산타 루치아〉예요. 여보세요! 〈산타 루치아〉를 불러주세요. 내 말 들려요?"

초록과 노랑과 빨강 빛깔의 등불 아래 음악가들은 이 상충

● '앙코르'를 뜻하는 이탈리아어.

하는 요청들을 어떻게 절충할지 속삭이며 의논했다. 그리고 일 분쯤 머뭇거리다가 한때 유명했던 곡이자 지금까지도 베네치아에서 인기가 높은 노래의 전주를 바이올리니스트들이 시작했다. 몇백 년 전의 귀족 그리티가 가사를 썼고, 알려지지 않은 작곡가가 음악을 붙인 노래 〈라 비온디나 인 곤돌레타〉였다.

그놈의 빌어먹을 18세기! 이 짐승들이 하필이면 이 곡을 골라 내 일을 훼방 놓은 건 악랄한 운명의 장난이었다.

마침내 기나긴 전주가 끝나고, 갈라진 기타 소리와 꽥꽥거리는 바이올린 소리를 넘어 둥실 떠오른 건 예상했던 비음의 합창이 아니라 나직하게 숨죽여 노래하는 한 사람의 목소리였다.

길게 끌리는 음들은 강렬하지만 특별한 달콤함이 배어 있었다. 여성의 목소리가 많이 담긴 남자의 목소리, 아니 힘없고 순진한 느낌을 뺀 소년 합창단 단원의 목소리랄까. 젊디젊은 목소리는 눈물의 격정을 절제하듯 포근한 모호함에 베일처럼 가려 살짝 억눌려 있었다.

박수갈채가 폭발하듯 터져 나왔고 오래된 궁들이 그 소리를 메아리로 반사했다. "브라보, 브라보! 고마워요, 고마워요! 다시 불러주세요. 부탁이에요. 한 번만 더요. 대체 누구시죠?"

그때 선체가 쿵 부딪고, 철썩거리는 노 소리가 나고, 서로 밀쳐내려는 곤돌라 사공들의 욕설이 들리고, 곤돌라 뱃머리의 붉은 등불들이 화려한 조명을 밝힌 풍악 유람선을 에워싸고 밀려들었다.

그러나 선상에서는 인기척이 없었다. 이 박수갈채를 받을 사람은 그들 중에 없었다. 모두가 박수를 쳐대며 고래고래 소리를 질러대는 사이 뱃머리의 작은 홍등 하나가 함대에서 떨어져 나왔다. 그 한 척의 곤돌라는 잠시 검은 물 위에 시커멓게 떠 있다가 밤 속으로 실종되었다.

며칠 동안 신비한 가수가 장안의 화제가 되었다. 풍악 유람선에 있던 사람들은 그 배에 자기네들 말고는 아무도 없었다고 장담했고, 그 목소리의 주인공에 대해서는 우리만큼이나 아는 게 없었다. 옛 공화국 첩자들의 후예인 곤돌라 사공들마저 아무런 실마리를 내놓지 못했다. 현재 베네치아에 머물고 있다고 알려지거나 추정되는 유명 성악가도 없었다. 그런 성악가는 유럽의 명사일 거라고 다들 입을 모아 말했다. 이 이상한 사건에서 가장 이상한 점은, 목소리 이야기가 나오면 의견이 전혀 일치하지 않는다는 사실이었다. 온갖 다른 이름들이 붙여졌고 온갖 모순되는 형용사들로 묘사되었다. 심지어 사람들은 그것이 남자의 목소리였는지 여자의 목소리였는지를 두고도 논쟁을 벌였다. 모두가 무언가 새로운 정의를 내놓으려 했다.

이 모든 음악적 토론 와중에 나 혼자만은 고집스럽게 아무 의견도 내놓지 않았다. 그 목소리에 대해 말하려고 하면 왠지 반발심이 들었다. 아니, 거의 불가능하게 느껴졌다. 친구가 다소 김빠지는 평범한 추정들을 내놓으면 아예 방에서 나가 버리지 않고는 견딜 수 없었다.

그사이 내 작업은 나날이 힘들어졌고, 나는 철저한 무능력의 상태를 지나 형용할 수 없는 불안감으로 빠져들고 있었다. 매일 아침 일어날 때는 결의를 다지며 거창한 작업 계획을 세웠지만, 밤에는 아무것도 성취하지 못한 채 잠자리에 들었다. 발코니에 늘어져 누워 몇 시간씩 흘려보내거나 그물망처럼 짜인 골목길을 헤매면서 리본처럼 가느다란 푸른 하늘을 보고 그 목소리에 꽂힌 생각을 털어버리려 했지만, 아무 소용이 없었고 오히려 기억을 생생히 되살릴 뿐이었다. 생각에서 쫓아버리려 애쓸수록 더욱 그 비범한 음색에 목마름을 느꼈다. 신비스럽게 포근한, 베일에 휩싸인 음들을 갈구했다. 오페라 작곡을 하려 애쓸 때마다 내 머릿속은 잊힌 18세기의 가곡 쪼가리들로, 경박하거나 나른한 악구들로 가득 차버렸다. 그럴 때 나는 그 목소리가 이 노래들을 부르면 어떻게 들릴까 마음속으로 그리며 달콤씁쓸한 갈망을 안고 다시 길거리를 배회했다.

급기야 의사를 찾아가야 할 지경이 되었다. 그러나 나는 조심하며, 의사에게 내 병의 기이한 징후들을 하나도 털어놓지 않았다. 초호의 공기, 끔찍한 무더위 때문에 약간 우울해진 것뿐이라고 의사는 명랑하게 말했다. 토닉을 마시고, 한 달쯤

시골에서 요양하면서 말을 많이 타고 일을 하지 않으면 원래대로 돌아올 거라고 말이다. 굳이 내가 병원에 갈 때 따라가 주겠다고 우겼던 늙은 한량 알비세 백작은 그 말을 듣자마자 나를 자기 아들네 집에서 요양하게 해주겠다고 말했다. 옥수수 수확을 관장하느라 본토로 돌아간 아들이 따분해 죽을 지경이라면서 말이다. 그러면서 공기도 좋고 말들도 많고, 시골의 평화로운 환경과 기분 좋은 여흥을 즐길 수 있을 거라고 장담했다. "의사 선생 말을 잘 들어야지요, 망누스. 그러니 그냥 조용히 미스트라로 가도록 해요."

미스트라. 그 이름을 듣자 온몸에 소름이 쫙 끼쳤다. 초대를 거절하려는데, 문득 어떤 생각이 모호하게 내 마음에 떠올랐다.

"좋습니다, 백작님." 나는 대답했다. "감사와 기쁨으로 초대를 수락하겠습니다. 내일 미스트라로 떠나도록 하지요."

다음 날 미스트라의 별장으로 가는 길에 파도바에 잠시 머물렀다. 견딜 수 없이 무거운 짐을 내려놓고 떠나온 기분이었다. 이렇게 가슴이 홀가분한 느낌이 대체 얼마 만인지 기억도 잘 나지 않았다. 고생스럽게 험난한, 거친 포장도로와 텅빈, 음울한 열주들, 아무렇게나 덕지덕지 회칠한 궁전들의 꼭 닫힌, 색 바랜 덧창들. 볼품없는 나무 몇 그루와 옹골찬 잡초가 무성한 작은 광장, 운하의 진흙탕물에 허물어져가는 기품을 투영하는 베네치아의 정원 저택들, 현관이 없는 정원들과 정원이 없는 현관들, 어디로도 이어지지 않는 대로들, 게다가 눈멀고 다리가 없는 거지들과 투덜거리는 성구 관리인들은 뜨거운 8월의 태양 아래 판석과 흙먼지 더미와 잡초를 헤치고 마술처럼 끝도 없이 많이도 튀어나왔다. 나는 이 모든 따분한 풍경이 왠지 유쾌하고 기분 좋았다. 산 안토니오 성당에서 운 좋게 들은 음악 미사 덕분에 내 기분은 한층 더 고양되었다.

이탈리아는 종교음악 측면에서 희한한 것들을 많이 내놓는 편이지만, 나는 평생 살면서 여기 비할 만한 미사곡은 들어본 적이 없다. 사제들이 읊는 깊은 비음의 연도 소리 속에서 갑자기 아이들의 합창이 터져 나왔는데, 박자와 음정을 철저히 무시하고 독자적으로 노래하는 게 아닌가. 사제들의 투덜거리는 소리에 화답하듯 아이들은 목청 높여 깩깩거렸고, 느린 그레고리안 전조가 경쾌한 풍금 파이프 소리에 툭툭 끊어졌다. 완전히 정신 나간, 미친 듯이 신나는 고함과 짖는 소리, 야옹거리고 삐걱거리고 힝힝 울어대는 소리가 뒤섞여 마녀의 회합이라도 신나서 덩실거렸을 음악이 만들어졌다. 아니, 차라리 중세 어릿광대들의 만찬이라고 해야 할까. 이런 음악의 엽기성을 더욱 환상적이고 호프만스럽게 만들어준 건 대리석 조각과 금칠한 청동이 산더미처럼 쌓여 있는 그 장엄한 배경이다. 오래전 흘러간, 옛날 산 안토니오 성당의 이름을 드높였던 화려한 음악의 전통 말이다. 랄랑드*나 버니**와 같은 옛날 여행자들의 기록에서 읽었는데, 산 마르코 공국은 기념비와 장식뿐 아니라 테라 피르마***에 자리한 거대한 성당의 음악적 기반 시설에도 어마어마한 거액을 아낌없이 쏟아부었다고 한다. 이 말도 안 되는 성악과 기악으로 구성된 형용할 수 없는 콘서트를 들으며, 나는 글루크가 염두에 두고 〈케 파루 센차 에우리디체〉를 썼던 소프라노 과다니의 목소리와 타르티니의 바이올린을 상상하려고 애썼다. 악마가 찾아와서 음악을 작곡해줬다던 그 타르티니 말이다. 그리고 이런 장소에서 이토록 절대적으로, 야만적으로, 엽기적으로 또 환상적으로 이질적인 공연을 만난 기쁨은 신성모독 같은 느낌이 들어 더욱 짜릿했다. 내가 진저리 치는 18세기의 그 대단하신 음악가들의 후예들이 이 모양 이 꼴이라니 말이다!

이 공연이 통째로 너무나 마음에 들고, 흠잡을 데 없는 연주를 들은 것보다도 정말 기분이 훨씬 더 좋아져서 한 번 더

● 제롬 랄랑드(1732~1807). 프랑스의 천문학자이자 프리메이슨의 일원으로 목성의 방향을 거의 정확하게 추정했다. 1765년에서 1766년까지 이탈리아를 여행하고 여행기를 남겼다.

●● 유명한 작가를 많이 배출한 버니 집안의 한 명으로 추정된다. 동인도회사에 근무했던 헨리 버니(1792~1845) 또는 영국의 해군 제독이었던 제임스 버니 (1750~1821)일 가능성이 높다.

●●● '육지'를 뜻하는 라틴어.

즐기기로 마음을 먹었다. 그리고 저녁 미사가 열릴 즈음 황금별 여인숙에서 여행 가방 짐꾼들과 명랑한 식사를 하고, 악마가 타르티니를 위해 작곡해주었다는 음악을 대충 스케치한 칸타타를 들으며 파이프를 즐긴 후, 또다시 산 안토니오 성당 쪽으로 발걸음을 옮겼다.

종소리가 일몰을 알렸고, 한풀 꺾인 오르간 소리는 홀로 서 있는 거대한 성당 쪽에서 흘러오는 듯했다. 그날 아침의 그 그로테스크한 연주가 맞아줄 거라 기대하면서 나는 묵직한 가죽 커튼을 걷고 들어갔다.

그러나 오판이었다. 저녁 미사는 이미 끝난 지 오래였다. 퀴퀴한 향냄새, 지하 무덤처럼 축축한 습기가 내 입안에 차올랐다. 그 거대한 성당 안은 이미 밤이었다. 어둠 속에서 작은 예배당들의 봉헌 등불이 깜박이며 유광의 붉은 대리석과 금박을 입힌 난간과 샹들리에를 어른어른 비추고 조각상의 근육을 노랗게 물들이고 있었다. 한쪽 구석에서 타는 양초 불빛이 어느 신부의 머리에 후광을 둘렀다. 빛나는 대머리와 하얀 성복과 펼쳐진 성경이 번들거렸다. "아멘." 신부가 중얼거리더니 성경을 탁 소리 내 닫자 빛은 제단 뒤쪽 반달 모양의 후미진 공간을 타고 올라갔다. 시커먼 형상의 여자들이 무릎을 꿇었다가 일어나 재빨리 문 쪽으로 지나쳐갔다. 예배당 앞에서 기도하던 남자 역시 일어나 지팡이를 떨어뜨리며 큰 소리를 냈다.

성당이 텅 비자 나는 언제 성구 관리인이 나타나 저녁 순찰을 돌고 문을 닫을까 이제나저제나 기다렸다. 그렇게 기둥에 기대 거대한 아치들의 회색을 들여다보고 있는데, 오르간에서 연속되는 코드들이 터지듯 흘러나와 성당의 메아리를 헤치며 굴러갔다. 예배가 끝나는 소리 같았다. 그리고 오르간 위에서 어떤 목소리가 부르는 음이 둥실 떠올랐다. 높고, 부드럽고, 뭔가 솜털 같은 것, 향의 구름에 싸인 듯 포근한 소리, 긴 종지부의 미로를 헤치며 달려나갔다. 그 목소리는 문득 툭 떨어져 정적으로 사라졌다. 천둥소리 같은 코드를 두 번 치며 오르간이 몰려들었다. 만물이 고요했다. 나는 중앙 신도석의 기둥에 기대 잠시 서 있었다. 머리칼이 끈적거리고 무릎이 힘없이 꺾였다. 힘이 쭉 빠지는 열기가 내 온몸을 훑고 지나갔다. 더 깊이 숨을 들이쉬고, 향에 푹 젖은 공기에서 그 음들을 빨아들이고 싶었다. 숭고한 행복감에 젖었지만, 왠지 내가 죽어가고 있다는 느낌이 들었다. 그때 갑자기 오한이 온몸을 훑었고, 막연한 공포감이 덮쳐왔다. 나는 돌아서서 다급히 바깥으로 뛰어나왔다.

톱니처럼 깔쭉깔쭉한 지붕들의 스카이라인 위로 저녁 하늘이 순수하고 파랗게 펼쳐져 있었다. 박쥐와 제비 들이 휘돌아 날고 있었다. 사방의 종탑들이 짤랑거리며 〈아베 마리아〉를 연주하고 있었지만, 산 안토니오 성당의 깊은 종소리에 반쯤 잠겨버렸다.

"정말 안색이 안 좋으신데요." 젊은 알비세 백작이 전날 저녁, 잡초가 무성한 미스트라 별장의 뒤뜰에서 하인이 든 초롱불에 비친 내 얼굴을 보고 말했다. 내게는 모든 게 그저 꿈처럼만 느껴졌었다. 파도바로부터 어둠 속을 헤쳐 달리던 말의 방울 소리, 폭넓은 노란빛으로 아카시아 덤불을 휩쓸던 등불, 자갈을 긁던 바퀴 소리, 모기가 달려들까 염려해 석유등 하나로 밝힌 저녁 식탁, 낡은 마구간지기 옷을 입은 피폐한 하인이 양파 태우는 연기 속에서 접시를 나눠주던 모습, 젊은 알비세 백작의 뚱뚱한 어머니가 새된 목소리로 외치던 사투리, 부채에 그려진 투우 그림 너머 온화한 목소리, 유리잔과 발을 한시도 가만두지 못하던, 수염이 텁수룩한 마을 사제는 한쪽 어깨가 다른 쪽 어깨보다 높이 솟았었지. 오후가 된 지금, 나는 이 길고 두서없고 금방이라도 무너져 내릴 듯한 미스트라의 별장에서(이 별장은 4분의 3이 곡물과 정원사의 연장들을 보관하는 데 쓰이고 있고, 쥐와 생쥐와 전갈과 지네 들이 판치는 운동장이다) 평생을 보낸 기분이다. 처음부터 알비세 백작의 서재에 이렇게, 먼지 쌓인 농업 서적과 회계장부, 곡물 표본과 누에 종자, 잉크 얼룩과 시가 꽁초 사이에 앉아 있었던 것만 같다. 이탈리아 농업의 곡식 기반과 옥수수의 질병과 포도의 반점 곰팡이, 수송아지의 품종, 농장 노동자들의 죄악 말고는 그 어떤 이야기도 들어본 적 없는 사람. 푸른 원뿔 같은 에우가네이 언덕이 창밖에서 은은하게 빛나는 평원을 바짝 포위하고 있었다.

일찍 저녁을 먹었다. 이번에도 뚱뚱한 할머니 백작부인이 목청 높여 허튼소리를 해댔고 안달복달하며 어깨를 올리는 수염 텁수룩한 사제가 동석하고 있었으며, 튀김 기름과 양파 스튜 냄새가 났다. 알비세 백작은 나를 억지로 마차 옆자리에 태우고는 먼지구름 사이로, 끝없이 늘어선 반짝이는 플라타너스와 아카시아, 단풍나무 들을 헤치고 자기 농장으로 질주했다.

불타는 듯한 뙤약볕 아래 스무 명 남짓한 소녀들이 오색 치마와 레이스 보디스를 입고 커다란 밀짚모자를 쓴 채 커다랗고 빨간 벽돌 바닥에 옥수수를 털고 있었다. 또 다른 이들은 커다란 체에 낟알을 거르고 있었다. 젊은 알비세 3세가(늙은 백작은 알비세 2세다. 전부 알비세다. 그러니까 그 집안의 루이스는 다 그렇다. 그 이름은 저택에도, 수레에도, 손수레에도, 심지어 들통에도 붙는다) 옥수수를 집어 만져보고 맛보고 뭐라고 소녀들에게 말을 건네자 다들 까르르 웃었다. 그는 또한 농장 관리인에게 몇 마디 건넸는데, 관리인의 표정이 몹시 우울해졌다. 그러고 나서 백작은 나를 거대한 마구간으로 데려갔다. 흰 수송아지들이 스물에서 서른 마리쯤 겅중거리며 발을 구르고 꼬리를 흔들고 어둠 속에서 여물통에 뿔을 부딪고 있었다. 알비세 3세는 한 마리 한 마리 등을 토닥이며 이름을 불러주고, 소금이나 순무를 주며 어느 녀석이 만토바종이고 어느 녀석이 폴리아종 또는 로마뇰로종인지 설명해주었다. 그러고는 내게 어서 트랩을 밟고 마차를 타라고 명령했다. 우리는 또다시 흙먼지를 뚫고 울타리와 도랑 사이를 달리기 시작했다. 파란 하늘을 배경으로 연기를 뿜고 있는 분홍빛 지붕의 벽돌 농장 건물에 또다시 다다랐다. 여기에는 또 옥수수를 털고 쭉정이를 거르고 있는 젊은 여자들이 있었고, 옥수수는 다나에를 감싼 황금빛 커다란 구름 같았다. 그리고 또 서늘한 어둠 속에서 발을 구르며 음매 울고 있는 수송아지들이 있었다. 또 농담이 오가고 트집을 잡고 설명을 하고. 이렇게 농장 다섯 개를 지나고 나니 눈을 감으면 리듬에 맞춰 오르락내리락하는 도리깨와 소나기처럼 쏟아지는 황금빛 알곡, 체에서 바닥으로 떨어지는 황금빛 먼지, 헤아릴 수도 없는 꼬리와 무수한 뿔들, 거대한 흰색 옆구리와 번들거리는 이마가 뜨거운 하늘을 배경으로 선하게 떠오르는 지경이었다.

"오늘 하루 아주 보람차게 일을 많이 했어요!"젊은 알비세 백작은 딱 붙는 바지를 입고 웰링턴 부츠를 신은 늘씬한 긴 다리를 쭉 뻗었다. "엄마, 저녁 식사 후에 우리 아니스씨 시럽을 좀 주세요. 이 시골의 열병에 그만한 치료제와 예방약이 없잖아요."

"오! 이 지역에서 열병에 걸린 겁니까, 그래요? 아니, 아버님은 공기가 그렇게 좋다고 하셨는데."

늙은 백작부인이 달랬다. "아무것도 아니랍니다. 괜찮아요.

무서워해야 하는 건 모기뿐이지요. 촛불을 켜기 전에 반드시 덧창을 꼭 닫으세요."

"글쎄요." 젊은 알비세 백작이 양심의 가책을 느끼는지 말을 얹었다. "당연히 열병은 있지요. 하지만 열병이라고 해서 모두 건강을 해치는 건 아니니까요. 다만 열병에 걸리기 싫으면 밤에는 정원에 나가지 마세요. 아버지가 선생님은 달빛을 받으며 산책하는 걸 즐긴다고 하셨거든요. 하지만 이런 기후에서는 안 될 말입니다. 안 되죠. 천재성을 주체 못 하고 밤에 굳이 걸어야 하겠거든 집 안을 한 바퀴 돌도록 하세요. 충분히 운동이 될 테니까."

저녁 식사 후에는 아니스씨 시럽이 나왔다. 브랜디와 시가를 곁들여서. 그들은 다 같이 1층의 길고 좁고 가구를 들이다 만 방에 앉아 있었다. 늙은 백작부인이 형태도 목적도 불분명한 옷을 뜨개질로 짜고 있었고, 사제는 신문을 판독하고 있었다. 알비세 백작은 길고 구부러진 시가에서 연기를 뿜으며 피부염과 안구 경직이 의심되는 야윈 개의 귀를 잡아당기고 있었다. 바깥의 어두운 정원에서 무수한 벌레가 윙윙거리는 소리와 별이 총총한 푸른 하늘을 등지고 격자 울타리에 달린 포도의 향기가 흘러 들어왔다. 나는 발코니로 나갔다. 저 아래 정원이 시커멓게 펼쳐져 있었다. 반짝이는 지평선을 배경으로 키 큰 포플러들이 서 있었다. 날카로운 부엉이 울음소리와 개 짖는 소리가 들렸다. 그런데 문득 따뜻하고 나른한 한 줄기 향기가 스쳤다. 그 향기는 어쩐지 특정한 복숭아 맛을 떠올리게 했고, 하얗고 도톰하고 밀랍 같은 꽃잎을 암시하는 데가 있었다. 예전에 맡아본 적이 있는 듯한 냄새였다. 힘이 쪽 빠지다못해 정신이 혼미해졌다.

"아주 피곤하군요." 나는 알비세 백작에게 말했다. "도시 사람들이 얼마나 유약해졌는지 좀 보세요."

그러나 피로에도 불구하고 나는 도저히 잠을 이룰 수 없었다. 그날 밤은 완전히 숨이 턱턱 막혀왔다. 베네치아에서도 이런 느낌은 받은 적이 없었다. 덧창은 모기가 들어오지 못하도록 아주 꼭 닫혀 있었다. 백작부인의 엄중한 경고에도 나는 단단한 나무 덧창을 열어 창밖을 내다보았다.

달이 떠올라 있었다. 그 밑에 넓은 잔디밭과 둥글게 깎은 우듬지가 파랗게 빛나는 안개에 젖어 있었다. 잎이 모두 일렁이는 빛의 바다에 휘말려 번들거리며 파들파들 떨고 있는 듯했다. 창 밑에는 긴 울타리가 있었고, 그 아래 하얗게 빛나는 길이 하나 나 있었다. 너무나 밝아서 포도 넝쿨의 초록색과 개오동 꽃의 탁한 적색을 분간할 수 있었다. 공기 중에는 갓 잘라낸 풀 냄새가 희미하게 배어 있었고, 농익은 미국 포도 냄새, 떨어지는 이슬의 싱그러운 달콤함이 녹아든 복숭아 맛을 상기시키는 그 하얀 꽃(틀림없이 흰 꽃일 것이다)의 향기가 묻어났다. 마을 성당에서 1시를 알리는 종소리가 울렸다.

잠을 이루려고 내가 얼마나 오래 헛수고를 했는지 모르겠다. 온몸에 전율이 흐르더니 머릿속이 갑자기 미묘한 와인 냄새로 가득 찼다. 잡초가 무성한 강둑, 흐르지 않는 물이 가득한 운하들, 농부들의 누런 얼굴이 기억났다. 말라리아라는 단어가 뇌리에 떠올랐다. 별일 아니라더니! 나는 창가에 몸을 기댄 채 머물러 있었다. 이 푸른 달무리, 심연 같은 하늘을 수놓은 별들처럼 파르르 떨고 있는 이 갓 내린 이슬과 꽃향기와 고요한 정적에 풍덩 몸을 던지고 싶은 갈증 같은 갈망이 일었다. 그 어떤 음악이라도, 아무리 바그너라 해도, 아니면 별이 총총한 밤하늘을 노래한 위대한 음악가, 신성한 슈만마저도, 세상 그 어떤 음악이라 해도 사람의 영혼 속에서 노래하는 목소리 없는 사물들의 이 위대한 콘서트, 이 위대한 침묵에 감히 비길 수 있을까?

이런 사색에 빠져 있는데, 하나의 음정이, 높고 떨리는 달콤한 음이 침묵을 찢었다. 그러나 침묵이 금세 에워싸 그 음을 덮어버렸다. 나는 창밖으로 몸을 내밀었다. 심장이 터져버릴 것처럼 뛰었다. 잠시 짧은 간격을 두는가 싶더니, 또다시 침묵이 그 음에 찢겨나갔다. 별똥별이나 로켓처럼 천천히 날아오르는 반딧불이 어둠을 가르듯 음이 침묵을 갈랐다. 그러나 이번에는 그 목소리가 상상했던 것처럼 정원에서 오는 게 아니라는 사실이 분명해졌다. 집에서, 이 종잡을 수 없는 미스트라의 낡은 별장에서 흘러나오고 있었다.

미스트라, 미스트라! 그 이름이 내 귓전에 울렸고, 나는 드디어, 이제까지 전혀 깨닫지 못했던 그 이름의 진짜 의미를 파악했다. "그래." 나는 혼잣말을 했다. "아주 자연스러운 일이지." 그리고 자연스럽다는 이 기묘한 인상에, 뭔가 열에 달뜬, 조바심 나는 쾌감이 섞여 들었다. 마치 내가 뚜렷한 목적을 가지고 미스트라의 별장을 찾아왔고, 오래도록 지루하게 기다리며 희망하던 꿈을 만나는 순간이 눈앞으로 다가온 느낌이었다.

그을린 녹색 갓의 등잔을 움켜쥐고 나는 부드럽게 문을 열었다. 끝없이 이어지는 긴 복도들과 커다랗고 텅 빈 방들을 지나쳤다. 내 발소리가 성당에서처럼 다시 메아리쳤고, 내 불빛에 박쥐 떼가 어지럽게 동요했다. 나는 발길 닿는 대로 아무렇게나 헤매며 사람이 사는 건물 쪽으로부터 점점 더 멀리 떨어져 깊숙이 들어갔다.

이 침묵 때문에 왠지 속이 메슥거렸다. 급작스레 낙심에 빠져 숨을 몰아쉬었다.

그때 홀연 소리가 났다. 코드, 금속성, 날카롭고 어딘가 만돌린 음색 같은 일련의 코드가 내 귀 가까운 곳에서 들렸다. 그렇다, 아주 가까웠다. 나와 그 소리를 가르는 건 파티션 하나뿐이었다. 나는 더듬더듬 문을 찾았다. 불안하게 흔들리는 내 등불 빛이 내 눈에는 충분치 않았다. 내 눈은 술주정뱅이의 눈알처럼 제멋대로 헤엄치고 있었다. 마침내 문고리를 찾은 나는 일순 머뭇거렸지만, 곧 걸쇠를 풀고 부드럽게 문을 밀어 열었다. 처음에는 내가 대체 어떤 장소에 있는 건지 이해할 수 없었다. 주위는 온통 어두웠지만, 찬란한 빛 때문에 눈이 멀 것 같았다. 빛은 저 밑에서 올라와 반대편 벽에 떨어졌다. 절반만 환한 조명으로 밝혀진 극장에 들어온 느낌이었다. 그런데 알고 보니 실제로도 그 비슷한 곳이었다. 높은 난간이 둘러쳐진 어두운 구멍 같은 게 있었는데, 위로 걷어 올린 커튼에 반쯤 가려져 있었다. 나는 어떤 이탈리아의 궁에는 연회장 천장 아래 음악가나 관객을 위한 작은 갤러리나 후미진 구석이 있다는 기억을 되살렸다. 그렇다, 틀림없이 그런 자리였을 것이다. 내 맞은편에 있는 거대한 돔형 천장을 뒤덮은 금색 몰딩이 오랜 시간 시커멓게 변색한 거대한 캔버스들을 표구하고 있었다. 그리고 저 밑에서 올려 비추는 불빛을 받으며, 색바랜 프레스코화들로 장식된 벽이 펼쳐져 있었다. 거대한 초록색 공작을 앞에 두고 원근법으로 축소된, 라일락과 레몬 빛깔의 옷자락을 늘어뜨린 저 여신을 내가 어디에서 봤더라? 아무리 봐도 낯이 익었고, 트리톤이 여신의 금칠한 액자를 꼬리로 휘감고 있는 저 스투코도 본 적 있다. 그리고 저 프레스코화, 로마의 흉갑과 초록색과 파란색 투구 장식, 무릎까지 오는 바지를 입은 전사들……. 내가 어디서 저 그림을 봤을까? 혼자 이런 질문들을 던지면서도 아무런 놀라움도 느끼지 못했다. 게다가 나는 아주 차분했다. 가끔 굉장히 이상한 꿈속에서 평정심을 느끼듯이 말이다. 내가 꿈을 꾸고 있는 것일까?

살금살금 앞으로 가서 난간 너머로 몸을 내밀었다. 처음 내 눈길에 닿은 건 머리 위의 어둠이었다. 천장에 달린 커다란 샹들리에들이 거대한 거미들처럼 서서히 빙글빙글 돌고 있었다. 그중 하나에만 불이 켜져 있었고, 무라노섬에서 세공한 유리 펜던트들, 카네이션과 장미꽃 들이 펄럭이며 타고 있는 밀랍의 빛에 유백색으로 반짝이고 있었다. 이 샹들리에 불빛이 맞은편 벽과 저 여신과 초록색 공작이 그려진 천장을 밝혔다. 그 불빛은 또한 거대한 실내의 한구석을 비추고 있었는데, 그쪽은 훨씬 어둑어둑했다. 캐노피 같은 것의 그늘 밑으로, 몇 사람이 노란 새틴 소파를 가운데 두고 모여들어 있었다. 벽을 따라 놓여 있는 소파들과 같은 종류였다. 주위 사람들에 가려 잘 보이지 않았지만, 한 여자가 소파에 축 늘어져 쓰러져 있었다. 자수 드레스의 은과 다이아몬드의 빛살이 불편한 움직임을 따라 은은히 흔들리고 번쩍였다. 그리고 곧 샹들리에 밑에서, 그 불빛을 똑바로 받으며 한 남자가 고개를 약간 숙인 채 하프시코드에 살짝 엎드려 있었다. 마치 노래하기 전 생각을 정리하려는 듯한 모습이었다.

남자는 코드 몇 개를 치더니 노래하기 시작했다. 그렇다, 확실했다. 그 목소리였다. 그토록 오래 나를 괴롭혀왔던 그 목소리! 그 섬세하고 관능적인 자질, 이상하고 빼어난, 차마 말로 형용할 수 없이 달콤하지만 어떤 젊음도 맑음도 없는 그 목소리를 듣자마자 알았다. 그날 밤 초호에서 내 머리를 어지럽혔던 그 눈물의 베일을 쓴 열정. 그리고 또다시 대운하에서 〈라 비온다나 인 곤돌레타〉를 부르고, 불과 이틀 후 파도바의 인적 없는 성당에서 노래했던 그 목소리. 그러나 나는 그때까지 숨겨져 있던 진실을 또렷이 보았다. 이 드넓은 세상에서 이 목소리만큼 내게 소중한 건 없었다.

그 목소리는 길고 께느른한 악구들로, 풍부하고 육감적인 리피오리투라*로 풀렸다 감겼다. 악구들은 하나같이 작은 음계들과 빼어나고 선명한 비브라토들로 꾸며졌다. 갑자기 목소리가 뚝 멎더니 금세 나른한 쾌감에 헐떡이듯이 흔들렸다. 그러자 나는 햇볕을 받은 밀랍처럼 몸뚱어리가 녹아내리는 느낌에 사로잡혔다. 달빛이 이슬과 어우러지듯 나 역시 이 음들과 한 몸으로 어우러지기 위해 액체로 변하고 증기로 휘발할 것만 같았다.

갑자기 캐노피 옆 침침한 귀퉁이에서 작고 안쓰러운 통곡소리가 흘러나왔다. 또 다른 울음소리가 이어졌지만, 성악가의 목소리 속에 실종되고 말았다. 날카로운 금속성의 긴 하프시코드 악절이 이어지는 사이 성악가는 단 쪽으로 고개를 돌렸고, 그러자 애원하는 듯 가녀린 흐느낌이 들렸다. 그러나

---

* '장식음'이라는 뜻의 이탈리아어.

성악가는 노래를 멈추는 대신 날카로운 코드를 쳤다. 그리고 숨죽이다못해 잘 들리지도 않는, 실처럼 가녀린 한 가닥 목소리로, 부드럽게 기나긴 종지부로 미끄러져 들어갔다. 동시에 고개를 뒤로 젖혔고, 순간 빛이 그 잘생긴, 여자처럼 고운 얼굴을 환히 밝혔다. 재처럼 핏기 없는 흰 얼굴, 검은 눈썹, 성악가 차피리노였다. 관능적이고 뾰루퉁한 그 얼굴, 못된 여자처럼 잔인한, 비웃음 같은 미소를 보자 그제야 이해되었다. 왜 그런지, 어떤 과정으로 그렇게 됐는지는 모른다. 그러나 그 노래는 반드시 중간에 끊어야만 했다. 그 저주받은 악절을 결코 끝맺어서는 안 된다. 나는 저 앞에 암살자가 있다는 걸, 그가 이 여자를 죽이고 있고, 저 사악한 목소리로 나 또한 죽이고 있음을 알았다.

나는 박스석에서 아래로 이어지는 좁은 층계를 다급히 내려갔다. 그러자 그 빼어난 목소리가 나를 쫓아왔다. 감지할 수 없을 정도로 미미하게 부풀고 부푸는 목소리가 들렸다. 나는 그 큰 거실로 통하는 문에 전력으로 몸을 부딪쳤다. 패널 사이로 그 불빛이 보였다. 걸쇠를 잡아 뽑으려다 손에 상처를 입었다. 문은 꼭 닫혀 있었고, 잠긴 문과 씨름하는 사이 그 목소리는 점점 고조되고 고조되어 보드랍게 감싼 베일을 찢고 나왔다. 나는 낭랑하고 휘황찬란하게 빛나며 서슬 퍼렇게 번쩍이는 칼날처럼 내 가슴에 깊이 박히려 하는 목소리를 들었다. 그때 또다시 통곡 같은 울부짖음, 단말마의 신음, 그리고 그 끔찍한 소음, 혈류에 질식해 꼴깍이는 흉측한 숨소리가 들렸다. 그리고 긴 비브라토, 찌르듯 찬란하고 의기양양한 목소리.

내 체중을 못 이긴 듯 문이 스르륵 열렸고, 나는 반쯤 엎어지다시피 안으로 들어갔다. 파란 달빛의 홍수에 눈이 멀었다. 네 개의 커다란 창으로 평화롭게, 반투명한 달빛이 쏟아져 흘러 들어오고 있었다. 연푸른 안개 같은 달빛이 거대한 방을 심해의 동굴로 바꿔놓았다. 달빛으로 반들반들하게 닦여 온통 은은한 광택, 웅덩이처럼 흥건하게 고인 빛. 대낮처럼 환했지만, 그 빛은 차갑고 파랗고 덧없고 초자연적이었다. 방은 거대한 건초 창고처럼 완전히 텅텅 비어 있었다. 딱 하나, 한때 샹들리에를 지탱했던 밧줄들이 천장에 늘어져 있을 뿐이었다. 그리고 한구석에, 산더미처럼 쌓인 나무 장작과 인디언 옥수수 사이에, 역하고 퀴퀴한 습기와 곰팡이 악취가 퍼지는 곳에 길고 폭이 좁은 하프시코드 한 대가 놓여 있었다. 방추형 다리의 하프시코드는 커버가 끝에서 끝까지 쫙 갈라져 있었다.

갑자기 더없이 마음이 평온해졌다. 내 머릿속에서 계속 움직이는 그 악절, 방금 들은 그 미완의 종지부 악절 말고는 아무것도 중요하지 않았다. 나는 하프시코드를 열었다. 내 손가락이 대담하게 건반을 눌렀다. 망가진 현이 우스꽝스럽고 끔찍스럽게 뚱땅거리는 소리만 돌아왔다.

그러자 차마 말할 수 없는 공포감이 엄습해왔다. 나는 허둥지둥 창문으로 기어 나갔고, 정원을 미친 듯 달려 벌판을 헤매고, 운하와 강둑들 가운데 달이 지고 새벽이 파르르 떨기 시작할 무렵까지 무작정 배회했다. 그 망가진 현의 뚱땅거리는 소리가 영원히 나를 쫓아왔다.

사람들은 내 건강이 회복되었다면서 크게 만족했다. 이런 열병으로 죽는 사람들이 있는 모양이다.

회복이라고? 하지만 내가 회복한 건가? 나는 걷고 먹고 마시고 말한다. 심지어 잠을 잘 수도 있다. 다른 생명체들과 다를 바 없는 삶을 산다. 그러나 이상한, 치명적인 질병에 걸려 피폐해지고 있다. 다시는 나만의 고유한 영감을 붙잡을 수 없게 되어버렸다. 내 머릿속을 채우는 음악은 예전에 들어본 적이 없는, 확실한 나의 것이다. 그러나 내 것이 아니다. 나는 그 음악을 혐오하고 증오한다. 하찮고 경박한 꾸밈음들과 나른하게 늘어지는 악구들, 길게 끌리고 메아리로 여운을 남기는 종지(終止).

아, 사악한, 사악한 목소리여, 악마가 빚은 피와 살의 바이올린이여, 나는 마음 편히 그대를 저주할 수조차 없는 건가? 저주를 퍼붓는 그 순간, 꼭 이렇게 그대의 목소리를 다시 듣고 싶다는 갈망이 끓어올라 지옥의 갈증처럼 영혼을 바짝바짝 말려야만 한단 말인가? 복수를 원하는 그대의 욕망을 내가 채워주고, 그대가 내 삶을 고사시키고 내 천재성을 말려 죽인 지금, 이제는 나를 가엾게 여길 만도 하지 않은가? 그대의 음을, 단 한 음정만이라도 들려줄 수는 없겠는가? 아, 노래하는 이여, 아, 사악하고 경멸스러운, 가엾은 목소리여!

마법의 숲

마법의 숲이 어느 곳에 있는지는 말해줄 수 없다. 분별없는 짓이기도 하거니와 어차피 소용없을 테니까. 숲속에 있을 때는 어디로 가도 현실 세계로 넘어갈 수 없을 것만 같고, 숲에서 빠져나온 뒤에는 그 존재를 부정하고 싶은 유혹을 느끼는 까닭이다. 숲은 마술의 주문과 끝없는 모험으로 가득해서 어둡고 유유히 흐르는 강물을 따라 심연의 핵심으로 사람을 잡아끈다. 1000년을 산 참나무들이 옹이 진 뿌리를 박는 그 흙이 로맨스 본연의 토양이다. 나뭇가지에 걸린 황혼 속에 리날도●나 기욘 경●●은 마녀가 노 젓는 나룻배를 타고 저 투명

● 프리드리히 헨델(1685~1759)이 1711년 작곡한 환상적인 오페라 〈리날도〉의 주인공인 십자군 기사.

●● 에드먼드 스펜서(1552?~1599)의 서사시 《요정 여왕》에 등장하는 절제의 기사.

한 갈색빛 강물을 미끄러져 갔다. 갈대숲에서 소스라치며 화드득 날아간 왜가리는 환상적인 파랑새●의 사촌이다. 일그러지고 비틀어진 아카시아 숲속에 멀린●●의 샘이 숨겨져 있다. 어쩌면 마법사 멀린마저도 숨어 있을지 모른다. 사람들은 조각 시구를 읊조리며 이 숲속을 헤맨다. 내가 그랬듯이 아마디스●●●의 사랑을 노래하는 레치타티보 한 악절, 휘돌며 흐르는 반주 한 마디를 뇌리에서 떨칠 수 없어 쫓겨 다닐 수도 있다. 습지나 빽빽한 수풀을 헤치며 정처 없이 이 길 저 길을 따라 그저 걷는다. 아무리 많이 읽어도 끝나지 않는 길을 걸으며 나른하게 책장을 넘기다보면, 갑자기 툭 끊어졌다가 돌연 아리오스토나 타소나 스펜서의 이야기가 다시 시작된다. 공상은 하릴없이 배회하고 경중경중 뛰다가 위대한 마법사와 요정들에게 기꺼이 희생 제물이 되겠다는 듯 사랑과 정체성을 획획 잘도 바꾼다. 배를 타고 상류로 거슬러 올라간 그이는 누구였을까? 그곳은 어디일까? 이런 강을 타고, 이런 숲속으로, 내륙으로, 내륙으로 들어간 그이는 누구일까? 강가 수풀로 넘칠 듯 차올라 일렁이는 강물은 유속이 빠르다. 가까이

● 프랑스의 여성 작가 돌누아 부인(1650?~1705)의 동화 《파랑새》(1697)에서 사악한 여왕의 마법에 걸린 왕자가 파랑새로 변한다.

●● 아서왕의 전설에 등장하는 마법사.

●●● 기사 모험담의 스페인판 원류인 가르시 로드리게스 데 몬탈보(1450~1505)의 로맨스 《갈리아의 아마디스》에 등장하는 고결한 미남 기사.

에서 보면 맑은 적갈색이고, 멀리서 보면 금색이 도는 맑은 초록빛이지만 언제나 환상처럼 깊고 어둡다. 물살에 구르는 자갈들과 함께 옴폭 패고 소용돌이치며 휘돈다. 축축 드리운 참나무 가지를 쓸고 지나치며 중얼거리고 바스락거린다. 햇살은 나뭇잎 사이로, 작은 반점들로, 부서진 별들로 내린다. 바스락거리는 나뭇잎, 멀리서 새가 쩍쩍 지저귀거나 구구 우는 소리도 잘 들리지 않는다. 깊고 깊은 삼림의 고요 속에서 졸졸 흐르는 물소리가 다른 소리를 장악한다.

나는 골풀의 갈색이 번진 드넓은 초록 속에서 일몰을 마주한다. 거대한 나무들의 가지 사이사이, 틈새들에 지는 해가 걸리면 눈부신 원색의 진홍빛 석양을 가로질러 연한 푸른색 줄무늬가 진다. 다시 덤불로 돌아오면 어스름이 깔린다. 그리하여 나는 길을 잃는다. 길을 잃었기에 행복하다. 삐걱거리는 나뭇가지 소리, 돌연 퍼드덕거리는 날갯짓 소리. 야생 오리가 바로 옆의 늪에서 날아오른다. 즐거운 소스라침으로 심장이 멎는다. 그래서 나는 노래한다. 나 자신의 동행이 되고자 소리 죽여 작게 노래한다. 그러다 문득 멈춘다. 또다시 그 이상한 강을 만나버렸다. 굉장히 빠르게, 유유하게, 소리 없이 나무 사이로 흐르는 시커먼 강. 그리고 삼나무와 자작나무 들이 어스름 속에서 거대한 위용을 드러낸다. 희끄무레한 가지들이 코끼리, 아니 꿈틀거리는 뱀처럼 위협적인 모양새를 띤다. 형태는 아직 있으나 색채는 이미 전부 사라졌고, 색채와 함께 모든 생명도 사라져버렸다. 어둠으로 빚은 갈색 빛덩이 속에서. 엘리시움•의 강, 나무, 수풀이 이러했을까. 에우리디케를 찾던 오르페우스는 눈길을 굳이 돌릴 필요도 없었겠지. 이미 그림자 가운데 그림자로 그녀의 모습을 볼 수 있었을 테니.

여기에 다리가 있어 나는 건넌다. 그리고 마법의 어스름에서 빠져나와 별빛 찬란한 탁 트인 하늘 아래 거친 수풀을 헤치고 성큼성큼 걸으면 아, 저기! 저기 바로 눈앞에 긴 테라스가 있는 저택이 나타난다. 1층의 창문들을 활짝 열어두고, 고적한 푸른 저녁 속에 오렌지빛으로 환하게 불을 밝힌 저택이. 마법사도 마녀도 아니지만 천배는 더 유쾌한, 기품 있고 친절한 집주인들이 이처럼 가까이 있다는 사실에 내 심장이 기쁨으로 벅차오른다.

마법의 숲은 희귀하다. 그러나 숲이 존재하는 곳, 현실과 전혀 맞닿지 않는 듯 보이는 그곳은(그 마법은 깊고도 깊다) 우리가 일상을 보내는 친근한 집들과 지척이기 일쑤다. 굳이 광막한 벌판을 가로질러 멀리 여행을 떠날 필요가 없다.

이 믿음은 이제 내 마음속에 깊이 새겨져 새롭고 머나먼 장소들을 갈구하는 지병을 낫게 해주려는 모양이다. 여행의 즐거움, 각 지역의 친절한 수호 정령들을 찾아 나선 모험은 아

● 그리스·로마 신화에서 영웅과 축복받은 영혼이 안주하는 낙원.

마도 내 인생 최고의 축복이었다. 그러나 돌이켜 곰곰 생각해보면 나는 이웃들보다 훨씬 여행 경험이 얕고 또 여행 자체를 위한 여행을 많이 다니지도 않았다. 물론 이웃들이 나를 두고 환상적인 곳으로 떠나는 모습을 보면 약간 슬퍼질 때도 있다. 이집트와 스페인과 그리스, 내가 결코 가보지 못할 곳들. 어떤 이름들, 이런저런 것들에 대해 아무렇지 않게 언급하는 말들이 내 심장에 묘한 쐐기를 박아 부드럽지만 퍽 날카로운 갈망을 일으키면, 육신의 눈으로는 결코 보지 못할 산야와 거리를 그리는 향수가 덮쳐온다.

그러나 이처럼 저릿한 가슴앓이야말로 세상의 모든 행복과 그 부산물을 맞는 준비 과정이 아닌가? 우리가 누리는 최고의 쾌락 속에는, 우리가 산비탈을 오르거나 해풍의 파도를 정면으로 맞는 순간의 그 기분 좋은 숨 막힘, 그와 비슷한 감각이 깔려 있지 않나? 달리 말해, 무엇이든 철저히 소유하려면 다른 것들을 아주 많이, '결핍'이라고 말하고 싶지는 않지만, 아무튼 포기하고 '비소유'해야만 한다. (수도사의 식탁이나 방 같은) 검약과 상대적인 비움이 향유의 참된 애호가들에게는 철칙이 아니던가? 집에 머무르고, 15킬로미터 반경 안을 탐색하고(집에서부터 16킬로미터째로 넘어갈 때 첫 30미터 거리에서 여행의 기쁨은 최고조에 달한다) 드 메스트르●처럼 정원이나 침실을 서성거리고 산책하면서 머나먼 어딘가를, 중국이나 페루를 정처 없이 여행하고 싶다는 강렬한 허기를 끌어내야 하나? 저런, 맙소사, 그럴 수는 없지! 저 자신의 행복을 조작하는 것보다 더 헛되고 헛된 어리석음이 또 있을까.

가장 기분 좋은 추억을 쌓게 되는 여행은 우연히, 아니면 필요에 따라 어쩔 수 없이 떠나는 여행이라는 믿음이 점점 더 굳어진다. 가장 흥미로운 장소들은 우리가 친구를 위해서나 일 때문에, 아니 더 소박하게는 값싼 숙박업소를 찾거나 체력을 아끼기 위해 원래의 길에서 벗어날 때 혹은 경로를 변경해 우회할 때 만나게 된다. 최고의 여행은 여행 그 자체를 목적으로 두지 않는다는 이 믿음은 삶의 철학을 수반한다. 아주 막연하고, 구체적으로 정의하기 어렵지만 한 해 한 해 세월의 경험이 덧쌓일수록 어쩔 수 없이 받아들이게 되는 한층 심오하고 필연적인 철학이다. 삶을 이어가다보면, 자신의 삶은 물론 다른 사람들의 삶도 뒤로하고 떠나가게 되고, 어느새 우리 옆에는 어떤 신비로운 삶의 법칙에 대한 희미한 앎이 동반자로 떠오른다. 이 법칙에 따르면 세상의 좋은 것들은, 모든 행복은(행복의 힘 그 자체는) 삶의 목적이 아니라 삶의 심화이며, 참된 행복을 누리는 일은 겹겹이 접힌 삶의 무미건조하고 변화무쌍한 부름과 명령에 기꺼이, 아무 계산 없이 반응하는가에 달렸다. 삶이야말로 미지의 출발점에서 시작해

● 유럽의 정치적 보수주의의 초석을 놓은 프랑스 사상가 조제프 마리 드 메스트르(1753~1821).

미지의 목표 지점으로 가는 여정이다. 궤적을 따라 움직이는 우리는 끝없이 복잡하게 가로지르고 또 교차하는 길들을 다 파악할 수 없고, 우리가 스스로 제작하는 지도는 공상에 빠진 아이들이 끼적거린 낙서에 불과하다. 어디서 와서 어디로 가야 할지조차 모르는 이런 여행길에서, 우리가 할 수 있는 일이라곤 그저 눈을 맑게 뜨고 발을 더럽히지 않고 쓸모없는 짐을 최대한 많이 버리고 길가에서 달콤하고 향기로운 과일과 허브를 따서 두 손 그득 채우는 것뿐이다. 그러나 어쩌다 경로를 틀어 행여 사이스●의 사원이나 아르미다●●의 정원, 천국의 예루살렘을 보게 된다면! 아, 희망이야 가져서 나쁠 것 없다지만, 아무래도 실망하게 될 것만 같다.

지혜, 아름다움, 아니 신성함 그 자체는 마음만 먹으면 가질 수 있는 왕국처럼 영혼 안에 따로 존재하는 국지적 장소가 아니라, 영혼이 각자에게 할당된 신비로운 여정을 수행하며 언행을 다스리고 무언가를 하거나 하지 않는 양태라고 나는 생각한다. 신들로 말하자면, 우리는 그들에 더 가까이 다가가고자 순례를 떠날 필요가 없다. 신들은 위풍당당하게 우주 전역을 누비고 걷는다. 우리 영혼이 신들을 경배하되 명랑하다면, 신들은 이따금 우리 손을 잡고 몇 미터쯤 길을 인도

● 나일강 삼각주의 고대 도시.
●● 토르콰토 타소(1544~1595)의 서사시 《예루살렘의 해방》의 등장인물.

해주기도 한다. 그렇다, 손에는 물고기를 들고 발치에서 개가 따라오는, 이런 하찮은 우리라도 그림 속 작은 토비아•를 두 대천사가 인도하듯 이끌어주신다.

천사와 위대한 신이 이러하다면 하물며 각 지역의 친절한 수호 정령처럼 소박한 신은 어떨까! 향토의 수호신을 만나기 위해서라면 원정을 떠날 필요도 없다. 숲 위로 우뚝 솟아 우거지거나 밭이랑에 홀로 서 있는 튼실한 고목이라면 저마다 관장하는 정령, 산의 님프가 있고, 물방울을 떨구는 물냉이와 이끼 낀 돌멩이 사이 우물의 원천마다 물의 정령 나이아스가 살고 있다. 아니, 심지어 우리가 저녁마다 물을 길어 오는, 수려한 석공에 수조에 담겨 하늘을 바라보는 에메랄드처럼 맑은 물에도 정령이 산다. 그리고 마법의 숲은 수많은 공원에 있고 수많은 도시를 에두른다. 오로지 당신만이 알아보고 그 은혜로운 마법에 기꺼이 몸을 맡길 수 있다. 그리하여 우리는 우리 삶을 풍요롭게 가꾼다. 황당무계한 계획을 세우지 않고 변화나 이윤을 추구하지 않아도, 우리가 붙잡을 수 있는 것을 충실하게 활용함으로써 말이다.

그러니 아, 선량한 장소의 정령들이여, 온 세상에 흩어져 있고 또 휘어지는 길모퉁이마다 자리한 그대의 은밀한 성소들을

• 성공회와 루터교에서 준정경으로 인정하는 〈토비트서〉에 등장하는 인물. 토비트 또는 토비아라고도 하며 여행자와 순례자를 상징하는 인물이다.

알아볼 눈과 심장을 우리에게 주소서. 가끔은 우리가 우리 외로운 일손을 잠시 놓고 일어나는 시각과 다시 자리에 앉아 사랑하는 친구들과 만나는 시각 사이에 마법의 숲을 하릴없이 거니는 지고의 은총을 누릴 수 있도록 허락하소서.

언캐니, 두려운 낯섦과 중첩된 정체성의 공포 미학

> "버넌 리는 지적인 만큼이나 위험하고
> 섬뜩하게 낯설(uncanny)다."
>
> —헨리 제임스

1

베일처럼 덧씌워진 타자의 정체성, 끝없이 현재를 침습하는 과거, 기억의 유령. 반듯한 정상이라 이름한 양태는 너울처럼 덮쳐오는 불안한 이질성에 일그러지고 휘어져 섬뜩하게 낯선 이면을 드러낸다. 인식의 낙차에서 탄생하는 새롭고 섬뜩하고 무서운 것들은 위험하고 또 매혹적이다.

버넌 리의 세계는 낯익은 세상, 우리가 잘 아는 정상에 드리운 서늘한 그림자가 문득 오싹하게 변모하는 순간들, 소위 '두려운 낯섦'의 지점을 집요하게 소환한다. 프로이트가 짚은 운하임리히(unheimlich), 영어로는 언캐니(uncanny)라는 역어로 통용되는 이 개념은, 살아 있는 것들이 정말 살아 있는지, 죽은 것들이 정말로 죽었는지 알 수 없는, 매혹적이면서도 불안한 의혹의 지점을 지시한다. 일상의 빛이 문득 바뀌고 스산

한 바람이 불고 석양이 비스듬히 가라앉으면, 어딘가에 꾹꾹 눌러 묻어두었던 것들이, 돌아와서는 안 될 것들이 회귀한다. 떨쳐도 떨쳐도 끈질기게 들러붙는다. 정상성은 버티고 버티다가 결국 비틀리고 일그러져 기어이 모습을 바꾼다. 이 순간 버넌 리의 일상적 공간은, 그가 에세이 〈마법의 숲〉에 썼듯이 돌연 "마술의 주문과 끝없는 모험으로 가득"한 마법의 숲으로 변해 독자를 "심연의 핵심으로" 잡아끈다.

2

작가이자 예술비평가이자 심리학자이자 철학자이자 미학자이자 페미니스트이고 반전운동가였던 버넌 리는 말 그대로 스스로 펜을 쥐고 자신의 정체성을 창조했다. 1856년 프랑스 불로뉴의 성에서 영국인 부부의 딸로 태어나 자라나던 때, 버넌 리의 이름은 바이얼릿 패짓이었다. 바이얼릿 패짓은 영어, 이탈리아어, 프랑스어를 포함해 여러 언어에 능통했고, 불과 열네 살에 프랑스어로 쓴 첫 단편을 스위스 신문 《라 파미유》에 팔았을 정도로 조숙한 영재였지만, 편집자가 제 마음대로 원고를 고쳐 게재하는 바람에 치를 떨며 분노했다고 전해진다. 버넌 리는 어머니의 사별한 전남편의 성을 따서 중성적으로 지은 필명이다.

19세기 영국에서는 진지한 작가로 평가받겠다는 목적으로 남성적이거나 중성적인 필명을 쓰는 조지 엘리엇 같은 여성 작가들도 있었지만, 대다수의 여성 작가는 자신의 이름을 그대로 고수했다. 그러나 버넌 리는 적극적인 페미니스트로서 필명을 사용할 뿐 아니라 복식과 언행, 생활 방식까지 중성적으로 개조했다. 열네 살 무렵 찍은 사진 속 곱슬곱슬 만 머리에 전통적인 빅토리아 시대의 여성 복식을 차려입은 바이얼릿 패짓의 모습은, 어린 시절부터 친구였던 존 싱어 사전트가 그린 유명한 초상화 속, 안경을 쓰고 남성 재킷을 걸친 원숙한 작가 버넌 리와는 딴판이다. 바이얼릿 패짓이 스스로 덧쓴 버넌 리의 정체성, 그 괴리와 융합이 창출하는 낯섦은 당대의 누구와도 다른, 삶의 독보적 서사를 떠받친다.

평생 버넌 리·바이얼릿 패짓은 마음 내키는 대로 두 가지 정체성을 오가며 살았다. 남자처럼 차려입고 거침없이 유럽 전역을 여행하기도 했고, 텔레마코 시뇨리니나 마리오 프라츠, 헨리 제임스와 윌리엄 제임스 형제 등 예술계와 문단을 아울러 당대의 지성들과 교류했으며, 공공연히 자신이 페미니스트임을 선포했고, 제1차 세계대전이 벌어지자 반전운동에 주도적으로 참여했다. 작가 메리 로빈슨을 비롯해 클레먼티나 앤스트러더 톰슨, 에이미 레비까지 세 명의 여인과 오랜 세월에 걸쳐 내밀하고 깊은 관계로 지냈지만, 억측과 루머가 난무하는 가운데 레즈비언으로 고정되고 규정되기를 거부했다. 주로 영어로 작품을 쓴 영국인이었지만 이탈리아에서 대부분의 삶을 살았고, 어느 한 국가에 소속된 게 아니라 유럽인이라고 자부했다. 버넌 리·바이얼릿 패짓은 젠더 자의식도, 성 정체성도, 국가에 대한 소속감도 다층적이고 유동적인, 진정한 무소속·무정형의 삶을 살았던 셈이다. 빅토리아와 에드워드 시대를 거쳐 제1차 세계대전까지 이어지는 유럽을 생각해보면 얼마나 크나큰 용기가 필요했을지 차마 가늠조차 하기 어렵다.

3

베일처럼 겹겹이 덧씌워진 복수의 정체성은 버넌 리를 '언캐니', 즉 섬뜩하게 기이한 존재로 만들었다. 버넌 리의 공포는 표면과 저변이 다르고 텍스트와 서브텍스트가 상충하는 불협화음에서 온다. 이 때문에 그녀의 작품 세계를 관통하는 키워드는 'haunting'이다. 〈유령 연인〉과 〈끈질긴 사랑〉을 비롯한 대표작들이 수록된 단편선의 제목 역시 《출몰 (Hauntings)》(1890)이었다.

유령, 혐오스럽고 두려운 것, 존재하나 알지 못했던 것, 금지되고 파묻히고 억압된 것이 나타나는 방식은 대체로 두 가지다. 'possession'과 'haunting'. 흔히 '빙의'라고 번역되는

'possession'의 경우, 유령은 말 그대로 대상을 온전히 소유한다. 원본을 지우고 새로 쓴다. 대상의 의식과 정체성을 철저히 삭제하고 껍데기에 들어앉는다. 그러면 오로지 사로잡은 것의 의지, 새로운 의미만 남는다. 귀신이 들린 무당처럼 정체성은 대체된다.

한편 'haunting'은 대상의 본질을 온전히 지우거나 대체하지 않는다. 옭아매고 자유의지를 박탈할 뿐이다. 이미 쓰인 텍스트 위에 전혀 다른 본성의 텍스트를 덧입힌다. 끈적거리는 베일처럼, 그림자처럼, 이물질인 새 정체성이 대상을 감싸고 덮어 이것도 저것도 아닌 전혀 다른 무엇으로, 산 것도 죽은 것도 아닌, 여기에도 저기에도 속하지 않는 어스름의 존재로 바꾸어버린다. 사로잡은 것을 친숙하지만 낯설고 두려운, 위험한 제3의 존재로 바꾸어버린다. 'haunting'이라는 단어에는 우리말로 섣불리 옮기기 난감할 정도로 복합적인 의미와 어감의 층위가 겹겹이 서려 있다. '출몰'이라는 역어로는 아무래도 부족하다. 덧씌우고 드리우고 들러붙어 떨어지지 않는, 끈질긴 시각적·촉각적 감각을 환기하기 때문이다. 예를 들어 복도에 불쑥불쑥 출몰하는 초자연적 존재보다는 과거, 기억, 트라우마, 망상, 욕망, 심지어 귀에 들러붙은 선율이나 잊을 수 없는 이미지가 오히려 더 'haunting'할 수 있다.

버넌 리의 작품에서 'haunting'은 중첩되는 이질적 정체성들이 주체의 내면에서 분열해 일으키는 불편한 마찰이다. 우위가 일방적으로 결정되는 'possession'과 달리 'haunting'은 불안한 통제권의 문제다. 통제권을 잃어가고 있다는 섬뜩한 인식이 공포를 낳는다. 떨치려는 자의 의지가 좌절하는 절망, 그 심리가 곧 공포다. 따라서 'haunting'은 복수의 담론이 텍스트의 주도권을 두고 벌이는 부단한 투쟁의 은유다. 누가, 무엇이, 자아라는, 의식이라는, 정체성이라는 서사의 펜을 쥘 것이냐의 사투다.

버넌 리가 살았던 19세기 말, 20세기 초의 영국은 산업혁명으로 일군 막대한 부가 천박한 배금주의, 위선적인 가부장제, 무자비한 제국주의와 부르주아의 경직된 도덕 체계로 굳어졌던 시기다. 시와 예술적 관능이 사라지고 과학과 소설과 산문이 지배했던 시대다. 그러나 버넌 리는 이 매끈하고 천박한 '현재' 아래 도사린 '과거', 즉 역사의 유령을 소환한다. 저변에 내재된 여성성의 관능, 비이성적 매혹, 죽은 낭만주의 시인, 성(性)의 경계를 흐리던 고전주의 성악가들이 위험한 형태로 부활한다.

'haunting'이 불러일으키는 맹목적 매혹과 혐오는 질서 정연한 권력 구조에 균열을 일으키고 해체하는데, 여기서 드러나는 남성 주체의 근본적 불안은 버넌 리의 강고한 페미니즘을 가리킨다. 〈끈질긴 사랑〉에서도 〈유령 연인〉에서도 버넌 리의 팜 파탈은 파괴적이고 괴물 같은 여성성 자체가 아니라 텍스트로 구성된 여성성의 신화를 부풀리고 확장하는 남성 주체의 상상, 그 도착적·강박적 애증의 소산이다.

4

　버넌 리의 작품에서 낭자한 유혈은 찾아볼 수 없다. 끔찍한
괴물이나 귀신이 실체로 등장해 위해를 가하지도 않는다. 공
포는 이성적이고 정상적이었던 관습이 무력화된다는 예감과
인식에서 온다. 자신의 의지와 철저히 무관하게, 자신이 혐오
하거나 정체를 알지 못하는 무언가로 변해가고 있다는 끔찍
한 인식은 불안과 강박이 되어 존재를 치명적으로 잠식한다.
괴물로 변해가는 자신을 어쩔 도리 없이 멀쩡한 정신으로 지
켜볼 수밖에 없는 자의 절망에서 스멀스멀 공포가 덮쳐온다.
통제권을 안일하게 자만하던 서구 근대의 부르주아 남성 주
체가 스스로 억누르고 파묻고 지운 것들에 속수무책으로 잠
식당할 때, 상상력과 무의식이 이성과 의지에 덧씌워질 때 덧
없는 오만과 자신감의 크기만큼 공포는 부풀어 오른다. 기어
이 정상인 줄 알았던 것이 비정상으로 보이는 것과 자리를
바꾸고 현실은 초현실과 닿아, 무수한 곳에 소속되고 또 아무
곳에도 소속되지 않는, 너무나 친숙하되 섬뜩하게 낯선 것이
잉태된다. 소속감에서 안정과 의미를 찾았던 따분한 존재는
자기 의지와 무관하게 유일무이한, 그 무엇과도 닮지 않은,

황혼의 존재, 무섭고 매혹적인 어스름의 존재, 궁극적인 무소속의 불안한 존재로 변해간다.

언뜻 이성적이고 냉철해 보이는 버넌 리의 남성 주인공들은 하나같이 시에, 기억에, 음악에, 이미지에, 망상에 사로잡혀 서서히 변화한다. 〈유령 연인〉 속 오크허스트 저택의 따분하고 관습적인 부르주아 오크 씨는 피해 의식과 의처증, 편집증에 사로잡혀 피폐하게 변해간다. 권태에 젖은 오크 부인은 피 튀기는 치정과 로맨스의 과거에, 억압된 시의 매혹에 사로잡혀 오크 씨가 이해할 수 없는 존재로 변해간다. 이들을 인간이 아니라 미학적인 대상으로, 완벽한 형태의 연속되는 선들로 치환하는 데 급급해 연민과 공감을 철저히 저버리는 화가 역시 현실에서 멀어져가는 오크 부인의 비현실적 분위기에 미학적으로 집착한 나머지 익숙하고도 낯선, 우리가 잘 알지만 한편으로 전혀 알지 못하는, 섬뜩한 무엇으로 변해간다.

〈사악한 목소리〉에는 바그너를 추종해 북유럽 남성 신화를 오페라로 작곡하려는 야심 찬 젊은 작곡가가 등장한다. 18세기의 여성적 카스트라토, 음탕하고 불순한 인간의 육성이 만들어내는 음악을 저열하고 음란하고 불순하고 추한 것이라고 치부하며 증오하던 작곡가는, 자신의 지독한 증오 때문에 바로 그 음악에 영원히 노예처럼 사로잡히고 만다.

버넌 리의 소설에서 근대 서구의 남성 주체가 겪는 이 공포와 불안은 페미니즘적이다. 퇴폐적인 이탈리아, 남자가 여자와 섞이는 공포를 표상하는 카스트라토, 연애시는 그들이 '여성적'이고 따라서 열등하고 부도덕하다고 규정하며 억압하고 지우려 했던 것들이지만, 그들은 어쩔 수 없이 혐오하는 것들에 맹목적으로 매혹된다. 증오는 강박이 되고, 타자에 대한 혐오가 자기혐오로 돌아온다. 버넌 리의 팜 파탈은 파괴적 여성성의 신화를 부풀리고 확장하는 서구 근대 남성 주체의 자가당착적 담론, 그 도착적·강박적 애증을 투영한다.

5

부르주아의 체면이, 공감이 결핍된 잔인한 미학이, 시와 연극을 억압하는 경직된 도덕과 인습의 권태가, 매혹적 여성성을 향한 혐오와 공포가 의식 속에서 균열을 일으키고 서서히 자체적으로 붕괴한다. 헨리 제임스가 간파한 대로, 섬뜩하게 기이한, '언캐니'한 버넌 리는 제국주의와 가부장제, 이성 중심주의, 산업자본과 경직된 부르주아 도덕성이 지배한 빅토리아 시대의 영국에서 그 지성과 필력만큼, 그 낯섦만큼, 딱 그만큼 위험했던 것이다.

김선형

휴머니스트 세계문학 004

사악한 목소리

1판 1쇄 발행일 2022년 2월 7일

지은이 버넌 리
옮긴이 김선형

발행인 김학원
발행처 (주)휴머니스트 출판그룹
출판등록 제313-2007-000007호(2007년 1월 5일)
주소 (03991) 서울시 마포구 동교로23길 76(연남동)
전화 02-335-4422 **팩스** 02-334-3427
저자·독자 서비스 humanist@humanistbooks.com
홈페이지 www.humanistbooks.com
유튜브 youtube.com/user/humanistma **포스트** post.naver.com/hmcv
페이스북 facebook.com/hmcv2001 **인스타그램** @boooook.h

편집주간 황서현 **편집** 이은서 이성근 김선경 **디자인** 김태형
조판 이희수com. **용지** 화인페이퍼 **인쇄** 청아디앤피 **제본** 민성사

ISBN 979-11-6080-789-9 04840
    979-11-6080-785-1 (세트)